सुष्मिता बंद्योपाध्याय

सुष्मिता बंद्योपाध्याय (सुष्मिता बनर्जी) का जन्म सन् 1956 में कोलकाता, पश्चिम बंगाल में हुआ था। उन्होंने वहीं से अपनी पढ़ाई पूरी की थी। उनकी बहुचर्चित पुस्तक 'काबुली वालार बंगाली बोउ' ('काबुलीवाले की बंगाली बींवी') उनके एक अफ़ग़ान व्यवसायी से विवाह और तालिबान शासन के दौरान अफ़ग़ानिस्तान में उनके निवास के अनुभवों पर आधारित है। इस पुस्तक पर 'एस्केप फ्रॉम तालिबान' नाम से एक फ़िल्म भी बन चुकी है। उनकी अन्य पुस्तकें है—'तालिबानी अत्याचार : देशे ओ बिदेशे', 'मुल्ला उमर, तालिबान ओ आमि', 'एक बोर्नो मिथ्या नोई', 'सभ्यतार सेष पुन्याबानी'।

4 सितम्बर, 2013 को अफ़ग़ानिस्तान में तालिबानी आतंकवादियों द्वारा गोली मारकर उनकी हत्या कर दी गई।

काबुलीवाले की बंगाली बीवी

सुष्मिता बंद्योपाध्याय

अनुवाद
नीलम शर्मा 'अंशु'

राजकमल पेपरबैक्स

पहला पुस्तकालय संस्करण
राजकमल प्रकाशन प्राइवेट लिमिटेड द्वारा
2002 में प्रकाशित

राजकमल पेपरबैक्स में
पहला संस्करण : 2002
तीसरा संस्करण : 2023

राजकमल पेपरबैक्स : उत्कृष्ट साहित्य के जनसुलभ संस्करण

राजकमल प्रकाशन प्रा. लि.
1-बी, नेताजी सुभाष मार्ग, दरियागंज
नई दिल्ली-110 002
द्वारा प्रकाशित

शाखाएँ : अशोक राजपथ, साइंस कॉलेज के सामने, पटना-800 006
पहली मंजिल, दरबारी बिल्डिंग, महात्मा गांधी मार्ग, प्रयागराज-211 001
1, अनमोल सोराबजी संतुक लेन, धोबी तलाव, मरीन लाइंस, मुम्बई-400 002

वेबसाइट : www.rajkamalprakashan.com
ई-मेल : info@rajkamalprakashan.com

बी.के. ऑफसेट
नवीन शाहदरा, दिल्ली-110 032
द्वारा मुद्रित

मूल्य : ₹250

KABULIWALE KI BENGALI BIWI
Autobiographical Novel by Sushmita Bandyopadhyay

ISBN : 978-81-19835-38-6

सभी आक्रान्त, पीड़ित और
उपेक्षित लोगों के लिए

दो शब्द

किसी विशेष धर्म, धार्मिक व्यक्ति या धार्मिक दर्शन को बेवजह आघात पहुँचाने के लिए मैंने कलम नहीं थामी। समाज और जीवन में धर्म का महत्त्वपूर्ण स्थान है, मैं दिल से इसे स्वीकार करती हूँ। परन्तु धर्म के नाम पर प्रबल बीभत्सता और संत्रास उत्पन्न कर, धर्म की दुहाई देकर जो लोग इनसानों के बीच अलगाव की दीवार खड़ी करते हैं, स्त्रियों की स्वाधीनता छीनकर उन्हें अन्त:पुर की अँधेरी दुनिया में भेज देते हैं, निर्विकार संहार और लोगों की हत्याएँ करते हैं, उन्हीं के विरुद्ध मैंने कलम उठाई है। धर्म नहीं, सिर्फ़ धर्मांधता और धार्मिक कठमुल्लेपन के विरुद्ध ही मेरा जिहाद है। अफ़ग़ानिस्तान में जो कुछ घटित होते हुए मैंने देखा है, वह धर्म का विकृत व्यभिचार है, जिसने इस्लाम की पवित्रता और गरिमा को धूल में मिला दिया है। उन्होंने क़ुरान शरीफ़ की मनगढ़ंत अपव्याख्या की है। वे मानवता का अपमान कर रहे हैं। इसी संकीर्णता, अपव्याख्या और अवमूल्यन की ओर ही मैंने सबका ध्यान आकर्षित कराना चाहा है। इसके अलावा मैं उनकी ओर भी ध्यान दिलाना चाहती हूँ जो हमारे इस हिन्दुस्तान से अफ़ग़ानिस्तान जाकर विपरीत स्थितियों में जीवन गुज़ार रहे हैं। उनकी अपने देश में वापसी कभी सम्भव नहीं। यदि मुझमें अपराजेय साहस, मनोबल और धैर्य न होता तो शायद मैं भी वापिस न लौट पाती। मूल बात यह है कि अफ़ग़ानिस्तान एक आतंक का देश है। उन्हीं में ज़रूर कुछ एक अच्छे लोग भी हैं। नारी के प्रति लांछना, शिशुओं की उपेक्षा, बूढ़ों की अवहेलना—जो मेरी तरह ये सब नहीं जानेंगे, वे उस देश के लोगों के बारे में कुछ भी नहीं जान पाएँगे। मैं लगातार आठ सालों तक बन्दी

रहने के बाद भागकर, तालिबान शासन व्यवस्था को रौंदकर पाकिस्तान पहुँची और वहाँ भारतीय दूतावास के एक व्यक्ति ने किस तरह सहायता का हाथ न बढ़ाकर, मुझे लांछित करना चाहा था—इसी कहानी को लिखने की कोशिश की है। मेरी इस पुस्तक को पढ़कर यदि एक भी सहृदय पाठक प्रतिवाद में मुखर होता है तो मैं समझूँगी कि मेरी मेहनत सफल हुई। अपनी बात समाप्त करने से पूर्व मैं उनके बारे में लिखना चाहूँगी—नेपथ्य में रहकर भी जिनकी अदम्य कोशिशों के अभाव में मेरी इस कहानी का पाठकों तक पहुँचना सम्भव न हो पाता। मंटू दा ने साये की भाँति मेरे पीछे लगे रहकर मुझे लिखने को बाध्य किया। तपन और माया चक्रवर्ती, जिन्होंने मुझे प्रोत्साहित किया—इनके प्रति अपनी कृतज्ञता व्यक्त कर मैं अब समाप्त करती हूँ।

—सुष्मिता बंद्योपाध्याय

काबुलीवाले की बंगाली बीवी

अन्य दिनों के मुक़ाबले आज ठंड कुछ ज़्यादा ही है। रात कितनी गुज़र चुकी है, पता नहीं। अँधेरे में दीवार घड़ी दिखाई ही नहीं दे रही। जल्दी-जल्दी रात ख़त्म हो तो चैन आए। खिड़की पर भीतर से मोटा काग़ज़ लगा है। बाहर से भी खिड़की प्लास्टिक से पूरी तरह ढकी हुई है। दरवाज़े पर मोटा कम्बल लटक रहा है। इतना कुछ होते हुए भी शीत लहर कहाँ से आ रही है, ठीक से समझ नहीं पा रही। मैंने एक मोटी रजाई ओढ़ रखी है, तिस पर भेड़ के रोओं से बनी गर्म चादर भी। फिर भी आज ठंड लग रही है। मगर कितनी भी ठंड क्यों न लगे, आधी रात को तो उठकर बैठा नहीं जा सकता। इसलिए मैं सिर से पाँव तक पूरे बदन को लपेटकर करवट लिये पड़ी हूँ। बाहर बर्फ़ जमी है। कल से लगातार तुषारापात हो रहा है। कभी रुकता है तो कभी बारिश की भाँति शुरू हो जाता है।

छह साल हो गए मुझे अफ़ग़ानिस्तान में। यहाँ मेरी ससुराल है। स्वदेश लौटने की आकांक्षा को मन में दबाए इस अजनबी, शुष्क पहाड़ी देश में पड़ी हुई हूँ, क्योंकि इन्होंने मुझे बन्दी बना रखा है। लेकिन बन्दी बनाने का जो शब्दकोशीय अर्थ है, उस तरह बन्दी बनाने की यहाँ ज़रूरत ही नहीं पड़ती। इस देश में महिलाएँ अकेली एक क़दम भी नहीं चल पातीं। हर तरफ़ तालिबान प्रहरियों की कड़ी निगाहें लगी रहती हैं। फिर मुझे गाड़ी कहाँ मिलेगी? काबुल में सभी दूतावास तो बन्द पड़े हैं। यदि खुले भी हों तो भी युद्ध के तांडव से बचकर दूतावास तक पहुँचना और दुर्गम हिमालय लाँघना दोनों ही बराबर हैं। सच तो यह है कि कोई महिला अगर कोशिश करे तो हिमालय भी पार कर सकती है, परन्तु इस देश में किसी महिला के लिए घर की दहलीज लाँघना असम्भव है।

काबुल शहर से अपनी ससुराल तक पहुँचने में पूरे अठारह घंटे लगते हैं। जुलाई 1998 के प्रथम सप्ताह मैंने अपने पति जानबाज ख़ान के साथ कोलकाता से

काबुल की ज़मीं पर पहला क़दम रखा। ससुराल वालों से मिलने की तीव्र आकांक्षा ने ही मुझे पश्चिमी एशिया के इस देश में आने को बाध्य किया था, जहाँ मध्ययुगीन रूढ़िवादिता का अँधेरा अभी भी छँटा नहीं है। उस वक़्त तो पता नहीं था कि यह एक ऐसा देश है, जहाँ प्रवेश का रास्ता तो है, पर निकलने का रास्ता नहीं है। मैं जब यहाँ आई थी, तो पूरे काबुल शहर में रूसी सेना चहलक़दमी करती थी। सुना है अठारह से अड़तीस साल की उम्र का कोई भी दाढ़ी वाला नौजवान गाँव से शहर नहीं जा पाता था, क्योंकि रूसी लोग उन्हें पकड़कर क़ैदख़ाने में डाल दिया करते थे। बाद में समयानुसार उन्हें सेना में भर्ती कर लिया जाता था। उनकी इच्छा हो या न हो सोवियत सेना में उन्हें शामिल होना ही पड़ता था, वर्ना उन्हें फायरिंग स्क्वॉड के समक्ष खड़े होना पड़ता था।

दूसरी तरफ़ सोवियत सेना में शामिल होने के परिणामस्वरूप अपने गाँव, अपने घर लौट पाने का रास्ता सदा के लिए बन्द हो जाता था। उधर गाँव के मुजाहिद 1979 से सोवियत सेना के विरुद्ध विद्रोह का बिगुल बजा रहे थे। मुजाहिद लोग सोवियत सरकार और उनके हाथ की कठपुतली बने डॉ. नजीबुल्लाह को देश का चरम शत्रु मानते थे। अत: वे सभी 'खाल्की' यानी देशद्रोही थे। देश के मंत्री पद पर आसीन होकर नजीब ने देश को सोवियत के हाथों सौंप दिया था। इसलिए नजीबपन्थी देश के शत्रु थे। दूसरी ओर, मुजाहिद लोग देश में इस्लामी शासन लागू करना चाहते थे। अत: मुजाहिद समर्थक देशभक्त कहलाते थे।

जिन दिनों लोग काबुल शहर जाने से डरते थे, ठीक उन्हीं दिनों मैं जानबाज का हाथ थामकर वहाँ पहुँची थी। आश्चर्य की बात है कि इतनी सख़्ती के माहौल में भी मुसाफ़िर उन दिनों शहर में आराम से घूम-फिर सकते थे। जानबाज के एक चाचा नजीबपन्थी 'खाल्की' थे। वे सपरिवार काबुल में ही थे। एक चाचा नजीब के बेहद क़रीबी थे। इसलिए नजीब सरकार के ट्रेडमार्क 'स्टार' वाली गाड़ी हमेशा चाचा के पास रहती थी। काबुल आकर इसी चाचा के घर मैंने पहली रात गुज़ारी थी।

एक तो मैं नई थी, तिस पर चारों ओर मुसीबत-ही-मुसीबत मुँह बाए खड़ी थी। देश के भीतर इतनी जटिलताएँ हैं, इसका मुझे पहले से ज़रा भी अन्देशा नहीं था। यहाँ आकर सब पता चला। इस तरह की भयानक परिस्थितियों से दो-चार होना पड़ेगा, इसे क्या कभी मैंने पहले सोचा था? जब पता चला तो मेरा पूरा बदन मानो थर-थर काँपने लगा था। ऐसे लगा मानो पैरों तले से ज़मीन सरकती जा रही हो। आँखों के समक्ष अँधेरा छा रहा था। जीवन में पहली बार मैं विस्मय और आतंक

से गूँगी हो गई थी; परन्तु थोड़ी देर बाद ही मानो सैकड़ों समुद्रों की असंख्य लहरें मेरे मन और शरीर को झकझोरने लगीं, जब मैंने सुना कि शहर छोड़ते ही युद्ध का साया हट जाएगा। मन से युद्ध का ख़ौफ़ मिटते ही मन के कोने में एक अज्ञात फ़िक्र ने प्रवेश करके मुझे सावधान करते हुए मेरे कानों में चुपके से कहा, 'सुमि, अब एक और सत्य का सामना करने के लिए तैयार हो जाओ। क्या तुमने ज़रा भी सोचा है कि तुम एक भिन्न देश की बंगाली हिन्दू नारी हो। तुम्हें कैसे स्वीकार कर लेंगे वे लोग? और, तुम ही कैसे उन्हें स्वीकार कर पाओगी, जिन्हें देखने की तीव्र इच्छा लेकर तुम यहाँ आई हो?'

आश्चर्य! कई हज़ार मील दूर आकर आज मैं जो सोच रही हूँ, वह पहले क्यों नहीं सोचा? जबकि सबसे ज़्यादा ज़रूरी बात तो यही थी। दरअसल मुसीबत की बात सोचते-सोचते मैं एक दुर्घटना-चक्र में चक्कर लगाने लगी थी। इसीलिए इस साधारण-सी चिन्ता पर अपना ध्यान नहीं केन्द्रित कर पाई थी। मन-ही-मन सोच, जो इतने दिनों तक नहीं किया अब करके क्या फ़ायदा?

जानवाज के चाचा के घर से हम तड़के पाँच बजे चले थे। उसके चाचा ने ही एक गाड़ी तय कर दी थी। गाड़ी का चालक रूसी था। वह हमें गजनी शहर पहुँचा देगा। वहाँ से दूसरी गाड़ी लेनी होगी। रूसी लोग गजनी से आगे नहीं जा सकते क्योंकि गजनी से मुज़ाहिदों का इलाका शुरू हो जाता है। गाड़ी हमें लेकर दौड़ पड़ी। खिड़की से हवा का एक ठंडा झोंका स्पर्श कर गया। मैंने बाहर देखा, सुन्दर चौड़ा रास्ता था। सड़क के दोनों किनारे दुकानों की क़तारें थीं। इस समय वे बन्द थीं। रूसी सैनिक बन्दूक़ लिये खड़े थे। खिड़की से बाहर मैं काबुल का सौन्दर्य निहार रही थी और साथ-साथ रूसी सैनिकों को भी।

लम्बा कोट पहने सोवियत सैनिक क़तारबद्ध खड़े होकर सबको ग़ौर से देख रहे थे। कुछेक मिनट बाद दो सैनिकों ने फटाक से बन्दूक़ कन्धे पर उठाई। फिर बूटों की आवाज़ करते हुए ताल मिलाकर डग भरते हुए स्तब्ध शहर में अदृश्य हो गए। उसी समय समीप ही गोलियों की आवाज़ सुनाई दी। भगदड़ शुरू हो गई। सड़क पर जितने लोग थे वे बदहवास इधर-उधर दौड़ने लगे। बेहद शोरगुल हो रहा था। सैनिकों की टुकड़ियाँ दौड़ी आईं, बन्दूक़ ऊँची उठाकर वे चीख़कर धमकाने लगे। भयावह शोर वाले एक टैंकर को आगे आता देख हमारे ड्राइवर ने स्टेयरिंग घुमाकर दूसरा रास्ता पकड़ा और अपनी भाषा में जानबाज से पता नहीं क्या कहा। मैंने उससे पूछा, "ड्राइवर ने क्या कहा?" जानबाज ने मुझे बताया कि "ड्राइवर

कह रहा है, जल्दी ही तोप के गोले दगेंगे। रॉकेट चलेंगे। गोलियाँ चलेंगी। इसलिए उसने रास्ता बदल दिया। हम जिधर मुड़े उधर अभी माहौल शान्त है।" जानबाज की बात सुनकर मैं घबड़ाहट में काँपने लगी।

दिन की रोशनी में शहर झिलमिला रहा था। युद्ध का परवाना न होता तो शहर और भी सुन्दर लगता। अचानक सैनिकों की एक टुकड़ी ने हमारी गाड़ी के सामने आकर रास्ता रोक दिया। एक फौजी टैंक कर्कश ध्वनि से हमारी गाड़ी के पास से गुज़र गया। गाड़ी से उतरकर हमारे ड्राइवर ने सैनिकों से कुछ कहा। तब उन्होंने हमें पासपोर्ट दिखाने को कहा। जानबाज ने जल्दी से एक काग़ज़ निकालकर सैनिकों के हाथ में दिया। सैनिकों ने धीरे-धीरे अक्षर-अक्षर जोड़कर काग़ज़ पढ़ा। फिर हमें सिर से पाँव तक देखा और फिर छोड़ दिया। गाड़ी फिर दौड़ने लगी। थोड़ी दूर जाते ही देखा कि सड़क के किनारे दाहिनी ओर चार-पाँच टैंक खड़े थे। ख़बर मिलते ही चल पड़ने के इन्तज़ार में चारों ओर बेपरवाही का माहौल था। साथ ही मौत की आँख-मिचौनी भी। अब हम शहर छोड़ काफ़ी दूर आ पहुँचे थे। अब सड़क बीच-बीच में टूटी हुई थी, ऊबड़-खाबड़ थी। सैनिकों की घूरती आँखें और डाँट-डपट को पीछे छोड़कर हम काफ़ी दूर आ गए थे। सड़क के दोनों किनारों पर काफ़ी फ़ासले पर कोई-कोई नज़र आ रहा था। थोड़ी दूर और जाने के बाद गाड़ी पहाड़ी रास्ते पर चल पड़ी। कभी सीधा, कभी टेढ़ा-मेढ़ा; कहीं ऊँचा, कहीं नीचा। कहीं-कहीं एक-आध घर भी नज़र आ रहे थे। हाँ, अगर मुझे बताया नहीं जाता, तो मैं समझ ही नहीं पाती कि ये घर हैं। चारों ओर ऊँची दीवारों से घिरे हुए तीन मंज़िला मकानों के बराबर ऊँची दीवारें। चौड़ाई का दूर से सही अन्दाज़ा मुश्किल था। उनके भीतर घर हैं और उनमें लोग रहते हैं इस पर तो मैं यक़ीन ही नहीं कर पा रही थी। हम जब गजनी शहर पहुँचे, तो घड़ी बारह बजा रही थी।

2

"साहब कमाल, साहब कमाल, उठो! सुबह हो गई है।" अचानक हड़बड़ाकर नींद से उठ बैठी। सिर तक ओढ़कर सोने की वजह से पता ही नहीं चला कि कब सुबह हो गई। यहाँ आने के बाद जानबाज के एक चाचा ने मेरा नया नाम रखा

है—'साहब कमाल'। इसका अर्थ मैं नहीं जानती। फिर भी अन्दाज़ से कह सकती हूँ 'साहब का माल' और क्या? यहाँ सभी मुझे इसी नाम से बुलाते हैं, मेरा असली नाम भी आज अतीत का हिस्सा बन गया है। छह सालों का अतीत। उन दिनों की बहुत याद आती है। कोलकाता की भीड़ में चलना, कर्जन पार्क में गोलगप्पे खाना, कौवे की तरह बारिश में भीगकर घर लौटना, उदास दोपहरी या ऐसी ही शामों में सपनों के जाल बुनना, पार्क स्ट्रीट या ग्रैंड के आर्केड में ख़रीदारी करना, स्मृतियों के ऐसे अनेक टुकड़े दिल में उथल-पुथल मचाते हैं।

विभिन्न अनुभूतियों से सराबोर और पीछे छूट चुके दिनों की स्मृतियों के घेरे से मैं बाहर निकल आई। देखा मेरे तीनों देवर बर्फ़ साफ़ कर रहे हैं। रोज़ की भाँति हुई एक और अफ़ग़ानी दिन की शुरुआत। वही एक-सी ज़िन्दगी। यहाँ की नित्य की ज़िन्दगी में कोई विविधता नहीं है। फिर भी चल रही हूँ, चलना पड़ रहा है। ज़िन्दा रहने के लिए खाना पड़ता है, बातचीत करनी पड़ती है वर्ना समय कैसे गुजारूँगी?

अफ़ग़ानिस्तान में पूरे तीन साल गुज़र गए। जानबाज असाम चाचा के साथ हिन्दुस्तान चला गया था। नरम-गरम नोक-झोंक में समय ठीक ही गुज़र रहा था। जानबाज को पाकर सब दुख-दर्द भूल गई थी। परन्तु जानबाज का साथ मेरे भाग्य में ज़्यादा दिनों तक नहीं बदा था। एक रात उसका इन्तज़ार करते-करते कब आँख लग गई पता ही नहीं चला। आधी रात को अचानक आँख खुल गई। कमरे में एक लालटेन जल रही थी। इससे पहले भी कई रातों को जानबाज घर नहीं लौटा था। पर कभी भी मेरा मन इतना चिन्तित नहीं हुआ। लगा, आज रात भी वह शायद घर नहीं लौटेगा। सुबह चेहरे पर मृदु मुस्कान लिये मेरे सामने कपटी क्षमाप्रार्थी की मुद्रा में आ खड़ा होगा। रात को न लौट पाने की कैफ़ियत देगा। परन्तु धीरे-धीरे मेरा मन विचलित होने लगा। उसका घर न लौटना पता नहीं क्यों मेरे मन में एक भय का संकेत दे रहा था। असाम चाचा भी तो घर पर नहीं हैं। मुझमें यही एक बुराई है—असाम को कभी चाचा कहती हूँ तो कभी काका। बीते कल अपनी दोनों बीवियों और अन्य सबसे विदा लेकर वो हिन्दुस्तान गया है। ठीक चौबीस घंटों बाद जानबाज का इस तरह रात को घर न लौटना, मुझे अस्वाभाविक-सा लग रहा है। बीती रात बिस्तर पर उसका व्यवहार और दिनों-सा नहीं था। यह बात मुझे दिनभर याद नहीं रही थी। फिर यह कोई याद रहने जैसी बात भी तो नहीं। रात के अँधेरे में बिस्तर के एकान्त में पति-पत्नी के बीच बहुत-सी वास्तविक और अवास्तविक घटनाएँ घटती हैं, जिन्हें दिन की व्यस्तता में कोई भी याद नहीं रखता। परन्तु अब

मुझे स्पष्ट याद आ रहा है, कल रात उसके प्यार की रंगत कुछ और थी, रोज़ जैसी नहीं थी। मानो वह मुझसे बहुत दूर चला जा रहा हो। शायद फिर कभी मिलना न हो या बहुत दिनों बाद मिलन हो। अब मुझे लग रहा था कि उसके व्यवहार में एक दबी हुई वेदना-सी थी। परन्तु वह वेदना क्या थी? तो क्या वह मुझे यहाँ छोड़कर हिन्दुस्तान चला गया? पर क्या यह कभी सम्भव है? वह तो मुझे प्यार करता है। मैं उसकी बीवी हूँ। कोई भी पति अपनी बीवी से झूठ नहीं बोलता। पति की सभी गोपनीय बातें कोई और भले ही न जाने, बीवी को ज़रूर पता होती हैं। नहीं-नहीं, जानबाज कभी भी ऐसा निष्ठुर काम नहीं कर सकता। वह मुझे प्राणों से भी ज़्यादा प्यार करता है। क्या किसी मुज़ाहिद ने उसे ग़लती से गोली तो नहीं मार दी? लालटेन की लौ टिमटिमा रही है। पूरे कमरे में रोशनी और प्रकाश की विचित्रता छाई हुई थी। मन-ही-मन सोचा, कल सुबह लौटने पर सख़्ती से जानबाज से कहना पड़ेगा कि मुझे इस तरह बिना बताए कहीं बाहर न रहें। इससे मुझे तकलीफ़ होती है, अनाप-शनाप चिन्ताएँ सताती हैं। यह क्या बेहूदगी है? रात को घर से बाहर रहना? मैंने क्रोध में करवट बदली।

अगला दिन! बारह बज रहे होंगे। जानबाज नहीं लौटा। मरीज देखने में भी मेरा मन नहीं लग रहा था। इतनी देर तो वह कभी नहीं करता! उस दिन मुझे बिना बताए अपनी बुआ के घर गया था। रात को घर नहीं लौटा था, पर तड़के ही आ पहुँचा था। सब कुछ शायद ठीक है, फिर भी मेरा मन अनजान आशंका से काँप रहा था। बार-बार, रह-रह सिर्फ़ यही विचार मन में कौंध रहा था कि जानबाज कहीं दूर चला गया है। मेरी आवाज़ उस तक नहीं पहुँच रही है। घर का माहौल भी कुछ बदला-बदला-सा है? सभी लापरवाह से दिख रहे थे। सिर्फ़ गुलगुटी को छोड़कर। गुलगुटी मेरी चचेरी देवरानी है। उसकी दोनों आँखें लाल थीं। मानो बहुत रोई हो। यद्यपि अपनी क़िस्मत की परिणति के लिए वह अक्सर रोती है। मेरे देवर भी अन्य दिनों की भाँति शान्त नहीं थे। ज़रा ज़्यादा ही साहसी लग रहे थे। मेरी मझली देवरानी सादगी और दिनों इस तरह घर की दहलीज में टाँगें पसारकर नहीं बैठती। आज बरामदे में टाँगें पसारकर चाय के साथ किशमिश खा रही थी। वह अपने पति काला ख़ान के साथ ज़ोर-ज़ोर से बातें कर रही थी जोकि एकदम असम्भव-सी बात थी क्योंकि जानबाज की उपस्थिति में कोई भी अपनी बीवी के साथ इस तरह बात नहीं करता। एक बज रहा है। बेचैन निगाहों से घर के मुख्य द्वार के सामने बने ठीहे पर बैठी थी। अचानक देखा, असाम चाचा की दोनों बीवियाँ पाबलू और

नक्सिरा, और आबू तथा सेरिना, चाची (आबू ताई सास और सेरिना चाची सास), आद्रामान भाई की बीवी सभी हमारे घर की ओर आ रहे हैं।

मैं चौंक गई। ख़त्म, मेरा सब कुछ ख़त्म हो गया। नहीं, जानबाज अब कहीं नहीं है। मैं चीत्कार करके भी अब उसे वापिस नहीं पा सकूँगी। मैंने उठकर दीवार से सिर टकराना शुरू कर दिया। रुलाई फूट पड़ी। थोड़ी देर में जानबाज की लाश हमारे आँगन में लाई जाएगी। सब कुछ ख़त्म हो गया। मैंने पागलों की भाँति जाकर आबू को जकड़ लिया। सबने मेरे सिर पर हाथ रखा। मैंने रोते-रोते ही कहा, "किसने किया यह काम? अपने जीते जी मैं उसे नहीं छोड़ूँगी। उसके वंश का कोई भी नहीं बचेगा। मैं सबको मार डालूँगी।" अचानक असाम चाचा की बड़ी बीवी बोली, "सेइदा, जे बूम गोरम।" अर्थात् मैं देखूँगी तुम क्या करती हो। पाबलू चाची की बात सुनकर दुख और क्रोध से मैंने उसके मुँह पर एक घूँसा मारा। पाबलू चाची उई-उई की आवाज़ करके ज़मीन पर बैठ गई।

आबू तब मुझे पकड़कर नीचे बिठाकर बोली, "दागसायके"—ये क्या? "देता अईली बिना के?" मतलब, उसे क्यों मार रही हो? "ता मेरो आक्पले उराल।" अर्थात् तुम्हारा शौहर ख़ुद ही चला गया है।

कितना समय गुज़र गया नहीं मालूम। थका-थका-सा बदन लिये किसी तरह मैं गिरते-पड़ते अपने कमरे में आई। रुलाई थम गई थी। विलाप भी बन्द हो गया था। सिर्फ़ लग रहा था मानो कुछ थम गया हो। दिन की रोशनी को परास्त कर रात का अँधेरा पृथ्वी पर छाने लगा है। मरुभूमि की शुष्क हवा साँय-साँय बह रही है। कुएँ के सामने गाएँ लगातार रँभा रही हैं। मुर्गियाँ अपने डैने फड़फड़ाते हुए गंतव्य की ओर जा रही हैं। एक मुर्ग़ी को एक मुर्ग़ा दौड़ा रहा था, ठीक उसी वक़्त कलगी उठाए दूसरे मुर्गे ने आकर पहले वाले मुर्गे को परे हटा दिया। मैं खिड़की के सामने बैठकर सूनी निगाहों से निहार रही थी। पलकें मानो झपकाना भूल गई थी। बैठे रहना अब अच्छा नहीं लग रहा था। दुपट्टे से सिर से पाँव तक बदन को ढककर लेट गई। जो लोग आए थे, वे मुझे थोड़ा समझा-बुझाकर चले गए। मैं भी समझ गई कि उसे न तो मौत ने, न ही मुजाहिदों की गोली ने शिकार बनाया है। वह भाग गया है। वह जीवित है। अत: एक-न-एक दिन तो उससे मुलाक़ात होगी ही। झूठ-झूठ; सब झूठ है। सारी मुहब्बत झूठी है। सारे वादे झूठे हैं। मैं तो चंगी-भली थी। किसी भी पुरुष को जीवनसाथी न बनाने की प्रतिज्ञा कर चुकी थी। तो फिर मैंने क्यों शादी की? और जब शादी की ही तो अपने देश के युवक से क्यों नहीं की? मानो कोई

मेरे भीतर से कह उठा, "इसके लिए तुम ख़ुद ही ज़िम्मेदार हो।"

"नहीं-नहीं, इस परिणति के लिए रूमा ज़िम्मेदार है।" ख़ुद को ही कैफ़ियत देनी चाही मैंने। मन ने फिर प्रश्न किया, "तुम सच-सच बताओ तो, तुम्हारी इस परिणति के लिए क्या रूमा ही ज़िम्मेदार है?"

"हाँ, रूमा ही तो ज़िम्मेदार है। उसी ने तो जानबाज से मेरा परिचय करवाया था।"

"ग़लत बात। रूमा ने परिचय ज़रूर करवाया था; पर शादी के लिए तो नहीं कहा था।"

"वास्तव में जानबाज में मैंने एक सच्चे पुरुष को देखा था इसलिए धीरे-धीरे उससे मुहब्बत कर बैठी।" मैंने अपने मन को समझाया।

"तो फिर आज रूमा को ज़िम्मेदार क्यों ठहरा रही हो? और क्या यही तुम्हारा प्रकृत पुरुष है? सौरभ की याद है? क्या उसे तुम वापिस नहीं बुला सकती थीं? नहीं, तुमने उसे वापिस बुलाने की ज़रा भी कोशिश नहीं की। अत: अब मरो तुम।"

जानबाज चला गया था। बहुत सोचने पर भी अब मुझे उसकी याद नहीं आती। याद नहीं आती, यह कहना भी सही नहीं होगा। याद आती थी और फिर घृणा के आवरण से सारी मुहब्बत को दरकिनार कर देती थी। मन के किसी भी कोने में अब उत्ताल तरंगें हिलोरें नहीं लेतीं। सिर्फ़ रेत पर ज्वार है। मन क्लान्त, थका-सा है। अप्रत्यक्ष रूप से मन में एक ईर्ष्या ने जगह बना ली है। जब किसी को अपने पति के साथ बैठा देखती हूँ तो मन में सप्ततंत्री की वीणा की झंकार बज उठती है। सोचती हूँ वो कितनी सुखी है। उसका पति उसके साथ ही है। मेरा पति मेरे पास नहीं है। एक तकलीफ़ सीने को झकझोर डालती है। यहाँ तक कि पशु-पक्षियों को देखकर भी ऐसी ही ईर्ष्या होती है। सब कुछ है, और कुछ भी नहीं है। मैं हूँ, मेरा कोई नहीं है। हृदय है, पर वह उद्दीप्त नहीं होता। चाह है, प्राप्ति नहीं है। प्रबल उन्मादना है, पर वह प्रशमित नहीं होती। मैं हूँ, मेरा कोई नहीं है। मैं एक खोई हुई नारी हूँ। सिर्फ़ दोनों आँखों से ख़्वाब बुनती हूँ। कहाँ थी, आज कहाँ आ खड़ी हूँ। क्या चाहा था और हाय, क्या पाया! ख़्वाबों ने सिर्फ़ छला है।

क्या यह सच है? परन्तु यह असम्भव सत्य मेरे जीवन में घट चुका है। आज तीन साल हो गए जानबाज को हिन्दुस्तान गए। उसने यहाँ मेरे साथ सिर्फ़ दो साल सात महीने गुज़ारे हैं। ढेरों सुख के अलावा उसके साथ निरन्तर प्रेम प्रवाह में बहने का मुझे आनन्द मिला है, जो कभी किसी परिधि में सीमाबद्ध नहीं रहा। दुर्लभ! दुष्प्राप्य स्मृतियाँ सिर्फ़ मुझे दिक् से दिंगत तक भागने के लिए बाध्य करती रहती हैं।

तीन सालों की दौड़-भाग से मैं थक चुकी हूँ। अवसन्न हूँ। प्रेम आज पश्चिमांचल है। मेरे जीवन में जब भी जो कुछ घटित हुआ है, वह अप्रत्याशित रूप से ही हुआ है। और मैं विक्षिप्त, विकीर्ण, उन्मुक्त होकर लोकसंसर्ग से अनुचित कार्य को भूल बैठी। संकीर्ण मानसिकता वाले लोगों में उपहास का पात्र बन विचरण कर रही हूँ। जानबाज के चले जाने के बाद मुझ पर उसके भाइयों के अत्याचार शुरू हो गए। अनाहार, अनिद्रा के साथ-साथ पिटाई भी। कहकर भी कुछ लाभ नहीं, ये लोग अमानुष हैं। वर्तमान में मैं अलिखित तौर पर बन्दी हूँ क्योंकि यह देश ही एक प्रकार का जेलखाना है।

जीवन के आरम्भ में कभी सोचा तक नहीं था कि एक ऐसी अमोघ विपत्ति और पतन का गहरा अँधेरा मुझे स्वाभाविक जीवन से इस तरह दूर कर देगा। शायद फिर कभी मैं नई दिशा की नई रोशनी न देख पाऊँ। जानबाज की आवाज़ में टेप किये कैसेट ही अब मेरी नई दिशा की नई रोशनी हैं। दो-तीन महीने बाद उसके कैसेट आ जाते हैं। उन कैसेटों में वह कहता है, रास्ता ठीक होते ही और जंग थमते ही तुम आ जाओगी। जानबाज अच्छी तरह जानता है कि वर्तमान परिस्थिति में मैं विश्व की सारी ख़बरों से वंचित हूँ। अत: उसकी बातों पर आसानी से विश्वास कर लूँगी। इस तरह इस प्रकार कैसेटों में टेप की हुई प्रहसन भरी बातें ही मेरे जीवन का सहारा हैं। मुझे शादी से पहले जानबाज को अच्छी तरह से जानने, समझने का मौक़ा या समय ही नहीं मिला। हम हफ्ते में एक बार मिला करते। एक निश्चित समय पर। तीन से चार तक। न्यू मार्केट के भीतर फ्लूरिज के रेस्तराँ में हम जाकर बैठते। एक कप कॉफी या पेस्ट्री खाने में जितना वक़्त लगता है, उतना ही वक़्त एक-दूसरे को समझने के लिए मिलता था। इतने से वक़्त की परिधि में वह मुझे कितना जान पाया? और मैं ही उसे कितना जान पाई? मगर अब इतना समझ पाई हूँ कि आज ये सारे प्रश्न व्यर्थ हैं।

3

कम-से-कम सौ मरीज़ों की पर्चियाँ जमा पड़ चुकी थीं। गाड़ियों की क़तार देखकर ही समझ गई कि आज तीन बजे से पहले खाना नसीब नहीं होगा। पूरे अफ़ग़ानिस्तान

में एक भी महिला डॉक्टर नहीं है। दो-एक जो हैं, वे भी शहर में हैं। उनमें कोई भी विशेषज्ञ नहीं है। जो दाँत देखती है वही 'ओवेरियन सिस्ट' या 'ऐडीमेट्रिओसिस' का इलाज भी करती है। 'मेट्रोरेजिया' या 'डिस्मेनोरिया' दोनों के लिए एक ही दवा दी जाती है। यद्यपि मैं शिक्षित डॉक्टर नहीं हूँ फिर भी डॉक्टर एस. एन. पांडेय की प्रैक्टिस ऑफ मेडिसिन' या सी.एस. दा की 'टेक्स्ट बुक ऑफ गाइनोकोलॉजी' पुस्तकें पढ़कर जितना सीख पाई हूँ, उसी से कुछ महिलाओं का भला हो पाया है। मेरे द्वारा दी गई दवा से मरीज़ जल्दी स्वस्थ हो जाता है यह देखकर यहाँ के सभी गाँवों में अच्छे डॉक्टर के रूप में जानी जाने लगी हूँ।

उस दिन दोपहर ढलने वाली थी। सब कुछ सहेजकर अपने चेम्बर का दरवाज़ा बन्द करने जा रही थी कि उसी वक़्त एक अधेड़ महिला और उसके साथ और एक युवती आई। कम उम्र की उस युवती ने मुझे साफ़ अंग्रेजी में ये पूछकर आश्चर्य में डाल दिया कि मैं आपसे पश्तो में बात करूँ या बांग्ला में?

"तुम बांग्ला जानती हो? क्या तुम हिन्दुस्तान से आई हो? मैं भी तो बंगाली हूँ, हिन्दुस्तान से आई हूँ।" बंगाली विहीन इस देश में अपनी भाषा और देश के एक बाशिन्दे को पाकर शायद मैं अपने बारे में कुछ ज़्यादा ही कह गई।

"मुझे पता है आप बंगाली हैं। तभी तो दस मील पैदल चलकर घर पर झूठ बोलकर आपके पास आई हूँ।"

"क्यों? मेरे पास क्यों? कोई रोग है क्या?"

"नहीं। मुझे कोई बीमारी नहीं है। मैंने सुना है कि काबुल का रास्ता ठीक होते ही आप फिर से अपने देश लौट जाएँगी। इसीलिए आपके पास दौड़ी चली आई।"

अब तक मैंने ध्यान नहीं दिया था कि हम लोग दरवाज़े पर खड़े होकर बातें कर रही थीं। अब मैंने दोनों को भीतर आने के लिए कहा। चाय लेंगी या नहीं, पूछा। उन्होंने इनकार में सिर हिलाया। दोनों को बिठाकर मैं उनके सामने बैठ गई। युवती बोली, "मेरा नाम काली राय है। उत्तर कोलकाता के सिन्थी में हमारा घर था।" मैं उसकी बातों में इतनी मशगूल थी कि समय का अन्दाज़ा ही नहीं रहा। उस युवती से क्या कहूँ, सोच नहीं पा रही थी।

सिर ढके होने के बावजूद मैंने यह महसूस किया कि उसके काफ़ी घने लम्बे केश हैं। कटावदार आँखें और तीखी नाक। यद्यपि चेहरे पर सूक्ष्म कलात्मकता तो नहीं पर अजंता की तूलिका का मामूली-सा स्पर्श अवश्य है। माइकल

एंजेलो या पाब्लो पिकासो ने अपने मन-माधुर्य से काकली की सृष्टि नहीं की। फिर भी इतना कह सकती हूँ कि किसी पुरुष को सहज आकृष्ट करने लायक सौन्दर्य का ज्वार उसके सर्वांग में है। जो नहीं है, वह है नारी का वास्तविक सौन्दर्य-व्यक्तित्व।

सौन्दर्य दर्शन समाप्त कर मैं यथार्थ जगत में लौट आई। युवती से कहा, "कहो, किस उम्मीद से तुम मेरे पास आई हो? मैं तुम्हारे लिए क्या कर सकती हूँ?"

"आप जब कोलकाता जाएँ, हमारे घर जाकर मेरे पिता से ज़रा अनुरोध करें कि यदि वे किसी तरह मेरे देवर को पुलिस के हवाले कर दें तो वे लोग डरकर मुझे मेरे देश वापिस भेजने को बाध्य होंगे।"

"कहाँ रहता है तुम्हारा देवर और उसे कैसे पुलिस के हवाले किया जा सकता है?"

"सिन्धी में ही रहता है। मेरे पिता पहचानते हैं। उसका नाम इब्राहिम ख़ान है। जैसे भी हो, उसे पुलिस के हवाले करने को कहेंगी। कहेंगी न? यक़ीन मानिए, यह मानसिक कष्ट मैं अब और बर्दाश्त नहीं कर पा रही हूँ।"

"क्यों, तुम्हारा पति घर पर नहीं है?" अपने निजी अनुभव से मैंने यह सवाल किया। अचानक काकली रो पड़ी। फिर बोली, "मैडम, आपका पति देवता समान है, इसीलिए आपको मानसिक कष्ट नहीं सहना पड़ा। उन्होंने आपको धोखा नहीं दिया।"

मैंने मन-ही-मन सोचा, धोखा नहीं दिया, मानसिक कष्ट नहीं दिया?

काकली बोली, "एक व्यक्ति अपनी पत्नी तक पहुँचने में झूठ का रास्ता अपनाता है; जिसके दाम्पत्य जीवन की नींव ही झूठ पर टिकी है, उसके लिए इससे ज़्यादा तकलीफ़ की बात और क्या हो सकती है?" बोलते-बोलते अचानक स्तब्ध हो गई काकली। कुछ देर चुप होकर फिर बोली, "हमारे घर के बाईं ओर नवाब ख़ान का घर था। पाँच पठान एक ही घर में रहते थे। नवाब देखने में काफ़ी सुन्दर था। एक युवती के मन के किसी कोने में जब कामना या चाहत उत्पन्न होती है तब वह अपने प्रिय के बारे में अनेक कल्पनाओं का रंग मिलाकर, उसके बारे में कई प्रकार के सपने बुनती है। जिस समय लड़कियों को प्रेम की परिभाषा तक मालूम नहीं होती, मैं ऐसे समय नवाब के साथ प्रेम के प्रवाह में बहने लगी। शाम होते ही पता नहीं किस आकर्षण के चलते मैं घर से निकल आती।

"कौन-सा ऐसा खिंचाव, कौन-सा इतना प्रबल आकर्षण था, वह मैं समझ नहीं पाती थी। एक दिन मेरे घरवालों को यह बात पता चल गई। मेरे पिता बैंक मैनेजर

थे। माता-पिता और भाई ने मुझे बहुत समझाया। फिर मारना-पीटना शुरू किया। पर किसी भी तरह वे मुझ पर अंकुश नहीं लगा पा रहे थे। मैं उस वक़्त नवाब के लिए पागल हुई जा रही थी। मेरे सपनों का राजकुमार नवाब था...

"इसी बीच पिता ने मेरी शादी तय कर दी। लड़का दिल्ली का रहनेवाला था। अपने पिता की एकमात्र सन्तान। वह इंडियन एयरलाइंस में कम्प्यूटर इंजीनियर था। मैंने उस वक़्त अंग्रेजी ऑनर्स में ग्रेजुएशन किया ही था। जब मुझे पता चला कि पिता ने शादी का सारा बन्दोबस्त कर दिया है तो मैंने जाकर नवाब को बताया। उस वक़्त पूरी दुनिया में नवाब ही मेरा एकमात्र दोस्त था। नवाब ने मुझसे कहा, "कोई फ़िक्र मत करो। पाँच-छह दिनों में सारा बन्दोबस्त करके मैं तुम्हें लेकर अपने देश चला जाऊँगा...।"

"मैं तब ख़ुशी से झूम उठी। मेरी मुहब्बत वास्तव में परवान चढ़ने जा रही थी। जीवनभर के लिए नवाब मेरा होगा। सिर्फ़ मेरा। दुनिया में कोई और नवाब को नहीं पा सकता। नवाब की मुहब्बत के साम्राज्य में मैं एकमात्र और अद्वितीय सम्राज्ञी होऊँगी...।

"फिर एक हफ्ते तक मैंने नवाब को नहीं देखा। तब मेरा क्या हाल हुआ उसे शब्दों में अभिव्यक्त करना सम्भव नहीं। तो क्या सब झूठ था? भीतर-ही-भीतर ख़ालीपन-सा महसूस होता। खाना-पीना, सोना सब कुछ चौपट हो गया। दिन-रात भयानक पीड़ा-सी होती। ऐसे में ही एक दिन नवाब लौट आया।

"जब मैंने नवाब को बिना बताए ग़ायब हो जाने के लिए फटकारा तो उसने बताया कि वह मुझे लेकर अपने देश भागने का सारा बन्दोबस्त करने गया था। फिर मार्च 1986 में मैं नवाब के साथ इस देश में चली आई।" इतना बताकर काकली ने रोना शुरू कर दिया।

मेरी समझ में नहीं आ रहा था कि काकली को क्या कहकर सांत्वना दूँ। सोचा कुछ कहने से चुप रहना ही बेहतर है। इस मामले में कुछ कहना ठीक नहीं होगा। खिड़की से बाहर देखा, रात के अँधेरे ने दिन की रोशनी का ख़ात्मा कर दिया था। काकली ने उठने में कोई जल्दबाजी नहीं दिखाई तो मैं समझ गई कि वे आज रात मेरी मेहमान हैं। अत: खाने का बन्दोबस्त करना होगा। उन्हें बिठाकर मैं रसोई की तरफ़ चली गई। मेरी मझली देवरानी उस वक़्त रोटी बना रही थी। इस देश में कोई भी भात नहीं खाता। रोटी खाते हैं। भात ख़ास मौक़ों पर बनता है।

मैंने 'सादगी' से कहा, "दो मेहमान हैं।"

वह बोली, "मुझे पता है। दो बार देख आई हूँ। शाम हो जाने के बाद भी उन्हें बैठे देखकर मैं समझ गई कि वे आज रात यहीं रुकेंगी। इसलिए उनके लिए भी खाना बना लिया है।"

"वाह! तुम तो बहुत बुद्धिमान हो। क्या बनाया है तुमने?"

"मीट का कोरमा और दही है। चलेगा न?"

"हाँ-हाँ, चलेगा। इससे ज़्यादा और क्या बनाओगी? है ही क्या बनाने के लिए?"

"आकीई से कहो तुम्हारे कमरे में बत्ती जला आए।"

हमारी एक चचेरी देवरानी को सादगी 'आकीई' कहती थी।

इधर का काम ख़त्म कर मैं काकली के पास गई।

उससे कहा, "काकली, तुम्हारी जीवन-गाथा सुनकर मन बड़ा बोझिल-सा लग रहा है।"

"दीदी, अभी तो कुछ भी नहीं सुना। यह जो मेरे साथ आई हैं, सब कुछ जानती हैं।"

"अरे हाँ, इतनी देर से तो हम दोनों ही आपस में बातें किये जा रही हैं। उनके बारे में तो कुछ पूछा ही नहीं। यह तुम्हारी कौन हैं?"

"यह मेरी ननद की बड़ी ननद हैं। मुझसे बहुत स्नेह करती हैं। इनसे सलाह-मशविरा करके इनके घर जाने का बहाना करके ही यहाँ आपके पास आई हूँ।"

"किसी को बता तो नहीं देंगी कि तुम मेरे पास आई हो।"

"नहीं, ऐसा नहीं करेंगी। क्योंकि मैं तो रास्ते वगैरह नहीं जानती। मुझे रास्ता दिखाकर यही तो लाई हैं। बताने पर ख़ुद भी फँसेंगी।"

"फिर क्या हुआ? तुम नवाब से शादी करके यहाँ आ गईं। फिर?"

"फिर? पहले तो हम काबुल चले आए। काबुल की स्थिति तब और ख़राब थी, लड़ाई चरम पर थी। सब तरफ़ मिसाइल और रॉकेटों का बोलबाला था। सारे रास्ते में मृतक मनुष्यों के क्षत-विक्षत शरीर पड़े थे। उनके ताज़ा ख़ून से रास्ते लाल हो गए थे। इन सबके बीच से हम एक गाड़ी लेकर आगे बढ़ते जा रहे थे। मुख्य रास्ते से कोई आ-जा नहीं सकता था अतः गाड़ी ने एक कच्चा रास्ता पकड़ा। गाड़ी के पहियों के साथ कच्चे रास्ते की धूल उड़ती, हमारे चेहरे और आँखों पर धूल की परतें जमने लगीं। रास्ता जब ख़त्म हुआ तब शाम हो गई थी। उसके बाद और एक घंटे के सफ़र के बाद नवाब का घर आया। नवाब के परिवारवालों ने

मुझे ले जाकर एक कमरे में बिठाया। कुछ लोग आकर मेरे सामने बैठ गए और मुझे देखने लगे।"

"तुम्हारे बदन पर चीनी नहीं छिड़की? यहाँ तो घर में नई बहू के आते ही चीनी छिड़कने की प्रथा है। आसमान में गोली दागकर ख़ुशी मनाने का रिवाज है। मेरे समय तो यही हुआ था।"

"नहीं, मेरे साथ उन्होंने ऐसा कुछ नहीं किया। हाँ, उसकी भी एक वजह रही है। रात बारह बजे नवाब का बड़ा भाई कमरे में आया। उसके साथ एक महिला थी। उसकी उम्र चालीस के लगभग होगी। अब तक कमरे में जो लोग बैठे थे, वे सभी एक-एक कर निकल गए। सिर्फ़ नवाब, मैं, बड़े भाई और वह महिला, चुपचाप बैठे रहे। अचानक ख़ामोशी तोड़ वह महिला चीख़ पड़ी। आँखें लाल कर मेरी ओर इशारा कर कभी नवाब से तो कभी उसके बड़े भाई से कुछ कहने लगी। हाथ हिला-हिलाकर नवाब उसे कुछ समझाने लगा। कुछ न समझकर मैं नवाब का मुँह देखती रही। सोचा, वह शायद नवाब की माँ होगी। मुझे ब्याह कर लाया है शायद इसलिए उसे डाँट रही है। ठीक ही तो है। बेटे को लेकर माँ की शायद अनेक लालसाएँ रही होंगी। धूमधाम से शादी करेंगी, ख़ुद अपने हाथों से ब्याह कर अपनी बहू लाएँगी। यह सब तो हुआ नहीं। शायद इसीलिए इतना चीख़-चिल्ला रही हैं।

"मैं जब यह सब सोच रही थी, तब बड़े भाई ने हिन्दी में कहा, 'सुनो काकली! हम कतई इसके लिए तैयार नहीं थे कि नवाब दूसरे देश की लड़की को ब्याह कर घर लाएगा।' यह उसने इतनी घृणा से कहा कि मुझे बहुत बुरा लगा। क्यों, दूसरे देश की लड़कियाँ क्या लड़कियाँ नहीं हैं? बड़े भाई ने साथ वाली महिला की तरफ़ इशारा करके कहा, 'इसे देख रही हो? इससे तुम्हारा परिचय करवा दूँ, क्योंकि ज़िन्दगी अब तुम्हें इसके साथ ही गुज़ारनी है।' मैंने मन-ही-मन सोचा, वह तो गुज़ारनी ही है। दुनिया की सारी बहुएँ ही तो सास के साथ अपनी ज़िन्दगी गुज़ारती हैं। मुझे भी ऐसा करना पड़ेगा। बताने के लिए नया क्या है? मगर अब चौंकने की बारी मेरी थी। मुझे हैरान करते बड़े भाई ने कहा, 'यह नवाब की बीवी है।'

"बीवी? नवाब की बीवी? कमरे की सारी रोशनियाँ मानो पलभर में बुझ गईं। मेरी साँस भी मानो थम गई। ख़ून का दौड़ना भी मानो रुक गया। आँखों के समक्ष मानो सब कुछ धुँधला होता गया। क्या कहूँ मैं? ठीक से सुना तो मैंने? बड़े भाई ने मुझे ख़ामोश देख फिर कहा, 'क्यों? नवाब ने तुम्हें कुछ बताया नहीं? लगभग दस साल पहले नवाब की शादी हो गई थी!'

"नहीं, अब कोई सन्देह नहीं रहा। मैंने ठीक ही सुना है। यह औरत सचमुच नवाब की बीवी है। तो मैं कौन हूँ? यहाँ मेरा परिचय क्या है? जिस पर भरोसा करके, मुहब्बत करके, देश छोड़कर, सबको छोड़कर हज़ारों-हज़ार मील दूर चली आई हूँ, उसने मेरे साथ इतना बड़ा विश्वासघात क्यों किया? मेरे विश्वास का अपमान किया?

"बड़े भाई की बात का मैं कोई जवाब नहीं दे सकी। नवाब की ओर देखकर कुछ कहना चाहा; पर कह नहीं पाई। गला रुँध गया। आँखों के सामने अँधेरा छा गया। मैं सिर झुकाकर बैठी रही।"

काकली की जीवन-गाथा इतनी विस्मयकारी है मुझे पहले अहसास नहीं हुआ। अपने पिता की एक बात याद आई। पिता कहा करते, "विवाह जीवन का एक अंग परन्तु उसे यदि व्यंग्य बना लो तो पतन अनिवार्य है।" काकली के जीवन में भी वही अनिवार्य दुर्घटना घटी। मेरे जीवन में भी क्या वैसी त्रासदी नहीं घटी? जीवन की आकांक्षाएँ क्या व्यर्थ नहीं हुईं? काकली मेरे पास मुक्ति के लिए आई है। हाय रे, बदनसीब लड़की! तुम किसके पास मुक्ति की तलाश में आई हो? जिसे अपनी ही मुक्ति की राह नहीं मालूम। भाग्य का यह कैसा निष्ठुर परिहास है?

अफ़ग़ानिस्तान एवं यहाँ के बाशिन्दों के विषय में अच्छा लगने का बोध रवीन्द्रनाथ की कहानी 'काबुलीवाला' के पात्र रहमत के माध्यम से जगा था। परन्तु आज उस रहमत ख़ान का देश एक आतंक-सा लगता है। क्या यही रहमत का देश है? क्या इसी देश में रहमत की बेटी रहती थी? यहाँ के प्रत्येक व्यक्ति को असहायता लील रही है। पहाड़ों, पथरीली ज़मीन, खुले आकाश हर तरफ़ मानो हज़ार-हज़ार, लाखों-लाखों मनुष्यों का आर्तनाद, शिशुओं का रुदन सुनाई पड़ता है। तब तो और भी हैरानी होती है जब रहमत ख़ान जैसे व्यक्ति की कोई भी झलक यहाँ के लोगों में देखने को नहीं मिलती।

तब सोचती हूँ कि क्या सचमुच रवीन्द्रनाथ को रहमत जैसा कोई व्यक्ति मिला था? या सब कल्पना मात्र थी? फिर सोचती हूँ, रहमत है ही नहीं, ऐसा भी नहीं है। हमें शायद वह नहीं मिला। मुझे शायद वह जानबाज में मिला है। पर काकली? क्या उसे मिला है? नवाब में कम-से-कम रहमत ख़ान नहीं मिल सकता। क़िस्मत ने आज हमें कहाँ ला पटका है? दोनों की विडम्बना का क्षेत्र सिर्फ़ अलग है परन्तु केन्द्र बिन्दु तो एक ही है।

काकली बोली, "उस वक़्त मैं समझ नहीं पाई थी कि और भी काफ़ी तकलीफ़ें मेरा इन्तज़ार कर रही थीं।

"नवाब के बड़े भाई ने मुझसे कहा, 'सिर्फ़ आज की रात तुम अकेली सोओगी। हाँ, अकेले नहीं, नवाब की बहनें भी तुम्हारे साथ सोएँगी। कल से तुम, नवाब और 'आरना' एक साथ।'

"आरना, नवाब की बीवी का नाम था।

"मैंने कोई जवाब नहीं दिया। क्या जवाब देती मैं? इस बड़े भाई से बात करने की मेरी ज़रा भी इच्छा नहीं हो रही थी। इसके बाद नवाब और आरना कमरे से चले गए। घृणा और शर्म से हृदय मुझे कचोट रहा था। मेरे विवाहित जीवन की दिल्ली में सिर्फ़ दो रातें गुज़री थीं। मात्र दो दिनों के लिए नवाब मेरा शौहर था। उन दो दिनों, पूरी तरह वह मेरा अपना था। उसके बाद ही सब कुछ ख़त्म हो गया। आज ससुराल में मेरी पहली रात है। दुनिया में सब कुछ ठीक-ठाक है। आकाश में रात का अँधेरा है। उज्ज्वल तारों की रोशनी है और एक टुकड़ा चाँद का। मैं भी ज़िन्दा हूँ। मेरी नब्ज़ गतिमान है। विचारधारा गतिमान है। सिर्फ़ 'वह' आज मेरे साथ नहीं है, जिसके लिए घर का सुरक्षित जीवन छोड़ अनजान-अपरिचित राह की ओर क़दम बढ़ाए थे। तड़के ज़रा-सी नींद आई थी। अचानक कमरे में किसी चीज़ की आवाज़ से नींद टूट गई। देखा, सामने खड़े हैं आरना और उसका शौहर नवाब। नवाब ने मुझसे कहा, 'काकली उठो। आरना तुम्हें पानी ला देगी। तुम नहाकर, कपड़े बदलकर बैठो। अभी सभी तुम्हें देखने आएँगे। अरे हाँ, तुम्हारे पास मैंने जो रुपए रखे हैं, वो आरना को दे दो। वह रख देगी।'

"'क्यों? क्या मुझे रुपए रखने नहीं आते? या 'वह' मुझसे बेहतर हिसाब-किताब जानती है? और जब मुझे रुपयों की ज़रूरत पड़ेगी, तब क्या तुम्हारी बीवी से माँगने जाऊँगी?'

"व्यंग्य से ये बातें कही मैंने। अफ़ग़ानिस्तान की ज़मीं पर यही मेरा पहला विद्रोह था। नवाब ने क्या समझा क्या जानें। फिर कुछ नहीं कहा। दिनभर बहुत सारे लोग मुझे देखने आते रहे। मानो मैं सिनेमा की तस्वीर होऊँ या वैसा ही कुछ। रात के नौ बज रहे हैं। अब जाकर कहीं कमरा ख़ाली हुआ। फिर देखा, आरना बिस्तर लगा रही है। काफ़ी चौड़ा बिस्तर। उस पर एक के बाद एक तीन तकिये रखे। थोड़ी देर बाद नवाब ने मुझे लेटने के लिए बुलाया। वह बिस्तर के बीचोबीच लेट गया। उसने आरना को भी बुलाया।

"मैंने सवाल किया, 'वह, मैं और तुम एक साथ लेटेंगे?'

'हाँ! ज़रूर! आरना भी तो मेरी बीवी है! यहाँ नहीं लेटेगी तो कहाँ जाएगी?'

'नवाब, ये क्या कह रहे हो तुम? इस तरह एक साथ मैं नहीं लेट पाऊँगी। इस असभ्यता के तुम लोग आदी हो; पर मेरी तालीम, मेरी संस्कृति इन सब चीज़ों से वाक़िफ़ नहीं है। जीते जी मैं अपनी शर्म दूसरों के सामने बेपर्दा नहीं कर सकती। मियाँ-बीवी के निजी क्षणों में और कोई नहीं आ सकता।' उस रात नवाब और आरना एक साथ लेट गए। मैं ज़रा-सा दूर हटकर उनकी तरफ़ पीठ फेरकर लेट गई। नींद कहाँ आती है? मेरा अपना प्रिय मेरे निकट ही किसी और के बाहुपाश में लेटा है। असम्भव! अशालीन! कल्पना से भी परे की बात है। ज़िन्दगी में ऐसी परिस्थिति से दो-चार होने की बात क्या मैंने कभी सपने में भी सोची थी?" फिर काकली ने रोते-रोते अस्फुट स्वर में कहा, "उस रात नवाब मेरे सामने ही आरना के साथ..." बात समाप्त नहीं कर पाई काकली। रो पड़ी।

सुबह काकली ने विदा ली। परन्तु सारा दिन सारे कामकाज में लगे रहने के बावजूद काकली एक बार के लिए भी मेरे मन से विदा नहीं हो पाई। अवसाद और क्लान्ति में ही दिन ख़त्म हो गया। मेरी मझली देवरानी ने कहा, "खाना लगा दूँ?" मेरी देवरानी मुझे आगलनावे कहकर बुलाती है। मेरे शौहर को वे लोग आगल कहते हैं। आगल पानी बड़ा भाई और नावे पानी नई बहू। आगल की नई बीवी हूँ इसलिए मैं उनकी आगलनावे हूँ।

4

ज़िन्दगी में कई जगहों पर घूमी हूँ। परन्तु इस देश में मानो सब कुछ अपरिचित है। जिस दिन पहली बार मैंने यहाँ के घर देखे उस दिन सोच भी नहीं पाई कि घर ऐसे होते हैं। पहली बार जब गजनी में जानबाज के एक भानजे रफ़ीक़ खरिए (खरिए माने भानजा) के घर के सामने खड़ी हुई, उस दिन उनका घर देखकर हैरान रह गई। घर के सदर द्वार पर लोहे का एक विशाल गेट था। इतना बड़ा गेट कि एक बस या ट्रक आसानी से उसमें से प्रवेश कर सकता था। घर की दीवारें, कमरे, फ़र्श सब कुछ मिट्टी का था। काबुल शहर को छोड़ सब जगह मिट्टी के घर हैं। पचास या साठ इंच चौड़ी दीवार। दीवार से सटे एक के बाद एक कमरे। गिनकर देखा, आठ कमरे थे और उनसे सटा लम्बा बरामदा। बरामदे से उतरकर काफ़ी दूर

जाकर आँगन के बीच में एक कमरा था और आँगन के बाईं तरफ़ एकदम कोने में चार गऊएँ खड़ी थीं। रसोईघर के दाहिने कोने में एक कुआँ था। एक ख़ूबसूरत उम्रदराज़-सी महिला के पुकारने पर मैंने मुड़कर देखा। महिला ने घाघरे-चोली जैसी पोशाक पहन रखी थी। सिर पर बड़ा सा काले रंग का दुपट्टा था। महिला ने पहले मुझसे हाथ मिलाया। फिर स्नेह से आलिंगन कर मेरे दोनों गालों को चूमा। फिर मेरे हाथ पकड़कर मन की प्रसन्नता जाहिर की। एक बारह-तेरह साल की लड़की ने थोड़ी-सी चीनी लाकर मेरे ऊपर छिड़क दी। सिदिक रफ़ीक़ खुरिए का बेटा था। उसने मुझसे प्यार से पूछा, "क्या खाना चाहती हो?"

"अभी मैं कुछ नहीं खाऊँगी।" बातचीत करते-करते और चार महिलाएँ आ गईं। दो मेरी हमउम्र और दो मुझसे छोटी लगीं। और एक बारह-तेरह साल की लड़की आई। सबने पहली वाली महिला की तरह चुम्बन से मेरा स्वागत किया। फिर मुझे उन्होंने एक कमरे में ले जाकर बिठा दिया।

दरवाज़े से प्रवेश करने पर लगा कि किसी कमरे में ही प्रवेश किया। परन्तु नहीं। उस कमरे के बाएँ कोने पर एक दरवाज़ा था और दाईं तरफ़ के कोने में भी वैसा ही एक दरवाज़ा था। मुझे बाईं तरफ़ के दरवाज़े से प्रवेश करने को कहा गया। भीतर जाकर देखा, कमरे में सामान के नाम पर एक विशाल गद्दा था जिस पर कई तकिये रखे थे। सबसे नीचे एक क़ीमती कालीन था। पूरे कमरे में ही बेशक़ीमती फारसी कालीन बिछा था। उत्तरी दरवाज़े से प्रवेश कर, पश्चिमी दीवार की तरफ़ पीठ करके बैठने से ठीक नाक की सीध में एक खिड़की थी। वह ढाई मीटर चौड़ी और लम्बी रही होगी। मैं उस खिड़की के पास जाकर बैठी। खिड़की से रसोईघर नज़र आ रहा था। उस कमरे से धुआँ निकलते देख अन्दाज़ा लगाया कि वह रसोईघर होगा। मैं समझ गई वे मेरे लिए ही कुछ पका रहे थे। यहाँ बहू और अविवाहित लड़की में कोई फ़र्क़ नहीं है। हाँ, कुछ बहुएँ हैं जो एकदम तंग पजामा और पाँवों तक क़मीज़ पहनती हैं। ये बातें पहले ही जानबाज से जान चुकी थी। अब प्रत्यक्ष देख रही थी। सचमुच समझना कठिन है कि कौन बहू है और कौन बेटी। तंग सलवार पहने किसी को वहाँ नहीं देखा। सभी ने ढीली सलवार और घुटनों तक क़मीज़ पहन रखी थी। उन्हीं में से एक मेरे लिए काँच की ऊँची प्लेट में अंडों की पोच जैसी चीज़ बनाकर लाई थी। पोच घी में तरबतर थे। उसने प्लेट मेरे सामने लाकर रखी। साथ ही बड़े-से कटोरे में लस्सी जैसा कुछ था। देखने में लस्सी जैसा लगने पर भी पीने पर पता चला कि वह लस्सी नहीं, मट्ठा था। फिर

उनकी रोटियाँ और रोटियाँ रखने का पात्र देखकर काफ़ी हैरानी हुई। एक बड़े-से प्लास्टिक में लपेटी बड़ी-बड़ी गोल रोटियाँ। सबने हाथ हिलाकर मुझे खाने को कहा। मैं हैरानी से उन रोटियों को देखती रही। खाना तो दूर की बात, कभी ऐसी रोटियाँ देखी हों, मुझे याद नहीं आता।

हाय रे, अभागी लड़की! अनजाने में ही तुमने कौन-सा जीवन चुन लिया? यदि इसी जीवन की तुम्हें चाह थी तो सभ्यता के प्रकाश में क्यों अपने आपको झोंक दिया था? उस संस्कृति की हवा को क्यों साँसों में बसा लिया था? मैं ज़्यादा देर खोई न रह सकी। बाहर से मुझे आवाज़ दी गई। गाड़ी तैयार खड़ी थी, सिर्फ़ मेरे जाने का इन्तज़ार हो रहा था। मैंने एक बार फिर सबसे नज़रें मिलाईं। बरामदे से चलते हुए विशाल गेट की तरफ़ बढ़ने लगी। एक नए अनुभव को साथ लेकर फिर आगे बढ़ चली। अब पक्की सड़क के बजाय गाड़ी कच्ची सड़क पर दौड़ने लगी। रास्ते के दोनों तरफ़ थोड़े-थोड़े फ़ासले पर घरों की क़तारें थीं। रास्ते से सटी ज़मीन पर ही आलू, प्याज, गाजर की खेती थी; कुछ तम्बाकू के खेत भी देखे। तरबूज, खीरा, खीरा, कुम्हड़ा ये सब तो सभी जगह थे। अंगूरों के खेतों की क़तार भी देखी। और उन्हीं के साथ क़रीब दस-दस हाथ के फ़ासले पर सेब के वृक्ष देखे। गेरुआ मिट्टी के रास्ते पर गाड़ी क्रमशः सामने की ओर बढ़ी चली जा रही थी। कभी चढ़ाई आ रही थी तो कभी उतराई। इस तरह एक घंटा चलने के बाद एक विशाल बाँध नज़र आया। बाँध चौड़ाई में गंगा जितना होगा और लम्बाई कितनी होगी पता नहीं। यहाँ से और एक घंटे के सफ़र के बाद जानबाज का गाँव आएगा।

जानबाज के देश में एकमात्र राजधानी काबुल से ही बिजली की दोस्ती थी। राजधानी पार कर जब दस मील दूर आ गए तो देखा लाइट पोस्ट (बिजली के खम्भे) थे पर लाइट और लाइन दोनों में से कुछ भी नहीं था। खम्भे मानो कह रहे हों, 'ग़लत मत समझो। कभी मैं इस गाँव में भी घूमा करती थी; किन्तु आज मैं इन गाँवों में नहीं आती। इनके साथ वर्तमान में मेरी कोई दोस्ती नहीं है।'

अचानक चीख़ने की आवाज़ सुनाई दी। खिड़की से बाहर देखा, सब लोग पता नहीं क्या कहते हुए हमारी गाड़ी की तरफ़ दौड़े आ रहे थे। सिर्फ़ इतना ही समझ पाई कि वे जानबाज, जानबाज कहते हुए दौड़ रहे थे।

गाड़ी फिर उसी तरह के लोहे के एक विशाल गेट के सामने आकर रुकी। रुकते ही जानबाज उतरकर नीचे चला गया। मुझे लेकर गाड़ी उस गेट के अन्दर घुसी। अब तक जो गाड़ी चला रहा था, वह भी उतर गया। गाड़ी में तब मैं अकेली

बैठी रही। देखते-ही-देखते घर के आँगन में लोगों का ताँता लग गया। उनमें से एक महिला मेरी ओर बढ़ने लगी। गाड़ी में चढ़ते ही उसने मुझ पर थोड़ी-सी चीनी छिड़क दी, फिर मेरा हाथ पकड़कर नीचे उतारा और भीड़ को धकेलते हुए मुझे ले जाने लगी।

थोड़ी देर बाद ही गोलियाँ चलने की आवाज़ सुनाई दी। मैं डरकर चौंक उठी। मैं डर गई थी, यह बात उस महिला की समझ में आ गई थी। बाहर जाकर वह एक व्यक्ति को बुला लाई। दाढ़ीवाला एक काना व्यक्ति मेरे सामने आकर बोला, "बेटी डरो मत। तुम इस घर में बहू बनकर आई हो इसलिए लोग ख़ुशी से आकाश में गोलियाँ चला रहे हैं। हमारे यहाँ पटाखे नहीं मिलते। इसलिए लोग बन्दूक़ से गोलियाँ चलाकर ख़ुशी जाहिर करते हैं।" उनकी उस बन्दूक़ की एक गोली यदि मेरे हृदय को भेद जाती तो जिस भयावह परिस्थिति का मुझे मुक़ाबला करना पड़ा, कम-से-कम उससे मुझे मुक्ति मिल गई होती।

इसके बाद शुरू हुई ससुराल में मेरी गृहस्थी।

मेरे ससुर के तीन भाई हैं। बड़े एवं मझले भाई की मृत्यु हो गई है। छोटा भाई जीवित है। मेरे ससुर मझले थे। कोलकाता में ही उनका देहान्त हुआ। सुना है गोबरा में उन्हें दफ़नाया गया है। छोटा भाई है, आसाम ख़ान। उसकी दो बीवियाँ हैं। बड़ी पाबलू और छोटी नक्सिरा। दोनों एक साथ एक ही घर में रहती हैं। शौहर बारी-बारी से दोनों के पास जाता है। दो-दो दिन बाद बारी बदलती है। बड़ी बीवी की दो लड़कियाँ हैं फौजी और गुलाबी, एक लड़का सुल्तान। छोटी बीवी के पाँच लड़के हैं—दिनार, अलिखेल, कुलीई, गुड़ाई और इस्लाम। और पाँच लड़कियाँ—काफूई, सायेस्त, गोल परी; बाक़ियों का नाम याद नहीं आ रहा। बड़े ससुर की पहली बीवी गुज़र गई है। उसकी एक लड़की है सामाला और एक लड़का आद्रामान। दूसरी बीवी अभी जीवित है; उसके दो लड़के हैं आदम और जारख़ान। मेरे ससुर के चार लड़के हैं—जानबाज, काला, मूसा और शाहू अली। एक लड़की है गुन्चा, जिसकी शादी हो चुकी है।

मेरे भी चार भाई-बहन हैं। मैं अपने माता-पिता की पहली सन्तान हूँ। मुझसे छोटे तीन भाई हैं। मेरे पिता के भी तीन भाई हैं और दो बहनें। मेरे ससुर की एक बहन है। मेरे पिता डिफेंस में नौकरी करते हैं। मेरी ससुराल में कोई भी नौकरी नहीं करता।

समय जो गुज़र जाता है, वो फिर लौटकर नहीं आता। दिन ढलता है, रात आती है। दिन-रात के गुज़रने के क्रम में ही मेरी ज़िन्दगी गुज़र रही है। मैं अब

ससुराल में नई नहीं रही। मेरी इकतीस साल की उम्र में छह महीने और जुड़ गए हैं। छह महीनों बाद मैं बत्तीस की हो जाऊँगी। धीरे-धीरे मैंने उनमें घुल-मिल जाने की कोशिश की। सबसे पहले ज़रूरत महसूस हुई उनकी भाषा सीखने की। जब मैं उनकी भाषा सीखकर सबको अपना बनाने की कोशिश कर रही थी, उसी दौरान जानबाज को मुझसे शादी करने के अपराध में परिवार से अलग कर दिया गया। उसका छोटा चाचा आसाम ख़ान बड़ा अजीब आदमी है। पैसे ख़र्च होने के भय से उसने अपने मृतक भाई के लड़कों को अविवाहित जीवन गुज़ारने का अभ्यासी बना दिया। नाप-तौल कर खाना देता। साल में एक बार कपड़े देता, वह भी पुराने, अपने पहने हुए। ऐसी स्थिति में अलग होकर अच्छा ही हुआ।

मैं अच्छी तरह समझ पा रही थी कि उनके उस माहौल में रहकर थोड़ी-थोड़ी मैं भी उन जैसी ही बनती जा रही थी। एक सभ्य संसार की शिक्षिता लड़की मैं पता नहीं कैसी बनती जा रही थी। एक-एक करके अपने जीवन स्तर, अपने अहं, अपने आभिजात्य सबको तिलांजलि देने लगी। उनमें घुलने-मिलने लगी। धीरे-धीरे मेरे मन से साल, महीना, वार ये सब लुप्त होते गए। अखबार, टी.वी., रेडियो कुछ भी तो नहीं था यहाँ। इसलिए कुछ भी जानकारी नहीं मिलती। यहाँ वार को कहते हैं—एक सांबा, दो सांबा, छह सांबा। ये लोग पकाने का तरीका भी नहीं जानते। आलू-प्याज, टमाटर के सिवा और किसी सब्जी के बारे ये जानते भी नहीं। मीट का स्टू जैसा बनाकर उसमें रोटी तोड़कर डालने के बाद दूध-रोटी जैसा भिगोकर खाते हैं। स्टू को यहाँ सुरुआ कहते हैं। पेय पदार्थों में है काली और हरी चाय। किशमिश और लॉजेंस को मुँह में रखकर चाय की चुस्की लेते हैं। शिक्षा और सभ्यता की रोशनी से अफ़ग़ानिस्तान के अधिकांश लोग वंचित हैं। लगभग 17 वर्षों से इस देश में युद्ध चल रहा है। साधारण लोग डरे हुए और संत्रस्त हैं। हर दिन भयावह है। हमारे देश के शिशु माँ सरस्वती के समक्ष पूजा-अर्चना कर कलम थामते हैं और इस देश के बच्चे हाथ में बन्दूक़ लेकर नजीबुल्लाह के सैनिक रूसियों को लेकर हेलीकॉप्टर से आकर एक के बाद एक बम गिराते रहते हैं। किसी के घर रोशनी नहीं जलाई जा सकती। किसी घर में कोई अनुष्ठान होने पर उसे अँधेरे में ही सम्पन्न करवाना पड़ता है। देश में सर्वत्र बारूदी सुरंगें बिछी हुई हैं, जहाँ भी क़दम रखा जाएगा वहीं मौत का परवाना होगा। रात की ख़ामोशी में बरामदे में खड़े होने पर लगातार तोपें गरजने की आवाज़ सुनाई देती है। हवा में बारूद की गन्ध है। अन्धकार, अविश्वास, विद्वेष और आतंक की रात गुज़रते ही अगले दिन का सूर्य

नज़र आता है। यहाँ जंग शायद कभी ख़त्म नहीं होगी। 'गणतंत्र जिन्दाबाद' की प्रतिध्वनि नहीं होगी। अफ़ग़ानिस्तान के पहाड़ों में रहनेवाले लोगों के चेहरों पर कभी शिशुओं की सरल-सहज मुस्कान नहीं नज़र आएगी। किसी का भी चेहरा ख़ुशी से नहीं चमचमाएगा। 1989 के अन्तिम दिनों में जानबाज का एक चाचा गफ़्फ़ार ख़ान अपने बेटे को लेकर चोर मार्ग से अपनी लॉरी लेकर अंगूरहाटा नामक जगह से माल लाने जा रहा था। अंगूरहाटा पाकिस्तान का बॉर्डर है। अंगूरहाटा जाने का मार्ग पहले रूसियों तथा नजीबुल्लाह के क़ब्ज़े में था। बाद में उन्हें हटाकर मुजाहिदों ने इस मार्ग पर क़ब्ज़ा कर लिया। इस मार्ग से जाते समय गफ़्फ़ार ख़ान के ट्रक का पहिया मिट्टी में दबी बारूदी सुरंग पर पड़ गया।

घर पर ख़बर आई। हमने भी सुना। ग्रामवासी रो-रो कर व्याकुल हो रहे थे। मैं भी तो इनसान हूँ। अतः सबके साथ मैं भी रोई। सभी गाड़ी लेकर निकल पड़े। अगले दिन सभी हँसी-ख़ुशी लौट आए। साथ में ग़फ़्फ़ार और अम्माजान। उनके सुरक्षित लौटने की किसी को उम्मीद तक न थी। इस देश में क़दम-क़दम पर ऐसी मौत की घाटियाँ बनी हुई हैं। कहीं रूसियों और नजीब का बोलबाला है, और कहीं मुजाहिदों का। कुल मिलाकर बड़ी अजीब सी स्थिति है देश की। हर सभ्य देश के साधारण व्यक्ति निरस्त्र होते हैं; मगर इस देश के घर-घर में अस्त्र मौजूद हैं। चारों ओर बारूदी सुरंगें बिछाई हुई हैं। उसी तरह एक बारूदी सुरंग पर ग़फ़्फ़ार के ट्रक का पहिया जा चढ़ा था। अन्ततः अल्लाह ने ही उसकी रक्षा की। गफ़्फ़ार ख़ान और अम्माजान का नया जन्म हुआ था। सिर्फ़ ट्रक नहीं बचा था। ये घटना जिस समय घटी थी तब मैं बेहद बीमार थी। डॉक्टर को दिखाना बड़ा ज़रूरी था परन्तु आसपास कहीं डॉक्टर नहीं था। डॉक्टर को दिखाने के लिए मूसखेल नामक शहर में जाना होगा। लेकिन वहाँ पर कोई डिग्री वाला डॉक्टर नहीं था। किताबें देखकर दवा देते। इस घटना के काफ़ी अरसे बाद मैंने दवा की दुकान खोली। मुझे उसी डॉक्टर के पास ले जाना निश्चित हुआ। पर सभी मूसखेल जाने से डर रहे थे क्योंकि मूसखेल और हमारे गाँव शेराकाला के बीचोबीच काफ़ी विशाल मैदान पड़ता है। कम-से-कम कोलकाता शहर के चार 'गड़ेरमाठ' के बराबर। उस मैदान को लाँघकर जाने का मतलब था ख़ुद को मौत के मुँह में धकेलना क्योंकि हेलीकॉप्टर में सब समय रूसी सैनिक गाँव पर पहरा देते थे। कोई गाड़ी देखते ही हेलीकॉप्टर तुरन्त नीचे उतर आता था; और सन्देहजनक मालूम होते ही गोली चलाकर मार डाला जाता था। कोई बहाना नहीं चलेगा। यात्रियों के पास यदि मशीनगन हो तो खैर

नहीं। और मशीनगन साथ न ले जाने पर मुसीबत थी। यदि बाघ या दूसरा जानवर आ जाए तो? चोर पीछा करे तो?

भय के मारे जब सभी पीछे हट गए, तो जानबाज बोला, "किसी के जाने की ज़रूरत नहीं, मैं ख़ुद ही ले जाऊँगा।" एक बड़े ट्रैक्टर का इंजन जब शोर करता हुआ काँप रहा था, तब मैं सलवार-क़मीज़ पहनकर बाहर निकली। कड़कदार ठंड के कारण मैंने एक शॉल भी ओढ़ लिया। दरवाज़ा खोल बाहर निकलते ही मानो ठंडी हवा के झोंकों ने मेरे मुँह पर ज़ोर से थपेड़ा मारा। हँसते हुए अपने सिर के भूरे बालों को सँवारती हुए आबू सामने आकर बोली, "मैं भी जाऊँगी।" आबू जानबाज की ताई हैं; और जानबाज की तामेरी भाभी भी आईं। हम सवार हुए। एक जोरदार झटके से ट्रैक्टर आगे बढ़ा। एक झटके से मैं आबू और भाभी पर जा गिरी। बड़े-से गेट से ट्रैक्टर बाहर निकला। झकझोरते हुए, इधर-उधर हिलाते हुए ट्रैक्टर ने चारदा गाँव का रास्ता पकड़ा। बीच-बीच में रास्ते में मुजाहिद सैनिक दिखाई दे रहे थे। उन्होंने बन्दूक़ उठाकर चिल्लाकर पूछा, "मुसलमान? या काफ़िर?" परन्तु जानबाज बड़ी दक्षता से जवाब देकर ट्रैक्टर को चलाता गया। चारदा गाँव पार करने के बाद पश्चिम में बाएँ कोने पर कटुआल गाँव से होते हुए हमने मैदान में प्रवेश किया।

सुनसान रास्ता। तीव्र उत्तेजना के होते हुए भी जानबाज निपुणता से ट्रैक्टर चला रहा था। एक भयावह अग्नि परीक्षा से गुज़रकर बढ़े चले जा रहे थे हम। मानो एक गहन कंदरा हमें अपना ग्रास बनाने के लिए बढ़ी चली आ रही हो। पाँच मील जाने के बाद अचानक ट्रैक्टर की आवाज़ के साथ एक हेलीकॉप्टर की आवाज़ भी सुनाई दी। आबू और भाभी ने मशीनगन नीचे रखकर उसके ऊपर चादर ओढ़कर मुझे लेट जाने के लिए कहा। जानबाज पूर्ण गति से ट्रैक्टर चलाए जा रहा था। फिर भी हेलीकॉप्टर के साथ भला क्या मुक़ाबला? अचानक एक हेलीकॉप्टर हमारा रास्ता रोककर खड़ा हो गया। मेरी नब्ज की गति तेज़ से तेज़ होती गई। देश के युद्ध का मानचित्र मेरी आँखों के सामने साकार हो उठा। भाभी रोने लगीं। आबू ख़ामोश होकर आशंका से घड़ियाँ गिन रही थी। जानबाज ने पीछे मुड़कर हमारी तरफ़ देखा। मैं उठकर उसे देख रही थी। उसकी दोनों आँखों में पानी तैर रहा था। तीव्र आर्तनाद करते हुए उसके मुँह से एक ही बात निकली, "आबू, वे यदि मुझे मार डालें तो तुम लोग पगली को ज़रूर उसके देश भेज देना।"

अब मेरा रुदन शुरू हो गया। गला रूँध-सा गया। मैं जानबाज से कुछ भी न

कह पाई। आबू और भाभी ख़ामोश हो सिर्फ़ मुझे देखने लगीं। रूसी सैनिक आगे बढ़ने लगे। पहले धीरे-धीरे फिर अचानक दौड़ने लगे। उनके चेहरे पर निष्ठुरता और आक्रोश छाया हुआ था। एक सैनिक ने चीख़कर जानबाज से पूछा, "कहाँ जा रहे हो?"

जानबाज ने जवाब दिया, "मूसखेल जा रहे हैं। मेरी बीवी बेहद बीमार है। इसलिए डॉक्टर को दिखाने जा रहा हूँ।" तब तक मैं फिर लेट गई थी। चार सैनिकों ने हमें घेर लिया। मेरा सीना भय से काँप रहा था। अब ये लोग ज़रूर जानबाज को मार डालेंगे। मेरी ज़िन्दगी की सारी आकांक्षाओं एवं सुख-दुख सब का ख़ात्मा हो जाएगा। रूसी सैनिकों के हमले के दौरान अहसास हुआ कि मैं जानबाज को कितना चाहती हूँ। उसके बदले यदि मुझे मार डालें तभी मुझे चैन मिलेगा। सैनिकों में से एक ने रूखे स्वर में पूछा, "तू मुजाहिद है?"

"नहीं, मैं मुजाहिद नहीं हूँ। मैं हिन्दुस्तान में रहता हूँ। मेरी बीवी हिन्दुस्तानी है। दो महीने हुए बीवी को अपना मुल्क दिखाने लाया हूँ। पन्द्रह दिनों बाद ही लौट जाएँगे।"

सैनिकों ने तीक्ष्ण दृष्टि से मेरी ओर देखा। कुछ देर के लिए हम सभी स्तब्ध हो गए। आपादमस्तक हमारा निरीक्षण करने के बाद बोले, "हथियार हैं साथ?"
"नहीं, हम मुजाहिद नहीं हैं। हथियार कहाँ से लाएँगे?"

"सच या झूठ?"

"झूठ नहीं। आप तलाशी ले लीजिए।"

नहीं, उस दिन उन्होंने जानबाज पर गोली नहीं चलाई। विजयी मुस्कान से जानबाज ने फिर ट्रैक्टर स्टार्ट किया। मैंने चैन की साँस लेकर सोचा ये ख़ून-ख़राबा कब बन्द होगा? पीड़ित और सताए हुए लोगों को कभी शान्ति मिलेगी? युद्ध-शान्ति का वादा कोई उनसे करेगा? तब तक हमारा ट्रैक्टर एक दवाखाने के सामने आ रुका। हम ट्रैक्टर से नीचे उतरकर खड़े हो गए। सामने ही दवा की एक छोटी-सी दुकान थी।

शीशे के दरवाज़े को धकेलकर जानबाज हमें लेकर भीतर गया। डॉक्टर ने उत्साहपूर्वक हमारा स्वागत किया। भीतर जाकर बैठने को कहा। कुछ देर इन्तज़ार करने के बाद डॉक्टर आया। भारी-सा चेहरा। दाढ़ी से भरा हुआ। सिर के केश कन्धों तक लम्बे थे। दोनों आँखें बड़ी-बड़ी थीं। वह सफ़ेद पोशाक पहने हुए था। उसने काले रंग का एक बड़ा-सा शॉल ओढ़ रखा था। उम्र होगी अड़तीस सा चालीस।

उसमें डॉक्टरों जैसी कोई भाव-भंगिमा नहीं थी। बेहद सहज, स्वाभाविक व्यवहार था। प्यार से पूछा, "क्या हुआ है?" उसकी दृष्टि जानबाज के चेहरे पर टिकी थी।

जानबाज बोला, "डॉक्टर साहब, मेरी बीवी हिन्दुस्तानी है। लगता है यहाँ की जलवायु सहन नहीं हो रही है। इसलिए कुछ भी नहीं खा पाती है। उल्टी होती है और सिर चकराता है।"

डॉक्टर ने एक स्टेथेस्कोप मेरे पेट पर लगाकर उठाते हुए कहा, "समझा, पीलिया हुआ है। मैं दवा दे रहा हूँ। सब ठीक हो जाएगा।" अपनी बात ख़त्म कर वो बाहर चला गया।

आबू बोली, "देखा कितना क़ाबिल डॉक्टर है? दूरबीन लगाते ही समझ गया कि तुम्हें क्या हुआ है।" यहाँ स्टेथेस्कोप को दूरबीन कहते हैं।

मैं हैरान रह गई। किस देश में आई हूँ मैं? उल्टी और सिर चकराने या न खा पाने के कारण पेट में स्टेथेस्कोप? ज़िन्दगी में कभी नहीं सुना कि पेट में स्टेथेस्कोप लगाया जाता है।

तब तक जानबाज दवा लेकर भीतर आया। तीन इंच की एक पतली डिबिया में लगभग दस गोलियाँ थीं, बड़ी-बड़ी। नाम था 'कैल्शियम सैंडोज विद विटामिन सी' और एक शीशी 'ब्लड बिल्डर' विटामिन बी^{12}, बी^{2}, बी^{1}, टैबलेट 500 एम जी की और एक-दो पैकेट भी थे।

दवाइयाँ देखकर मैं काँप उठी। ये क्या किया? मैं जानती हूँ मुझे पीलिया नहीं हुआ है। होने पर भी क्या ये उसकी दवा है? ये तो आदमी को मार डालने की बात है। तो क्या सबको ऐसी ही दवा दी जाती है? यदि कोई रोग न भी हो तो भी इन दवाओं को खाकर रोग हो ही जाएगा। ऐसा ही बनाया हुआ रोग हुआ था गुलगुटी के लड़के को। मात्र तीन साल उम्र थी उसकी, इसी उम्र में उसकी स्वाभाविक जीवन यात्रा अचल हो गई थी। दिनोदिन उसका पेट फूलता जा रहा था। धँसी हुई आँखें और भी धँस गई थीं। बाँहें और टाँगें पतली-पतली-सी थीं। निस्तेज-सा चेहरा। पर डॉक्टर जो दवा देता उससे बीमारी ठीक न होती। बल्कि बढ़ती जाती। गुलगुटी का शौहर उस वक़्त कुवैत में था। उसके लड़के को अच्छे डॉक्टर के पास कौन ले जाता? पूरी गृहस्थी की बागडोर आसाम चाचा के हाथों में थी। अत: डॉक्टर से दिखाने के लिए उसी के पास हाथ फैलाना होगा। चाचा की बड़ी बीवी पाबलू तब गृहस्थी की प्रथम महिला के स्थान पर थी। हिन्दुस्तान से जो रुपया आता उसका ज़्यादातर हिस्सा पाबलू के मायके चला जाता। इसीलिए ऐसे इतने झंझट

थे। गृहस्थी में अतिरिक्त ख़र्च होना उसे झंझट ही प्रतीत होता। बीमारी-सीमारी न होकर मर जाने में ही पाबलू को शान्ति महसूस होती। अन्ततः उस अतिरिक्त ख़र्च से वह बच जाती। फिर भी लोक-लज्जा के भय से एक दिन कुछ दवा ला दी थी। हाँ, उसी मूसखेल के डॉक्टर से ही। सुबह से रात तक उस तीन वर्ष के बच्चे को ग्यारह निशानों तक दवा पिलाई गई थी। अगले दिन सूर्य जब पश्चिम में ढल रहा था, दिन की शेष रोशनी पहाड़ों के शीर्ष को छू रही थी, मैदान की गाएँ घरों को लौट रही थीं, पक्षी चहचहाते हुए घोंसलों की ओर लौट रहे थे, ठीक ऐसे ही समय में गुलगुटी के लड़के ने इस दुनिया से विदा ली। माँ तब उसे स्तनपान करवा रही थी। माँ का हाथ स्नेह से बेटे के सिर पर फिर रहा था।

ठीक उसी समय ताई सास 'आबू' आकर बोली, "किसे दूध पिला रही है?"

गुलमुटी समझ गई उसका बेटा, माँ कहकर अब उससे कभी नहीं लिपटेगा। तब उसने लड़के को गोद से उतार बिस्तर पर लिटा दिया। फिर हल्के क़दमों से कमरे से बाहर निकल गई।

आसाम ख़ान ने उस मृत बच्चे को ले जाकर दफ़ना दिया। अगली सुबह असाम की छोटी बीवी नक्सिरा ने आकर कहा, "तुम्हारा बेटा तो गुज़र गया है, बची हुई दवाओं का अब तुम क्या करोगी? वो मुझे दे दो। मैं अपने बेटे को खिलाऊँगी। दवा लेकर नक्सिरा अपने नवजात शिशु को खिलाने लगी। उस दवा का असर नवजात शिशु सहन नहीं कर पाया। एक टाँग उसकी पूरी तरह टेढ़ी हो गई। सदा के लिए वो लँगड़ा हो गया। डोज़ कम थी इसलिए प्राण बच गए। महीने भर बाद पाबलू का बड़ा बेटा सुलेमान बीमार हो गया। बारह साल उसकी उम्र थी। सुलेमान को रोज़ बुखार होता। कुछ भी खा नहीं पाता था। उल्टी होती। उल्टी के साथ ख़ून आता। पाबलू ने रो-पीटकर सारा घर सिर पर उठा लिया। अब मूसखेल के डॉक्टर पर निर्भर न रहकर उसे सीधे पाकिस्तान ले गए। सुलेमान का पिता तो घर पर ही था। चिन्ता किस बात की? माँ ने भी गृहस्थी से सबको वंचित कर अच्छा-खासा रुपया जमा कर रखा था। किन्तु अल्लाह की लाठी तो बेआवाज़ होती है। माँ-बाप के पापों का फल बेटे ने भुगता। पाकिस्तान के डॉक्टर ने सुलेमान को वापिस भेज दिया। उसे कैंसर था। सिर्फ़ एक माह की मोहलत दी थी। पाबलू का रो-रो कर बुरा हाल था। वह यह भी समझ गई कि ख़ुदा पाप की सज़ा इसी जन्म में देता है। गुलगुटी के तीव्र आर्तनाद ने ख़ुदा के आसन को भी हिला दिया था।

हम मानते हैं कि बच्चे ही देश का भविष्य होते हैं। परन्तु जिस देश में बच्चों

के भविष्य को लेकर अनाड़ी स्वार्थी लोग खिलवाड़ करते हैं उस देश का भविष्य क्या होगा?

इस देश में इनसान की ज़िन्दगी की कोई क़ीमत नहीं है। बच्चों के बारे कोई सोचता भी नहीं। वे इसी तरह बिना इलाज और ग़लत इलाज की भेंट चढ़ जाते हैं। मुझे लगा मानो पूरा अफ़ग़ानिस्तान भयानक अँधेरे की ओर अग्रसर हो रहा हो। क्या इसे किसी तरह रोका नहीं जा सकता? पर कोई रास्ता नज़र नहीं आता। इसलिए सोचना रुक जाता है। मन की बात मन में ही रह जाती है। डॉक्टर को दिखाकर आने के बाद लगा मानो राहत मिली। मैं ठीक होना नहीं चाहती। यहाँ इस तरह ज़िन्दा रहने से मर जाना बेहतर है। इस देश में यदि कोई वधू मर जाती है तो इनके अफ़सोस की सीमा नहीं होती। क्योंकि काफ़ी रुपए ख़र्च कर बीवी ख़रीदनी पड़ती है। अतः ख़रीदी हुई मूल्यवान बीवी यदि मर जाए तो फिर से ख़रीदनी पड़ेगी। इस तरह तो भारी नुकसान होगा।

यहाँ महिलाओं की पहचान सिर्फ़ शैयासंगिनी, खाना पकाने वाली और बच्चे पैदा करनेवाली मशीन की है। यानी 'थ्री इन वन'। गृहस्थी में सबकी सेवा-सुश्रूषा करने के बाद हर साल कुछ नई सृष्टि उसे करनी पड़ती है। अर्थात् सन्तान पैदा करना ही है। यदि किसी कारणवश बीवी सन्तान उत्पन्न करने में अक्षम हो तो उसके घर सौत अवश्य आएगी। यह नियम शिथिल नहीं हो सकता।

नहीं, लेकिन तलाक नहीं दिया जाता। अन्य देशों के मुस्लिमों की भाँति विशेष रूप से बंगाली मुस्लिमों की भाँति। इस देश के मुस्लिम इतने कठोर नहीं हैं। अन्धी, काली, लँगड़ी, कुरूप जैसी भी हो उसी के साथ निर्वाह करना होगा। शौहर जब दूसरी शादी करता है तो पहली बीवी को सभी ज़्यादा प्रमुखता देते हैं। सबकी सहानुभूति लेकर ही उसे सारा जीवन गुज़ारना होगा। यहाँ का सब कुछ आश्चर्यजनक है। मैंने आकर जब देखा कि मेरे किसी भी देवर की शादी नहीं हुई है और सभी पर्याप्त वयस्क हैं तो मैंने उनके लिए लड़कियाँ ढूँढ़नी शुरू कर दीं। काटोआज में लड़की देखने जाने पर एक बंगाली लड़की से भी परिचय हुआ। लड़की पसन्द नहीं आई। फिर ख़बर मिली कि अन्दर नामक गाँव में एक अच्छी लड़की है। उसी गाँव की लड़की अब मेरी मझली देवरानी सादगी है। सादगी के बड़े भाई ने बीस लाख रुपए के विनिमय में सादगी को हमारे पास बेच दिया था। इस देश के अनेक अजीबोगरीब नियमों में और एक नियम है, शादी तय हो जाने पर भी लड़की एक साल अपने पीहर में रहेगी। उसके बाद शादी होगी और शादी

से पहले दामाद लड़की के पास आएगा। अविवाहित बेटी-दामाद एक ही कमरे में रहेंगे, परन्तु लड़की यदि गर्भवती हो जाए तब तो सर्वनाश ही है। दामाद के परिवार से और बीस लाख रुपए माँगे जाएँगे और लड़की के साल भर पीहर में रहने का सारा ख़र्च लड़केवालों को उठाना होगा। दहेज प्रथा तो हमारे देश में भी है 'सिर्फ़ फ़र्क़ इतना है कि शिक्षित माता-पिता लड़की के परिवार से दहेज लेकर लड़के की बिक्री करते हैं और काबुल में अशिक्षित माता-पिता लड़केवालों से दहेज लेकर लड़की को बेचते हैं। समझ नहीं आता, शिक्षित और अशिक्षित में फ़र्क़ कहाँ है? मैं हिसाब मिला नहीं पाती।

एक बात और। हिन्दुस्तान में माता-पिता दहेज देकर 'दूल्हा' ख़रीदने के बावजूद लड़की की सुरक्षा के मामले में निश्चिन्त नहीं रह पाते। एक डर लगा ही रहता है कि न जाने कब ख़बर आए कि उनकी बेटी को जलाकर या बोटी-बोटी काटकर उसके ससुरालवालों ने मार डाला है या फिर उसे कुलटा कहकर ही वापिस भेज दें। रुपया-पैसा तो जाता ही है, साथ-साथ शारीरिक और मानसिक अत्याचार भी सहना पड़ता है।

अपनी लड़की को बेचने के बावजूद काबुल के माता-पिता निश्चिन्त रहते हैं। दामाद भले ही दूसरी शादी कर ले लेकिन उनकी लड़की को मौत के सिवा उसके अधिकारों से कोई वंचित नहीं कर सकता। दुनिया के हर देश में अच्छाई और बुराई दोनों ही हैं। किसी भी देश के लोग यह नहीं कह सकते कि हम सर्वांग सुन्दर हैं। हमारे देश में हत्याकांड, लूटपाट, गुंडागर्दी नहीं होती या लोगों के जीने की राह में अड़चन नहीं आती।

5

मैं सदा से ही ज़रा अलग तरह की हूँ। कोई भी अमानवीय विषय या घटना मुझे उद्वेलित करती है, कष्ट देती है। इसलिए विरोध करने की कोशिश करती हूँ। कहीं सफल होती कहीं नहीं होती। ऐसे ही एक मामले में यहाँ मैंने विरोध किया था। हमारा अंगूर का एक बड़ा-सा बाग है। अंगूर पक जाने पर वे लाकर घर की छत पर डाल दिये जाते हैं। धूप में उन्हें फैला दिया जाता है। दस-बारह दिनों में वे अंगूर

सूखकर किशमिश बन जाते हैं। फिर उन्हें साफ़ करने के बाद बँटवारा होता है। बँटवारे के समय आसाम ख़ान की बड़ी बीवी निर्णय करती है। मैंने देखा आसाम की दोनों बीवियों ने दो हिस्से लिये। ताई सास का एक हिस्सा, उसके लड़के आद्रामान की बीवी का एक हिस्सा और मेरी सास का एक हिस्सा। मैंने सोचा, ये क्या बात हुई? दोनों ससुर के घर दो हिस्से जा रहे हैं। मेरी सास विरोध नहीं करती इसलिए उसका एक ही हिस्सा? तब मैंने पाबलू चाची से कहा, "चाची, ये कैसा बँटवारा हुआ? तुम सबने दो हिस्से ले लिये और हमारा एक ही हिस्सा? तुम सभी खाओगे, क्या मेरे देवर नहीं खाएँगे?"

पाबलू चाची बोली, "सारी ज़िन्दगी तो इसी तरह हिस्सा बँटता रहा है। मेरा और मेरी सौतन का अलग, आबू और उसकी बहू का अलग।"

"तुम और तुम्हारी सौतन क्या अलग-अलग रहती हो?"

"शुभ-शुभ बोलो। हम अलग क्यों होने लगीं? किससे अलग होंगी? शौहर तो एक ही है अत: शौहर को किस तरह बाँटें?"

"जब अलग ही नहीं हो तो किशमिश का हिस्सा अलग-अलग क्यों?"

"तुम्हारी सास अकेली महिला हैं और हम दो-दो गृहिणियाँ हैं, इसलिए हम लोग दो हिस्से लेती हैं।"

"नहीं, यह नहीं होगा। गृहिणी के आधार पर बँटवारा नहीं होगा। परिवार के लड़कों के हिसाब से बँटवारा होगा। मेरे ससुर के तीन भाई हैं, इसलिए तीन हिस्से होंगे।" मेरी बात सुन पाबलू क्रोध से लाल पीली होकर किशमिश रखकर उठ गई। किशमिश पड़ी रही। मेरी सास और देवर उस घड़ी का इन्तज़ार करने लगे जब घर आकर सारा माज़रा सुनाने पर असाम चाचा को इतना ग़ुस्सा आएगा मानो वो मुझे मार ही डालेगा। सास और देवर खाना-पीना छोड़ भय से कमरे के एक कोने में बैठे थे। जानबाज घर पर नहीं था। अपनी माँ के लिए गजनी से दवा लाने गया था। पर जिसे लेकर सभी आशंकित थे, वही मैं निर्विकार थी। अन्याय और अविचार के विरुद्ध मैंने अपने विचार प्रकट किये थे। अपने देवरों के बेहद डरे होने के बावजूद मैं ख़ामोश थी। बल्कि चाय बनाकर बरामदे में बैठकर चाय पी रही थी। लगभग आधे घंटे के बाद वह डरावनी घड़ी भी आ पहुँची। आसाम चाचा घर आया। मैं तब बरामदे में बैठी 'अमेरिका की पहली महिला' पुस्तक पढ़ रही थी और सर्दी को दूर भगाने के लिए धूप सेंक रही थी। सोच रही थी क्या चाचा बहुत बुरा व्यक्ति है? वास्तव में दोनों बीवियाँ ही पाजी हैं। शायद

उन्हीं के उकसाने के कारण चाचा सबके प्रति इतना उदासीन है।

चाचा को घर आए काफ़ी देर हो गई। दबी-दबी उत्सुकता से समय गुज़र रहा था। बीवियों की बातें सुनकर चाचा यदि कमरे से बाहर निकल आए तो? मुझसे यदि पूछा मैंने ऐसी बातें बीवियों को क्यों कहीं तो? क्या जवाब दूँगी मैं? जो भी हो, है तो ससुर ही। उससे तर्क कर पाऊँगी?

अचानक एक भयानक चिल्लाहट सुनी। कड़कड़ाती ठंड में निर्जन इलाके में ऐसी चिल्लाहट कितनी दूर जा सकती है, आसाम ख़ान को शायद इस बात का अन्दाज़ा नहीं था। इसीलिए इस तरह चीख़ा वह। बेहद ग़ुस्से से वह कमरे से बाहर निकला। उसका चीख़ना तब भी जारी था। यह मुझे सहन नहीं हुआ। उसमें यदि पाशविक हिंस्रता हो सकती है तो समझौते के लिए शान्तिपूर्ण समर्पण क्या सिर्फ़ मेरे लिए ही है? व्यक्तिगत स्वतंत्रता पर क्या सिर्फ़ उसका ही एकाधिकार है? नहीं, ये अन्याय मैं सहन नहीं करूँगी। मेरा चेहरा कठोर हो गया। बाजुएँ सख़्त से सख़्त हो गईं। आँखें मानो आग का गोला बन गईं। आसाम ख़ान भयावह रूप से भड़क उठा, अशोभनीय भाषा में मुझे गालियाँ देते हुए आगे बढ़ने लगा। मेरे माता-पिता तक को भी नहीं छोड़ा। मैं यह बात किसी भी तरह सहन नहीं कर पाई। आसाम ख़ान का आचरण मेरे लिए असहनीय हो उठा। मुझे जो कहना है कहो, मेरे माता-पिता ने क्या ग़लत किया है?

आँगन से एक लाठी उठाकर आसाम ख़ान मेरी ओर बढ़ने लगा। चाचा जिस स्वर में चिल्ला रहा था, मैंने उससे भी ऊँचे स्वर में चिल्लाकर कहा, "ख़बरदार, जो आप और एक क़दम भी मेरी ओर बढ़े, वर्ना आपकी दोनों टाँगें आज मैं तोड़कर चूर-चूर कर दूँगी। मैं अफ़ग़ानिस्तान की लड़की नहीं हूँ। पराजय की आग में जलकर ख़ाक होना मैंने नहीं सीखा। अन्याय, अत्याचार के विरुद्ध उठ खड़े होने की शिक्षा मुझे हासिल है।"

पलभर के लिए आसाम ख़ान चुपचाप खड़ा हो गया। फिर लाठी फेंककर अपने कमरे की तरफ़ बढ़ा। पता नहीं मैं कब तक एक ही जगह पर एक ही मुद्रा में खड़ी रही। जानबाज के पुकारने पर मेरी तन्द्रा भंग हुई। घर के सभी लोग मेरे साहस और कठोरता को देख विस्मय से गूँगे हो गए थे।

जानबाज बोला, "इतने दिनों बाद मुझे एक ऐसा व्यक्ति मिला है, जो आसाम के विरुद्ध लड़ने की क्षमता रखता है।" यह मेरा अद्‌भुत स्वभाव है। एक बार जिसे अन्याय या अनुचित समझ लिया जीवन पर्यंत वह न्याय में नहीं बदल सकता।

किसी वजह से अगर मैं किसी से नफ़रत करती हूँ, उससे कभी फिर स्नेह नहीं कर सकती। मगर उसे अपने मनोभावों का पता भी न लगने दूँगी। सरलता और सहजता से पेश आती हूँ उससे।

इस घटना के एक महीने बाद हम लोग अलग हो गए। मेरी सास भी गुज़र गईं। वे सालों से बीमार थीं। आसाम ख़ान ने कभी उनका इलाज़ नहीं करवाया। इलाज के बिना बीमारी और बढ़ती ही गई। जिसका शौहर न हो, बच्चे छोटे हों, कमाते न हों, उसके तो दुखों की सीमा नहीं रहती। मेरी सास भी उसी तरह असहाय थीं।

पुराना मकान आसाम चाचा और ताऊ के हिस्से आया। हमारे हिस्से सिर्फ़ ज़मीन और अंगूरों का बाग आया। मेरी मझली देवरानी उस वक़्त नई-नई थी। अत: घर के हर मामले में जो कुछ भी करना होता, मुझे ही करना पड़ता। नई बहू बाहर वालों के सामने नहीं जाएगी। इसलिए मज़दूरों के खाने से लेकर मेहमानों की आवभगत तक सब कुछ मुझे ही करना पड़ता। मेरे पास हर जगह आने-जाने का पासपोर्ट था। इसी दौरान समाचार मिला कि मेरी ननद को टी. बी. हो गई है। वह पाकिस्तान में थी। उसे देखने के लिए मैं और जानबाज रवाना हुए। पाकिस्तान जाने की बात सुनकर सबने जाने से मना किया था। उनका ख़्याल था कि मैं लौटकर नहीं आऊँगी। जानबाज के के रिश्ते के एक चाचा 'गुलाम चाचा' ने कहा था, यदि साहब कमाल लौट आई, तो मैं अपनी बीवी जानबाज को सौंप दूँगा। वाह! चाचा होकर अपनी बीवी को अपने भतीजे के हाथों में दे देगा। इससे अच्छी शर्त और क्या हो सकती थी।

1990 में 14 सितम्बर को किसी की भी बात की परवाह न करते हुए एक जीप में हम निकल पड़े। हम सीधे जाएँगे अंगूरहाटा। वर्तमान में पाकिस्तान जाने का यही एकमात्र रास्ता खुला है। अंगूरहाटा से जाएँगे देहरा। वहाँ से बस पकड़कर कराची। कराची जाकर मूसा को फोन करके रुपए मँगवाएँगे। फिर पाकिस्तानी ट्रेन पकड़कर रावलपिंडी जाएँगे। रावलपिंडी के अलीपुर में मेरी ननद रहती थी। रूखे-सूखे पहाड़ों से होती हुई हमारी जीप चली जा रही थी। दोनों तरफ़ सिर उठाए बड़े-बड़े पहाड़ अपने अस्तित्व का अहसास दिला रहे थे। उन उठे हुए सिरों को पलभर के लिए भी झुकाने की सामर्थ्य किसी में नहीं थी। मानो स्वेच्छा से उन्होंने अपनी गोद से जगह देकर गाड़ियों के आवागमन के लिए रास्ता बना दिया था। मानो वे कह रहे हों, जितना दे दिया, उसे स्वीकार करो, और ज़्यादा मत माँगो वर्ना सर्वनाश हो जाएगा। जो दिया है वह भी छीन लिया जाएगा।

काफ़ी रास्ता गुज़र जाने के बाद एक पहाड़ी झरना आया। झरने के पानी के ऊपर से जीप गुज़र रही थी। पानी के नीचे ज़रा भी कीचड़ नहीं थी, रेत और पत्थरों के छोटे टुकड़े थे। उसी पानी पर जीप रुकी। एक-एक कर सभी उतर गए। मैंने भी उतरकर झरने के स्वच्छ पानी से हाथ-मुँह धोया। मेरे सिवा सबने अंजुरी भरकर पानी पीया। फिर जीप में जा बैठी। फिर वही सफ़र। मेरा अन्तर्मन रंगीन हो उठा। रवि ठाकुर के गीत की एक पंक्ति मन-ही-मन गुनगुना उठी, 'हारे रे रे रे रे, मुझे छोड़ दे रे दे रे। जैसे वन का मुक्त पक्षी मन के आनन्द में।' मैंने एक बार नहीं, कई बार इस गीत को मन-ही-मन गुनगुनाया।

थोड़ी देर बाद रास्ते से नीचे की ओर देखने पर भय लगने लगा। अब तक मैंने ख़्याल ही नहीं किया था कि हम नीचे से बहुत ऊपर आ गए थे। अब जीप और ऊपर चढ़ रही थी। पहाड़ों की गोद से निकलकर अब वह चढ़ाई के रास्ते पर जा रही थी। वह भी कोई ऐसी-वैसी चढ़ाई नहीं। हम कितना ऊपर आ गए थे, मैं इसका अन्दाज़ा नहीं लगा पाई। यहाँ से नीचे की ओर देखने पर सीना धक् कर उठता था। वहाँ उगे पेड़, पहाड़ों के अलंकार-से प्रतीत हो रहे थे। दुनिया की रोशनी में मानो अभी-अभी उनका जन्म हुआ था; किसी चाँदनी रात या भोर की मधुर हवा में मानो उन्होंने आँखें खोली हों। हम क़रीब-क़रीब अंगूरहाटा तक पहुँच गए थे। दूर से एक मस्जिद की गुम्बद दिखाई दे रही थी। अफ़ग़ानिस्तान में शहरों के सिवा और कहीं भी अच्छे होटल नहीं हैं। जंगल या पहाड़ों के किनारे पर जो होटल हैं उन्हें होटल नहीं कहा जा सकता। पान्थशाला या ढाबे जैसे हैं। बेहद गन्दे। महिलाओं के ठहरने की अलग कोई व्यवस्था नहीं रहती। एक चटाई बिछी रहती है, उस पर एक गद्दा। एक रजाई भी देते हैं। रजाई या तकिया इस्तेमाल करते-करते जब लगता है कि धोना चाहिए, तब रुई निकालकर कपड़े को धो दिया जाता है। ऐसे होटलों में रहने की नौबत न आए, इसलिए ड्राइवर तेज़ी से चला रहा था ताकि रात होने से पहले ही अंगूरहाटा पहुँच सके। अंगूरहाटा के होटल पान्थशाला से ज़रा बेहतर हैं।

जीप रुकी। अंगूरहाटा पहुँच गए। यहीं रात गुज़ारनी होगी। जानबाज होटल का इन्तज़ाम करने चला गया। थोड़ी देर बाद आकर बोला, "चलो, सिर छुपाने लायक इन्तज़ाम हो गया है।" होटल तो नहीं मानो स्टोर था। थोड़ी-सी जगह। वहीं सोकर रात गुज़ारनी होगी। रजाई और गद्दे से बू आ रही थी। 'यस्मिन देशे यदाचार'। इसलिए उसी पर लेट गई। सारे दिन की थकान के बाद कब नींद आ गई, पता ही नहीं चला। सुबह जानबाज ने जगाया। फिर सफ़र शुरू। अब जीप नहीं, एक टोयेटो

गाड़ी मिली। ड्राइवर के बगलवाली दो सीटों पर हम बैठे। हिलते-डुलते गाड़ी चलने लगी। टोयेटो में पीछे की तरफ़ और बहुत-से लोग बैठे थे। मैं ही अकेली महिला थी।

मानो सहस्त्र दमामे मेरे भीतर बज उठे हो। लम्बी प्रतीक्षा के बाद आज फिर गाड़ी में सवार होकर मैंने बाहर की दुनिया में क़दम रखा था। इस वक़्त मेरा मन क्या चाह रहा था, क्या स्पर्श करना चाहता था, ठीक से समझ नहीं पा रही थी। सब कुछ गोलमाल हुआ जा रहा था। पहले क्या करूँ ये भी तय नहीं कर पा रही थी। माता-पिता से फोन पर बात करूँगी? या कुछ और! सवा साल हो गए उन सबको देखे और उनसे बात किये। किसी का कोई समाचार नहीं मालूम। काबुल से यदि कभी कोई कोलकाता जाता तो कैसेट भरकर भेज देती। और कोलकाता से यदि कोई आता तो मेरे घर से कैसेट ले जाता। लेकिन बहुत कम ही।

गाड़ी के लगातार बजते कर्कश हॉर्न से विचारों की मेरी तन्द्रा टूटी। सामने ही एक घुमावदार मोड़ था। वहाँ से दो गाड़ियाँ साथ-साथ नहीं गुज़र सकतीं। इसलिए हॉर्न बजाकर एक तरफ़ की गाड़ी दूसरी तरफ़ की गाड़ी को रोकती है। बारह बजे हम एक शहर में पहुँचे। वहाँ खाना खाकर दूसरी गाड़ी से रवाना हुए।

मैं जी भरकर पाकिस्तान के मनोरम दृश्य देख रही थी। विशाल-विशाल पहाड़ों की गोद में अनेक झोंपड़ियाँ थीं। पहाड़ पर चढ़ने के लिए पत्थर की क़तारों से सीढ़ियाँ बनाई गई थीं। मुग्ध होकर मैं उनकी जीवन-यात्रा देख रही थी। कहीं लड़कियों का एक समूह झरने के पानी में कपड़े धो रहा था। कई अपनी बकरियाँ चराकर घर लौट रही थीं। शाम उन्हें याद दिला रही थी कि दिन ख़त्म हो गया है। रात का अँधेरा पृथ्वी को ग्रसने आ रहा था। सभी अपने-अपने घर भागो। दो घंटे बाद हम 'वर्ना' नामक एक शहर में पहुँचे। रात को यहीं रुकना पड़ेगा। यहाँ रात को गाड़ी नहीं मिलती। अब शाम के सात बज रहे थे।

सच तो यह है कि मेरा कहीं रुकने को जी नहीं चाह रहा था। बार-बार लग रहा था यह रास्ता यदि ख़त्म न हो तो कैसा हो? सिर्फ़ चलना और चलना। परन्तु 'मैन प्रोपोजेज, गॉड डिस्पोजेज'। अतः चलने का क्रम थमा। रात गुज़ारने के लिए हम जानबाज की एक बुआ के घर गए। विशाल पहाड़ की गोद में उसका घर था। घर नहीं, एक छोटी-सी खोली थी। ये सभी अफ़ग़ानिस्तान से आए शरणार्थी हैं। यहीं रात को रुकना था।

1979 दिसम्बर को शायद रूसी सेना ने अफ़ग़ानिस्तान में प्रवेश किया। यद्यपि 1979 से पहले भी इस देश में कई बार युद्ध हुआ है। लाखों-लाख लोग मारे गए।

कितने शहर और गाँव खंडहरों में तब्दील हुए, उसका कोई हिसाब नहीं। युद्ध की विभीषिका और ध्वंसात्मक कार्यवाही के विषय में काबुल का हर व्यक्ति सचेत है। परन्तु 1979 के युद्ध में अनेक देशवासी देश छोड़ने को बाध्य हुए थे। 1979 से पहले युद्ध केवल सैनिकों के बीच ही सीमाबद्ध था। साधारण नागरिक या दूर-दराज गाँवों के लोग युद्ध के विषय में उदासीन थे। बाद में जातिवाद के दबाव में देश के सारे लोग प्रत्यक्ष या अप्रत्यक्ष रूप से युद्ध से जुड़ गए। 1979 के युद्ध में देश की समस्त जनशक्ति और धन को उसी में झोंक दिया गया। अफ़ग़ानिस्तान की राजनीतिक और ऐतिहासिक घटनाओं के विषय में मैं पहले एकदम अनभिज्ञ थी। परन्तु मेरी सास ने मुझे देश की छोटी-बड़ी सब बातें खुलकर विस्तार से बताई थीं। उनके अनुभवों और उनसे सुनी बातों को मैंने याद रखा है। जाहिर शाह जब मंत्री थे, तब देश में शान्ति थी। संगठनात्मक कार्यक्षमता के लिए आम जनता में जाहिर शाह की काफ़ी ख्याति थी। पर वे भी तो एक साधारण व्यक्ति थे। ये भी कभी-कभी ऐसी ग़लतियाँ कर बैठते हैं जिन्हें सुधारना असम्भव हो जाता है। उसी तरह की ग़लती के ख़मियाज़े के तौर पर जाहिर शाह को गद्दी छोड़नी पड़ी। आँखों के ऑपरेशन के लिए वे अमेरिका गए थे। कुछ दिनों के लिए भतीजे दाऊद ख़ान को गद्दी पर बिठाया था। यहीं विश्वासघात का सूत्रपात हुआ। दाऊद ने फिर गद्दी नहीं छोड़ी। इसके बाद धीरे-धीरे राजनीति के रंगमंच पर नूर मुहम्मद तराकी ने प्रवेश किया।

सुना है तराकी ने पीर अजरात साहब के घर को जब जला दिया था तभी से ही देश में विद्रोह की पदचाप सुनाई देने लगी थी। अजरात साहब का घर जला देने के बाद तराकी अपने टैंक के पीछे दाऊद को बाँधकर मीलों घसीटकर ले गए थे। इसी में दाऊद को दफ़ना दिया गया और उसके बाद ही तराकी गद्दी पर बैठे। नूर मुहम्मद तराकी के बाद गद्दी पर बैठे पिजलामिन। पिजलामिन के बाद बबरक करमाल। उसके बाद गद्दी पर अधिकार किया डॉ. नजीबुल्लाह ने। नूर मुहम्मद के शासन में अफ़ग़ान जनता उसे धिक्कारा करती थी। इसके काफ़ी बाद पारस्परिक विरोध के कारण और कई लोग गद्दी पर बैठे। तराकी के समय ही रूसियों ने प्रवेश किया। दूसरी तरफ़ एक और क्रान्ति का बिगुल बज उठा था। अफ़ग़ानिस्तान की नब्बे प्रतिशत जनता अपने नए क्रान्तिकारी मुजाहिदों के यश से मुग्ध हो गई। आम जनता सोचने लगी—'इनमें कितनी बहुमुखी कर्मक्षमता है! इनमें कितना अदम्य साहस और वीरता है!' नए क्रान्तिकारी मुजाहिदों के स्वार्थ त्याग और वीरता के ऐसे उदाहरण शायद इतिहास के पन्नों में कहीं नहीं मिलेंगे।

किन्तु कुछ समय बाद ही जनता का भ्रम टूट गया। वो समझ गई कि अब कभी भी शान्ति वापिस नहीं आएगी। कोई सोचता नजीबुल्लाह तो देश का भला ही करना चाह रहे हैं। देश को पाश्चात्य सभ्यता की रोशनी से उद्भासित करना चाहते हैं। स्कूल-कॉलेज बनवाकर शिक्षा का विकास करना चाहते हैं। लड़कियों को भी उन स्कूल-कॉलेजों में जाकर शिक्षा-दीक्षा ग्रहण करने की अनुमति दी गई। दफ़्तरों और दुकानों में महिलाओं ने काम करना शुरू किया। इतना ही नहीं, एयर होस्टेस के पद पर भी कार्यरत होकर महिलाएँ अपनी गृहस्थी चलाने लगी थीं।

1979 के बाद ही शुरू हुई भय और आतंक की रातें। काम के सिलसिले में वहाँ जो ईसाई रहते थे, उन पर अत्याचार शुरू हुआ। मुज़ाहिद उनसे कहते, कहो, 'ला इलाही इल्लला, मुहम्मदुर रसूल अल्लाह।' दुनिया में कोई भी व्यक्ति धार्मिक संस्कारों से रहित नहीं है। अतः ईसाई लोग, मुस्लिम कलमा नहीं पढ़ते थे। मुझे नहीं लगता कि कुछेक शब्दों के उच्चारण मात्र से ही मुस्लिम बना जाता है या 'ओम भूर्भुवः स्वः तत्स वितुर्वरेण्यम, भर्गो देवस्य धीमहि'...मंत्रोच्चारण से ही हिन्दू बना जा सकता है। क्या मन की शुद्धि, अध्यात्मबोध, शालीनता, संयम की ज़रूरत नहीं पड़ती? जो भी हो, कलमा न पढ़ने पर मुजाहिद निर्ममता से विरोधियों की हत्या कर देते।

नरक जैसी परिस्थिति थी। इधर-उधर कोनों में, गड्ढों में लाशों का अम्बार नज़र आता था। पानी के तीव्र वेग में धड़ रहित, सिर रहित लोगों की बहती लाशों को ट्रैक्टर पर ले जाकर दूर, बहुत दूर कहीं पहाड़ों में फेंक दिया जाता। घर-घर में आतंक और संत्रास का राज स्थापित हो गया। रूसी लोग हेलीकॉप्टर में आकर बम और मिसाइलें दाग जाते। किसी दाढ़ीवाले व्यक्ति को देखते ही मार डालते। गजनी, गढ़देश, मूसखेल, पताना, साराना, ममदकेल, काटोआज, तामीर, अलेकदारी ये सब इलाके मुजाहिदों के क़ब्ज़े में आ गए। नजीबपन्थियों की धारणा थी कि अफ़ग़ानिस्तान के उत्थान और विकास में मुजाहिद बाधक हैं। 1990 या 1991; नजीब के सामने दो रास्ते थे—या तो युद्ध की चुनौती स्वीकारना या युद्ध के बिना आत्मसमर्पण करना। ऐसी परिस्थिति में दूसरे रास्ते को अपनाना ही नजीब ने उचित समझा। निर्णय लेते ही उन्होंने अपने पूरे परिवार को दिल्ली में सुरक्षित स्थान पर भेज दिया। आत्मसमर्पण की शर्त के अनुसार अपनी रिहाई का आवेदन किया। अतः काबुल एयरपोर्ट पर प्लेन में चढ़ने के बाद काबुल छोड़ते वक़्त बन्दी बने डॉ. नजीबुल्लाह। पलभर में ही यह दुर्भाग्यजनक अप्रत्याशित घटना घट गई। नजीबुल्लाह के अफ़ग़ानिस्तान ने

एक नए दौर में प्रवेश किया जिसका तुरन्त परिणाम चाहे जो भी रहा हो, इतिहास के पृष्ठों में यह अराजकता का एक नया उदाहरण साबित होगा, इसमें कोई सन्देह नहीं रहा। अमेरिका संयुक्त राष्ट्र, फ्रांस, ईरान, इराक, अरब—प्राय: सभी देशों में ऐसे हालात पर महत्त्वपूर्ण विचार-विमर्श और समीक्षाएँ शुरू हो गईं।

मुजाहिदों के हाथों डॉ. नजीबुल्लाह बन्दी बनाए गए। लेकिन युद्ध के थमने के कोई आसार ही नज़र नहीं आ रहे थे। अत: शरणार्थियों ने पाकिस्तान से अपने देश लौटने की ज़रूरत ही महसूस नहीं की। पाकिस्तान के राष्ट्रपति जिया-उल-हक़ ने अफ़ग़ान शरणार्थियों के लिए अपने देश में कैम्प बनाने के लिए काफ़ी जगह दी। अफ़ग़ानियों की नज़र में जिया-उल एक महान व्यक्ति हैं। मानवता का प्रतीक हैं। अफ़ग़ान शरणार्थी पाकिस्तान जाकर किसी तरह एक खोली बनाकर रह रहे हैं। वे व्याकुलता से इन्तज़ार कर रहे हैं कि कब उनके देश में शान्ति आएगी। कब वे स्वदेश लौट पाएँगे। मेरी समझ में नहीं आता कि आख़िर उनके देश में क्या है? किस आकर्षण के कारण वे इस सुन्दर, सहज देश को छोड़कर अपने देश लौट जाना चाहते हैं? उस कीचड़ वाले पथरीले देश के लिए ये लोग इतने व्याकुल क्यों हैं? जहाँ साल के छह महीने बर्फ़ की प्राणहीन शुभ्रता में गुज़र जाते हैं। ढूँढ़ने पर भी बिन्दु मात्र हरियाली के दर्शन नहीं होते और तुषारापात भी क्या मामूली? किसी-किसी दिन सुबह उठने पर घर से बाहर क़दम रखने के लिए रास्ता भी दिखाई नहीं देता। पूरे चार महीनों तक बर्फ गिरती है। उन चार महीनों तक सबको अपने घरों में बन्दी बनकर रहना पड़ता है। गाँव की सड़कों पर कोई वाहन नहीं चलता। हाँ, काबुल शहर के बारे नहीं मालूम क्योंकि बर्फ़ के मौसम में मैं कभी काबुल नहीं गई। नवम्बर से पहले ही खाद्य-पदार्थ घर में जमा कर लेने पड़ते हैं। गेहूँ, चीनी, गुड़, आलू, प्याज। इसके सिवा कुछ नहीं मिलता। और मांस? भेड़ जैसा प्राणी होता है दुंबा। हमारे देश में भी कई जगहों पर मिलता है। हर कोई चार या छह दुंबों को काटकर पतले-पतले टुकड़े करके रस्सी से बाँधकर लटका देते हैं। मांस के लिए हर किसी के घर में एक अलग कमरा होता है। ठंडी बर्फ़ीली हवा से वह मांस सूख जाता है। पूरे शीतकाल के दौरान उसी मांस को खाया जाता है। इस शुष्क मांस को 'लांदाई' कहते हैं। इसके अलावा दूध, घी, मक्खन, दही होता है। सबके घरों में दो-तीन गाएँ होती हैं। यदि गाएँ न हों तो उन्हें दूध, घी से वंचित रहना पड़ता है। यही देश उनके लिए स्वर्ग था। वैसे अपना देश हरेक को स्वर्ग लगता है।

जानबाज की बुआ ने मेरा स्वागत किया। पहले स्तैरे माईसे, हैंड शेक की तरह

फिर गले मिलीं। ये लोग गालों पर चुम्बन नहीं देते। फारसी लोग चुम्बन देते हैं। फिर बोलीं, "'सांगाराईए'? कैसी हो?" मैंने जवाब दिया, "'खाईयाम'। अच्छी हूँ। 'जोराईयाम' स्वस्थ हूँ।" इन सब बातों की मैं अब अभ्यस्त हो गई हूँ। बल्कि अब यदि कोई मुझे 'स्तारेभाईसे सांगराईए' नहीं कहता तो भीतर-ही-भीतर मैं अपमानित महसूस करती हूँ। जो भी हो, किसी तरह रात गुज़ार कर सुबह फिर एक टोयेटो में बैठ हम डेरा के लिए चल पड़े। अब सड़क पक्की थी। सड़क के दोनों किनारों पर असंख्य घर थे। कुछ पक्के और कुछ कच्चे। सड़क भी काफ़ी चौड़ी थी। कुछ दूर जाने पर एक चेक पोस्ट आया। मैं मन-ही-मन ज़रा डर रही थी क्योंकि यह पाकिस्तान है और मैं हिन्दुस्तानी हूँ। यदि मेरा पासपोर्ट माँगा तो? बाद में समझी कि यहाँ मेरा पासपोर्ट ख़ुद जानबाज है। आसमानी रंग की क़मीज़ और खाकी पैंट पहने पुलिसवाले ने जानबाज से उर्दू में पूछा—

"कहाँ से आ रहे हो? शहर से या गाँव से?"

"साराना गाँव से।"

मेरी ओर इशारा करके पूछा, "ये कौन है?" पुलिसवाले की नज़रें मेरी ओर ही थीं।

"मेरी बीवी।" जानबाज की बात पर शायद उसे यक़ीन नहीं आया।

"तुम तो पठान हो और ये तो पंजाबी लगती है?"

"हाँ। मेरी बीवी हिन्दुस्तानी है।"

"शादी के काग़ज़ात हैं? दो।" कहकर पुलिसवाले ने हाथ बढ़ाया।

जानबाज ने हमारी शादी के कोर्ट के काग़ज़ात दिखाए। फिर छुटकारा मिला और एक घंटे बाद हम डेरा पहुँच गए।

हम एक तेज़ गति वाली गाड़ी में जा रहे थे, जिसे वे लोग प्लैंकोच कहते हैं। उतरेंगे कराची। वहीं छह दिनों का सफ़र ख़त्म होगा।

6

जीवन का काफ़ी समय पीछे छूट गया है। सड़कों, पेड़-पौधों और सभ्य जगत के शिक्षित, सभ्य लोगों को नए सिरे से देखकर आश्चर्यचकित हो रही हूँ। दुनिया

के नए प्रकाश ने मुझे आलोकित कर दिया। सचमुच, अफ़ग़ानिस्तान की औरतें सब कुछ से वंचित हैं। इस पृथ्वी पर उनका जन्म सिर्फ़ दासता के लिए हुआ है। संसार की जितनी भी सुन्दर वस्तुएँ हैं वे सिर्फ़ अफ़ग़ान पुरुषों के लिए हैं। कभी-कभी मेरा जी चाहता था कि सबके घर-घर जाकर प्रत्येक औरत से कहूँ, 'तुम अँधेरे जगत में मुँह छुपाकर मत जीयो। दिन की इस झिलमिलाती रोशनी में निकल आओ। अपने अधिकारों की प्रतिष्ठा करो। सबको समझा दो कि तुम केवल नारी नहीं, इनसान भी हो।' फिर यह भी सोचती हूँ, कहकर क्या फ़ायदा? युग-युगान्तर से समग्र दुनिया में जो कुसंस्कार सम्पन्न समाज व्यवस्था चली आ रही है, उसमें कहाँ तक परिवर्तन सम्भव है?

जानबाज काफ़ी देर से मुझे बुला रहा था, मैंने ध्यान ही नहीं दिया। ध्यान आते ही देखा अलीपुर पहुँच गए थे। पाकिस्तान आने के बाद मैंने ग़ौर किया कि औरतें अकेली ही इधर-उधर घूम रही थीं। उनके साथ कोई पुरुष नहीं था। काबुल में रहते-रहते उनके रीति-रिवाजों के अनुसार मैं तो भूल ही गई थी कि औरतें अकेली भी घूम-फिर सकती हैं। सिर्फ़ काबुल में ही देखा कि औरतें पुरुषों पर निर्भर हैं। यहाँ तक कि अकेली औरत को कोई गाड़ी में भी नहीं चढ़ाता। काबुल में बहुत-सी बंगाली लड़कियों से मेरा परिचय हुआ है जो जीवन के हसीन ख़्वाब लेकर यहाँ आई थीं। उनमें काकली तो थी ही, और भी थीं—जुबैदा, नूरजहाँ, कमला, यशोदा, हारानी, सविता, मानसी आदि। इनमें हारानी बूढ़ी हो गई थी। जुबैदा अपनी चार लड़कियों के साथ बेहद कष्ट से जीवन गुज़ार रही थी। नूरजहाँ ईसाई थी, लॉरेटो में पढ़ती थी। उसके पिता की सोने की दुकान थी। ये सब अपनी अन्तिम साँस काबुल की धरती पर ही लेंगी। इनमें से कोई भी अब ख़्वाब नहीं देखती। मेरी तरह इतना ज़्यादा सोचती भी नहीं। असीम साहस भी उनमें नहीं था। ये सब सोचते-सोचते ही बस से उतरकर हम बाईं तरफ़ के रास्ते पर बढ़ने लगे। सुन्दर जगह थी। रास्ते के दोनों किनारों पर क़तार में झाऊ वृक्ष लगे थे। जो पाकिस्तान मेरे लिए एक डरावना देश था, आज उसी पाकिस्तान की ज़मीन पर मैं बेरोक-टोक चलती जा रही थी। पाकिस्तान के प्रति मेरे दिल में सदैव से घृणा का भाव रहा था। हमेशा मन में उपेक्षित भाव-सा था। सोचती थी जहाँ याहिया ख़ान और भुट्टो जैसे लोग हों वह देश किसी भी तरह अच्छा नहीं हो सकता। 1969 या 1970 का साल होगा। मैं तब चितरंजन में थी, अपने चाचा के यहाँ रहती थी। वहीं मैं सेंट जोसेफ कॉन्वेंट में पढ़ती थी। तब काली पूजा के समय वहाँ हमारे मुहल्ले

में जात्रा होती थी। उस बार एक जात्रा दल ने जो प्रस्तुति की उसी में अत्याचारी याहिया ख़ान का चरित्र और भुट्टो की असभ्यता और अत्याचार देखा था। उन दोनों चरित्रों का चेहरा कितना भयानक था! वो जात्रा देखकर डरकर मैंने दादाजी की गोद में मुँह छिपा लिया था। तब से ही लगता था, पाकिस्तान का मतलब है भयंकर देश। हम निर्जन रास्ते पर चले जा रहे थे। आज मेरा मन बहुत ख़ुश था। इस पल मैं सारी नफ़रत भूल गई थी। दुनिया के आचार-विचार, न्याय-अन्याय सब भूलकर मैं प्रकृति में खो गई। मैं जितना आगे बढ़ती गई उतनी ही हैरान होती गई। रास्ते के दाहिने और बाईं तरफ़ गेहूँ के खेत थे। उधर देखने पर लगता था कि प्रकृति का समस्त सौन्दर्य मानो इन्हीं खेतों में सिमट आया हो। हरे और बादामी रंग की कैसी अपूर्व शोभा थी!

हम लोग मेरी ननद के घर पहुँच गए थे। हमें देखकर ननद गुन्चा घर से बाहर निकल आई। उसने हमारा स्वागत किया। फिर भीतर ले जाकर बिठाया। और एक महिला हमारे लिए चाय ले आई। मैं गुन्चा के घर को भीतर से निहार रही थी। घर में हर ओर ग़रीबी का आभास हो रहा था। हम जिस पर बैठे थे वह स्पंज की नहीं, रुई की गद्दी थी। काफ़ी सख़्त। सुना है मेरे ननदोई की मसालों की एक छोटी-सी दुकान है। उसके अन्य दो भाइयों का लकड़ी का कारोबार है। जो आय होती है उससे किसी तरह गुज़ारा हो जाता है। शौक पूरे नहीं होते। शौक उनके लिए विलासिता की वस्तु है। और गृहस्थी भी तो छोटी नहीं है। ननद की जिठानी के छह लड़के, पाँच लड़कियाँ हैं। देवरानी के दो लड़कियाँ और एक लड़का और मेरी ननद की तीन लड़कियाँ और एक लड़का है। बड़ी लड़की थोड़ी असामान्य है।

मैं बहुत थक गई थी। मैं अधलेटी-सी होकर कब सो गई पता ही नहीं चला। ननदोई के पुकारने पर उठ बैठी। ननदोई का नाम रमज़ान है। उसके बड़े भाई का नाम ज़मील और छोटे भाई का नाम कालामंदार है। ज़मील की बीवी का नाम ज़ोहरा, कालामंदार की बीवी का नाम रशीदा है। बातें करते-करते रात काफ़ी गुज़र गई थी। गुन्चा ने खाने का बंदोबस्त किया। रोटी और मांस का कोरमा खाकर मैं बेहद थकी हुई फिर से लेट गई। सुबह पाँच बजे गुन्चा चाय-नाश्ता ले आई। मुस्लिम सम्प्रदाय के लोग तड़के चार बजे उठते हैं। सूर्योदय से पहले वे नमाज़ पढ़ते हैं। प्राय सभी धर्म के लोग तड़के जल्दी उठते हैं। लेकिन मुस्लिम सम्प्रदाय के लोगों की एक ख़ासियत यह है कि नींद से उठने के बाद सभी बाथरूम जाते हैं और वजू करते हैं। काबुल में वजू को आब्बदास कहते हैं। वजू का मतलब है

पवित्र होना। एक बड़े मग में पानी लिया जाता है। मुँह में पानी लेकर तीन बार कुल्ला करते हैं। इस तरह तीन बार करने के बाद हाथ-पैर धोकर वजू करते हैं। इसके बाद कहते हैं—ख़ुदा मैंने पवित्र होकर नमाज़ पढ़ने के लिए वजू किया। और यदि पति-पत्नी में रात को समागम हो तो, रात रहते ही उठकर उन्हें स्नान करना होगा। स्नान किये बिना नमाज़ तो दूर की बात, किसी चीज़ को हाथ भी नहीं लगा पाएँगे। यह है उनकी ख़ासियत।

सुबह नमाज़ पढ़ने के बाद महिलाएँ रसोई में प्रवेश करती हैं। शुरू होता है महिलाओं का दैनिक सफ़र। गुन्चा हमें नाश्ता देकर चली गई। मुझे ननदोई के साथ डॉक्टर को दिखाने जाना था। बहुत दिनों से ही सोच रही थी कि एक अच्छी गाइनोक्लोजिस्ट को दिखाऊँगी। पाकिस्तान जब आई ही थी तो एक बार दिखा लेना ही बेहतर था। ननदोई के साथ डॉ. डब्ल्यू. एफ. हसन के नर्सिंग होम में नाम लिखाकर इन्तज़ार कर रही थी। चार-पाँच मरीज़ों के बाद मेरी बारी आई। दरवाज़े से घुसते ही दाईं तरफ़ डॉक्टर बैठी थीं। उनके सामने एक टेबल, टेबल के उल्टी तरफ़ की कुर्सी पर मैं बैठ गई। डॉक्टर ने मुझसे पूछा—

"तुम्हें क्या तकलीफ़ है?" सारी बातें हिन्दी (यानी उर्दू) में हो रही थीं।

"मुझे ज़रा...तकलीफ़ है।"

डॉक्टर क्या समझीं पता नहीं। सीधे बैठकर सवाल किया, "बीबी, तुम तो पठान नहीं हो। पाकिस्तानी नहीं हो? कहाँ से आई हो?"

"मैं हिन्दुस्तानी हूँ, पठान से शादी की है। इसी स्रोत से आज पाकिस्तान आने का मौक़ा मिला है।"

"तुम मुस्लिम हो या हिन्दू?" डॉक्टर ने बड़ी-बड़ी आँखों से मेरी ओर देखा।

"हिन्दू हूँ। क्यों? हिन्दू हूँ इसलिए आप इलाज नहीं करेंगी?"

"ऐसा तो मैंने नहीं कहा।"

उन्होंने मेरी जाँच करने के बाद लेपस्कॉपी करवाने के लिए कहा। उससे पहले छाती का एक एक्स-रे करवाने को कहा। मुझे प्रिसक्रिप्शन दी और एक पता दिया जहाँ जाकर एक्स-रे करवाना था। मैंने पता पढ़ा। 'डिपार्टमेंट ऑफ पैथोलॉजी, आर्मी मेडिकल कॉलेज, आबिद मजीद रोड, रावलपिंडी कैंट (पाकिस्तान)। उसी दिन एक्स-रे करवाने वहाँ चली गई। चार मंज़िला भवन था। शीशे के दरवाज़े को ठेलकर भीतर पहुँची। कांउटर पर पर्ची दिखाकर बाईं तरफ़ की कई सीढ़ियाँ उतरकर नीचे गई। दाईं ओर मुड़कर बाएँ जाकर दाईं ओर के एक कमरे में गई। प्रिसक्रिप्शन

जमा करने के बाद मुझे बुलाया गया। एक लकड़ी की चौकी पर चढ़कर मुझे खड़े होने को कहा गया। गले की चेन, बैग, चश्मा आदि मैंने एक कुर्सी पर रखा। फिर मैंने साँस खींची। एक्स-रे होने के बाद निकल आई। कुछ दूर जाने के बाद ध्यान आया कि गले में चेन नहीं है। मुझे याद आया, मैंने बैग और चश्मा तो उठा लिया परन्तु चेन उठाना भूल गई। तुरन्त फिर लौटकर गई और चेन के बारे में उस कमरे के सज्जन से पूछा। उन्होंने सिर्फ़ इनकार किया। समझ गई कि उसे इन्हीं लोगों ने ले लिया है। चेन कोलकाता में बी. सी. सेन की दुकान से ख़रीदी थी। कोलकाता मेरा देश। जन्म के तौर पर मुझे वह देश मिला। मेरी मातृभूमि। मेरा वास्तविक ठिकाना। इस कठोर यथार्थ के समय भी मुझे अपने बचपन की मधुर घटनाएँ याद हैं। माँ की डाँट-डपट।

"ठहरो, पिताजी को आने दो, सब बता दूँगी। ये मत करो, उसे हाथ मत लगाओ। भाई को मत मारो। पिता को बता दूँगी। पढ़ाई नहीं की तो बता दूँगी," आदि-आदि। ये बता देने के डर से मैं एकदम चिढ़ जाती। सिर्फ़ डराती नहीं, माँ सचमुच बता देतीं। तब पीठ पर बेंत से मेरी पिटाई होती। तब भी क्या मैं दबनेवाली लड़की थी। जितने बेंत पड़ते शैतानियाँ उतनी बढ़ती जातीं। ऐसे में स्कूल की पढ़ाई ख़त्म की। परन्तु शैतानियाँ कम नहीं हुईं। पिटाई भी बढ़ती गई।

एक बार हम चार सहेलियाँ मिलकर मुम्बई चली जा रही थीं। सिनेमा में अभिनेत्री बनने के लिए। परन्तु मुम्बई तक जाना नहीं पड़ा, हावड़ा से ही पुलिस कान पकड़कर घर पहुँचा गई थी। इसी तरह और एक बार मुश्किल में पड़ गई थी।

सन् 1972 की घटना है। इससे ठीक दो साल पहले मझले चाचा और चाची पुरी गए थे। उनसे पुरी की बात सुनकर मेरी बड़ी इच्छा पुरी जाने की होती पर मेरी कोई सुनता ही नहीं था। इसके बाद जुलाई 1972 में मेरे चाचा के लड़का हुआ। सब कहने लगे पुरी में मनौती की थी, तभी लड़का हुआ है। पुरी के बारे में सब बातें सुनकर किसका मन चाहेगा घर पर रहने को? फिर भी मेरा जाना नहीं हुआ। इसके बाद काफ़ी समय गुज़र गया। 1973 की फरवरी में मेरे छोटे चाचा की शादी हुई। मैं उस समय 17 वर्ष की थी। आई.सी.एस.ई. की पढ़ाई पूरी हो गई थी। मैंने सोचा चोरी-छुपे नहीं जाने से पुरी जाना ही नहीं हो पाएगा। जबकि तब मेरे पास पुरी जाने लायक पैसे भी नहीं थे। अत: इसके लिए भी चोरी करनी पड़ेगी। पर चोरी कहाँ करूँ? पिता की जेब से पैसे निकालने पर अवश्य पकड़ी जाऊँगी। फिर तय किया कि मेरे हाथ में जो कड़ा है उसे बेचकर पुरी जाऊँगी। उन दिनों सोने का

दाम 500 रुपए था। पर सोना कहाँ बेचा जाता है यह भी तो पता नहीं था। यहाँ भी वही रुकावट थी। फिर भी हार न मानकर एक आदमी से पूछा। उस आदमी की सब्जी की दुकान थी। मेरा सवाल सुनकर आदमी ने मेरे चेहरे की तरफ़ पता नहीं क्या देखा। फिर बोला, "आलू-परवल की दुकान पर सोना बेचने आई हैं? उससे अच्छा है, एक काम कीजिए, मछली की दुकान पर जाइए, वह आपको रास्ता बता देगा। चले आते हैं झमेला लेकर।" शर्म से सिर झुकाकर घर लौट आई।

1974। काफ़ी समय गुज़र चुका था। मेरी पुरी जाने की इच्छा अभी ख़त्म नहीं थी। समय के साथ-साथ वह इच्छा और ज़ोर मार रही थी। पर जाना नहीं हो पाया। दादाजी के गुज़र जाने के बाद दादी ज़्यादातर चितरंजन जाकर रहती थीं। दादी के हमारे यहाँ न रहने पर किसी को क्या असुविधा हुई पता नहीं, परन्तु मुझे सबसे ज़्यादा तकलीफ़ हुई। इसी दौरान मेरी छोटी चाची गुज़र गईं। इससे हमारे घर में एक भयानक स्थिति उत्पन्न हो गई। वे पीछे एक माह की बच्ची छोड़ गई थीं। इसी बच्ची के लिए दूध गर्म करते वक़्त सिलिंडर फटने से चाची की मृत्यु हो गई। सबको एक ही फ़िक्र थी कि शीमू को कहाँ रखा जाए? किसके पास रखने से उसकी देखभाल में कोई त्रुटि नहीं होगी। मेरे मन में एक ही फ़िक्र थी, सुना है सौतेली माँ कभी अच्छी नहीं होती। यदि शीमू की सौतेली माँ भी अच्छी न हुई तो? सबको यही फ़िक्र सता रही थी। फिर भी छोटे चाचा की शादी हुई। नई चाची घर में आई। तब मैं छोटे चाचा के घर पर ही ज़्यादा रहा करती थी। नई छोटी चाची मुझे कितना प्यार करती थीं यह तो नहीं मालूम किन्तु एक व्यवधान ज़रूर तलाशा था मैंने, जो मुझे उनसे काफ़ी दूर ले गया। यही मेरे स्वभाव का दोष है। किसी की अच्छाई को मैं जी भरकर पसन्द करती पर बुराई को कभी स्वीकार नहीं करती या कर नहीं पाती। वह भले ही कोई भी क्यों न हो; उसके साथ मेरा कितना बड़ा स्वार्थ ही क्यों न जुड़ा हुआ हो; फिर भी मैं, मैं ही हूँ। किसी के जैसी नहीं बन पाती। तभी तो छोटी चाची पर अभिमान कर मैं अपने घर लौट आई थी। इसके बाद वहाँ बहुत कम जाती थी। मेरे बेहद क़रीबी, बेहद प्रिय छोटे चाचा भी हमसे काफ़ी दूर हो गए। पहले छोटे चाचा मेरे अच्छे-बुरे हर मामले में रुचि लेते थे। शादी के बाद छोड़ दिया। पहले हर साल महालया के दिन हम लोग पूजा के कपड़े ख़रीदने जाते। छोटी चाची के आने के बाद वह सब बन्द हो गया। कपड़े देने तो दूर की बात, पूजा में हमसे मिलने तक नहीं आते। पर मझली चाची मेरी अपनी हैं। अनेक-अनेक ग़लतियों के बावजूद जिस तरह माँ बच्चे को सीने से लगा

लेती है, मेरी मझली चाची भी वैसी ही हैं। हमें अपने प्यार के रंग से रंग रखा है। उनकी एक लड़की और लड़का है परन्तु भतीजे-भतीजियों से उनका घर चहकता रहता है। मझली चाची कहतीं, "तुम लोगों के सिवा मेरा है ही कौन? मेरे ख़ुद के तो सिर्फ़ एक लड़का और लड़की है। तुम लोग ही तो मेरे सब कुछ हो।" सिर्फ़ हम ही क्यों, सभी उनके बेहद अपने हैं।

वास्तव में कुछ औरतें हैं जो अकेले रहना पसन्द करती हैं, परन्तु यह नहीं समझतीं कि अकेले रहने में कोई मज़ा नहीं है। आनन्द नहीं है। सुख? क्या पता अकेले रहने में कोई सुख है या नहीं? सब औरतों की यही एक जगह है जहाँ वे अपना अधिकार जमाना चाहती हैं। शौहर को अपने पल्लू से बाँधे रखना चाहती हैं। माता-पिता, भाई-बहन सबको ठीक रखेंगी परन्तु शौहर की तरफ़ के किसी के साथ सम्बन्ध रखना नहीं चाहेंगी। शौहर भी पता नहीं किस तरह मेरुदंडहीन होकर जोरू का गुलाम बन उसका पल्लू थामे घूमते रहते हैं। शादी के बाद कुछ पुरुष अपना स्व खो बैठते हैं। पुरुष अपनी स्त्रियों को इतना साहस क्यों देते हैं? कोर्ट का आदेश है कि यदि बहुओं पर अत्याचार हो तो सास और ननद को जेल होगी। बहुएँ क्या सासों पर अत्याचार नहीं करतीं? धक्के देकर घर से नहीं निकाल देतीं? उसके लिए कोई कानून क्यों नहीं है? सास पर अत्याचार होने से बहुओं को कोई सज़ा क्यों नहीं दी जाती? बहुओं की बात जाने दें, अपनी बात करती हूँ। बूड़ी, टूटुन, विजय, शोभन, टैटन, पॉली मेरे प्यारे दोस्त थे। इनमें से कोई भी कभी मेरे साथ कुट्टी नहीं करता था। कुट्टी करते ही मुसीबत थी। मैं सबको रोज़ कुछ-न-कुछ खिलाती। अत: कुट्टी करने पर कहती, "मैंने तुम सबको जो-जो खिलाया है, पहले वह वापिस दो, फिर कुट्टी करना।" अत: कुट्टी नहीं होती थी।

किन्तु एक बार बूड़ी मेरी शैतानियों को और सहन न कर पाई, कुट्टी करने के साथ-साथ ही उसने मेरी हथेली पर पाँच पैसे का चनाचूर थमा दिया था। तीन दिन पहले मैंने उसे चनाचूर खिलाया था। आज की इस वास्तविकता ने बचपन की उन स्मृतियों को दूर धकेल दिया था। मुझे नि:सहाय और रिक्त कर दिया था। रातोरात मैं जैसे एक व्यक्तित्व सम्पन्न महिला बन गई थी।

मेरे सामने साफेसाल मस्जिद थी। जानबाज ने बताया, यहीं जिया-उल-हक का प्लेन टूटकर गिरा था। मस्जिद के सौन्दर्य को भाषा में अभिव्यक्त करना सम्भव नहीं। मस्जिद प्रांगण में खड़े होकर मुझे लगा मानो मैं स्वर्ग में पहुँच गई हूँ। मेरी कलम में इतनी सामर्थ्य नहीं कि मैं साफेसाल मस्जिद के सौन्दर्य को शब्दों में

बाँध सकूँ। इस्लामाबाद की इस जगह को देखकर मुझे ऐसा लगा जैसे मैं दिल्ली के सफदरजंग रोड पर खड़ी हूँ। मन भारी-भारी-सा हो गया। आज पाकिस्तान से चले जाना है। फिर वही अफ़ग़ानिस्तान। फिर वही असह्य, असह्य जीवन-यात्रा। इस जीवन से मेरी रिहाई नहीं होगी। अनन्तकाल से मानो मैं किसी अँधेरी गुफा में सो रही थी। उसी नींद में मैं एक सुन्दर सपना देख रही थी। सपने में ही अनेक रोशनी वाले राज्यों में पहुँच गई जहाँ लेशमात्र भी अँधेरा नहीं था। सब ओर रोशनी थी और मधुर सपना था। सपने ने विदाई ली। आँखें खोलकर देखा मैं उसी अँधेरी गुफा में लेटी हुई थी। अच्छे पल क्यों क्षणभंगुर होते हैं? मेरे जीवन के सभी अच्छे पल क्षणभंगुर थे। मैं उन्हें पकड़कर रख नहीं पाती।

मैं फिर बन्दीगृह की ओर लौट रही थी। बिना लौटे कोई चारा भी तो नहीं था। किसी भी क़ीमत पर मैं अपने देश को छोटा नहीं कर पाऊँगी। यहाँ से इस तरह चले जाने से काबुल वाले रिश्तेदारों की आशंकाएँ ही सत्य प्रमाणित होंगी कि जानबाज की बीवी अब नहीं लौटेगी। मुझे और मेरे देश की सभी महिलाओं को कटघरे में खड़ा किया जाएगा और इसके अतिरिक्त मेरी एक आदत है; किसी भी चीज़ का अन्त देखे बिना मैं नहीं छोड़ती।

पताना नामक एक जगह पर गाड़ी ने हमें उतार दिया। वहाँ से हमारा घर मात्र दो किलोमीटर की दूरी पर है। यहाँ बहुतों की क़ब्रें हैं। जानबाज के दादा और ताऊ को यहीं दफ़नाया गया था। पताना में काम से, बेकाम से बहुत-से लोग आते हैं। क़ब्र के समीप बैठकर कोई रोता है, कोई अपना दुख-दर्द सुनाता है। मूल बात यह कि पताना यहाँ की महिलाओं के लिए एक तीर्थस्थल है। घूमने की अच्छी जगह।

घर लौटकर उनकी गतिविधियाँ देखकर मुझे हैरानी हुई। मानो मैं कोई विशाल युद्ध जीतकर लौटी होऊँ। एक के बाद एक सभी मुझसे मिलने आ रहे थे। सबकी ज़बान पर एक ही बात थी, 'सावास्ति दार बाँदी' अर्थात् तुम्हें शाबाशी देते हैं। किसी ने कहा, "प्लार, मख न दा तोर काराई।" अर्थात् माता-पिता का मुँह काला नहीं किया। किसी ने कल्पना तक नहीं की थी कि मैं लौट आऊँगी। क्या मैं लौटती? सिर्फ़ एक व्यक्ति के प्रति प्यार या कृतज्ञता की ख़ातिर लौटी हूँ। नहीं तो कौन इतनी तकलीफ़ें उठाना चाहता है? एक तो मिट्टी-कीचड़ का देश, ऊपर से विचित्र खान-पान। बड़ी-बड़ी गोल रोटियाँ जिन्हें मक्खन या दही या फिर मक्खन निकले पानी से खाना पड़ता है, जो हमने कभी इस जन्म में आँखों से नहीं देखा

वही किसी तरह निगलना होगा। मट्ठे को ये लोग क़ब्रे कहते हैं। दही को मस्तिया कहते हैं। गेहूँ की पुआल को यहाँ प्रोटोरा कहते हैं। यही प्रोटोरा गाय की 'ओथ खुराक़' यानी सूखा चारा होता है। शाउताला और रिस्का होती है 'लान्दा खुराक़' यानी ताज़ा और हरा खाद्य। सितम्बर में अंगूर पकते हैं। जुलाई में तरबूज खाने के लिए तैयार हो जाते हैं। सितम्बर के लगभग एक महीना पहले से ही सेब पकने लगते हैं। यहाँ सब कुछ बड़े आकार का होता है पर सेब छोटे होते हैं। एकदम छोटे नहीं मगर काश्मीरी सेब जैसी रंगत भी नहीं होती, बड़े भी नहीं होते। फसल में यहाँ आलू, प्याज, खीरा, तरबूज, पालक, टमाटर, गाजर सब कुछ होता है और तरह-तरह के फल होते हैं जैसे—सेब, अंगूर, खाटकी, जरदालू तूत, आलूबुखारा, बादाम। हम लोग जिसे बादाम कहते हैं यह वैसा नहीं होता। चपटे-चपटे बादाम। खाटकी कुम्हड़े जैसी होती है, ज़रा लम्बी होती है। खाने में बड़ी स्वादिष्ट होती है। पक जाने पर, पाँच मील के फ़ासले में यदि कोई घोड़ा या गाड़ी गुज़रे तो उसकी आवाज़ से फट जाती है। और जरदालू पीले रंग का, पान की आकृति का फल होता है। आकार में मझोले, आलू जैसे। उसके भीतर एक खोखला चपटा दाना होता है, ठीक आँवले के दाने की तरह। जरदालू सूखकर खुबानी बनता है। यहाँ अनेक जगहों पर गेहूँ की खेती होती है। धान कम होता है। कम नहीं, पर कोई खेती नहीं करता। तम्बाकू की भी खेती होती है। मगर खेती का काम सिर्फ़ सात महीनों का ही होता है। मई से नवम्बर तक। इसके बाद ठंड शुरू हो जाती है। और इसके बाद बर्फ़ और ठंड से पेड़ सूख जाते हैं। सितम्बर से अक्तूबर तक गेहूँ काट लिया जाता है। फिर नया गेहूँ बोया जाता है। गेहूँ के पुआल को छोटा-छोटा काटकर गायों के चारे के लिए रखा जाता है। इसके अलावा मटर जैसे एक तरह के पौधे होते हैं। उसका नाम है शाउताला और रिस्का। ये भी गाय के चारों में काम आते हैं। रोज़े के समय व्यवसायी पाकिस्तान से टमाटर, खीरा, संतरा, मटर, अचार, मूली, हरी मिर्च, और कई तरह की सामग्री लाकर अफ़ग़ानिस्तान में ऊँचे दामों पर बेचते हैं। यहाँ रुपए को अफ़ग़ानी कहा जाता है। पचास रुपयों से नोट शुरू होते हैं। एक हज़ार भारतीय रुपए के साठ हज़ार अफ़ग़ानी रुपए मिलते हैं। चीजों की क़ीमतें भी बहुत ज़्यादा हैं। एक अंडे की क़ीमत 500 रुपए है। एक मुर्ग़ी की क़ीमत तीन-चार हज़ार है। एक गज कपड़े की क़ीमत ढाई हज़ार। बहुत अच्छा कपड़ा होने पर चार-पाँच हज़ार मीटर क़ीमत होती है। एक ट्रैक्टर की क़ीमत दो लाख रुपए है। एक दुंबे का दाम चालीस से अस्सी हज़ार रुपए। एक पत्ता डिस्प्रिन

की क़ीमत पाँच सौ रुपए है। एक बोतल सीरप की क़ीमत तीन हज़ार रुपए। एक चराग आलू की क़ीमत बाईस सौ रुपए है। किलो को यहाँ चराग कहते हैं। एक लीटर केरोसिन तेल की क़ीमत चार हज़ार रुपए है। इस देश में अनेक बुराइयों के बीच भी एक अच्छाई है, वह है मौसमी हवा। पानी भी बहुत अच्छा है। जितना ठंडा उतना मीठा। और हवा! उसके क्या कहने! किसी का हाथ-पैर या शरीर का कोई अंग यदि जंग लगे टीन से भी कट जाए तो भी टेटनस का इंजेक्शन लेने की ज़रूरत नहीं पड़ती। थोड़ा-सा डिटॉल और मरहम लगाने से ही सब ठीक हो जाता है। सारा दिन हवा चलती है। शाम को हवा का वेग बढ़ जाता है। सारे साल ही रात को कुछ-न-कुछ ओढ़कर सोना पड़ता है, नहीं तो ठंड लगती है; दिसम्बर से फ़रवरी तक बर्फ़ गिरती है। फरवरी से अप्रैल तक, जमी हुई बर्फ़ पिघलती रहती है। इस बर्फ़ पिघलने के समय रास्तों में कीचड़ हो जाता है। मिट्टी नर्म होती है और इसी महीने बारिश शुरू हो जाती है। इस समय देश की स्थिति शोचनीय बन जाती है। जनवरी से ही वाहन बन्द हो जाते हैं। रूसी ट्रैक्टर चलते हैं पर उनके पहिए भी या तो बर्फ़ या कीचड़ में फँस जाते हैं। कीचड़ हटाकर गाड़ी को धक्का लगाना पड़ता है। जुलाई से मौसम फिर स्वाभाविक हो जाता है। दिसम्बर से जून तक सभी घर में ही बैठे रहते हैं। जून के मध्य से खेती का काम शुरू होता है। अंगूर की डालियों को छोटा-छोटा करके बर्फ़ गिरने के दौरान मिट्टी से ढक दिया जाता है। बर्फ़ का गिरना ख़त्म होते ही मिट्टी हटाकर पेड़ को मुक्त कर दिया जाता है। जून में यहाँ एक तरह के साग की पैदावार होती है। देखने में पालक जैसी होती है। इस साग को सभी पिंडी कहते हैं। इसकी खेती नहीं करनी पड़ती। अपने आप उग आती है। सभी इसे खाते हैं। और मरुभूमि की रेत में एक तरह की छोटी लम्बी-सी सब्जी होती है, उसे खेस कहते हैं।

पहाड़ की गोद में एक तरह की छोटी-छोटी झाड़ियाँ होती हैं। उन झाड़ियों को यहाँ बूट कहा जाता है। ये जब सूख जाते हैं, तब इन्हें तोड़ लिया जाता है। बाद में इन्हें 'तोरण' में रखकर लकड़ियों से आग जलाई जाती है। यहाँ चूल्हे को 'तोरण' कहा जाता है। दिखने में तेल के बैरेल जैसा होता है। मिट्टी खोदकर चूल्हे को उसमें रख दिया जाता है। अफ़ग़ानिस्तान में गर्मी नहीं होती। दिन में सूर्य का काफ़ी ताप होता है। पेड़-पौधों की छाया भी नहीं होती। परन्तु घर में प्रवेश करने पर गर्मी ख़त्म हो जाती है बल्कि ठंड ही लगती है।

7

मेरा मन क्या चाहता है, ये तो मैं भी नहीं जानती। कभी मन बहुत ख़ुशी से भर उठता है और कभी बेहद अकेली पड़ जाती हूँ। इस अकेलेपन की मैं कभी भी उपेक्षा नहीं कर पाती। एक दिन जानबाज ने मुझसे कहा, "पगली (जानबाज मुझे पगली कहकर बुलाता है। हमारे यहाँ एक लड़की है, उसका नाम बाबाका है। वो सुबह उठकर चाय और नाश्ते के बाद फिर लेट जाती है। सिर्फ़ खाने और बाथरूम के समय के अलावा वह बाक़ी समय लेटी ही रहती है) तुम भी बाबाका की भाँति हो। उस समय को छोड़कर लेटी ही रहती हो।" बाद में मुझे पता चला कि बाबाका अन्धी, बहरी और गूँगी है। आज सचमुच मेरी स्थिति भी बाबाका जैसी ही है। आँखें होते हुए भी मैं अन्धी, कान होते हुए भी बहरी हूँ। बहुत-सी बातें हैं कहने के लिए, फिर भी मैं गूँगी हूँ। जो किताबें मैं साथ लाई थी, उन्हें कई बार पढ़ चुकी हूँ। मैं गतिशील राज्य की गतिमान लड़की पर आज मेरा काम सिर्फ़ खाना, सोना और कल्पना के साम्राज्य में गोते लगाने के सिवा कुछ नहीं। 'ख़ाली दिमाग़ शैतान का घर।' मेरे दिमाग़ की हालत वैसी ही है। सारा दिन लेटे-लेटे मैं सोचती हूँ, यदि जानबाज को कुछ हो गया तो इस देश से मुझे मुक्ति कैसे मिलेगी? तो क्या मुझे कभी रिहाई नहीं मिलेगी? इस देश से अपने देश नहीं लौट पाऊँगी क्या? अपने माता-पिता और अन्य रिश्तेदारों के पास नहीं जा पाऊँगी? सबने मुझे इस शादी से रोका था। इस अपराह्न बेला में उन सबकी बातें याद आ रही हैं। श्यामल दा की उस दिन की बात याद आ रही है। जिस दिन उन्हें पता चला था कि मैं जानबाज से शादी करने जा रही हूँ तो श्यामल दा ने मुझसे कहा था—

"सुमि तुम्हारी शिक्षा, रुचियाँ तुम्हारे दाम्पत्य में बाधा तो नहीं बनेंगी?"

"जानबाज अच्छा लड़का है, मेरे साथ अच्छा एडजेस्टमेंट होगा।"

"ऐसा ही हो तो अच्छा है। तुम इतनी उग्र, ग़ुस्सैल लड़की हो, कुछ दिनों बाद पर्सनैलिटी क्लैश न शुरू हो जाए।" उसके बाद जब उन्हें पता चला कि मैं काबुल जा रही हूँ तो उन्होंने कहा था—

"जा रही हो जाओ, मैं रोकूँगा नहीं। लेकिन जाने से पहले सोच-विचार लो। वहाँ जानबाज के सिवा तुम्हारा अपना कोई नहीं होगा। तुम्हारी विपत्ति के समय कोई तुम्हारा साथ नहीं देगा। जानबाज उस देश का लड़का है। अपने घरवालों या देश के विरुद्ध वह कभी नहीं जाएगा।" इस अपराह्न बेला में ख़ुद को ख़ुद ही

धिक्कार रही हूँ। तब मैंने किसी की बात क्यों नहीं मानी? किस उम्मीद से, क्या तलाशने मैं यहाँ आई थी?

यहाँ चारों तरफ़ सिर्फ़ हाहाकार है। सब कुछ गँवा देने का आर्तनाद। ये सब सोचते ही मन विद्रोह कर उठता है और सबके प्रति घृणा से भर उठता है। बेवजह जानबाज से झगड़ती हूँ। घरवाले सभी मुझसे डरने लगे। सबने सोचा, शान्त लड़की अचानक उग्र क्यों हो गई? जानबाज पर आघात पर आघात करने लगी। एक दिन उससे कहा, "मुझे मेरे देश अभी ले चलोगे या नहीं, बताओ?" जानबाज को ख़ामोश देख हिंस्र बाघिनी की भाँति उस पर झपट पड़ी। नोंच-खरोंचकर, काटकर उसे घायल कर दिया। असाम चाचा पकड़ने आया था; उसकी क़मीज़ फाड़ डाली। 'क्लाश्निकोव' बन्दूक़ ले आई। सबको गोली मारकर अपने सीने पर भी गोली मारूँगी। जानबाज ने मेरे हाथों से बन्दूक़ छीन ली। मैंने उसके बाल पकड़कर उसे ज़मीन पर गिरा दिया। अब उसके दोनों भाई और आसाम चाचा छुड़वाने आए। आसाम ने मेरे बाल पकड़कर मेरा सिर ज़मीन से लगा दिया। मेरे मुँह से कराह निकलने लगी। ख़ुद को सँभालते हुए जानबाज ने आसाम चाचा से कहा, "आसाम मोल, पगली को छोड़ दो। उसे दर्द हो रहा है। पगली की कराह नहीं सुन पा रहे हो? पगली के बाल पकड़ने को तुमसे किसने कहा? इस अत्याचार और मार-पीट की वह अभ्यस्त नहीं है।" मुझे अपने कानों पर विश्वास नहीं हो रहा था। जानबाज की बातें सुनकर मैं शर्म से ज़मीन में गड़ गई। जिस पर इतना अत्याचार किया, काटकर ख़ून निकाल दिया, वही जानबाज मेरे लिए इतनी मिन्नतें कर रहा है ताकि मुझे दर्द न हो। मैं हैरान रह गई! गूँगी-सी हो गई! जानबाज की तरफ़ देखती रह गई। गालों पर आँसू बहने लगे। जानबाज ने अपनी गोद में मेरा सिर रखकर सहलाते हुए कहा, "मत रोओ पगली। मैं ज़रूर तुम्हें तुम्हारे देश लेकर जाऊँगा। मैं किसी की नहीं सुनूँगा। क्यों रो रही हो तुम? कोई जो भी कहे, तुम किसी की बात पर यक़ीन मत करना।"

समूचे विश्व में कहीं छिपने की जगह नहीं है। इस शर्म से बचने के लिए यदि कहीं मुँह छिपाने की जगह मिलती तो मुझे असीम शान्ति मिलती। शर्म के हाथों रिहाई नहीं मिली। देखा जानबाज की बाँहें और हाथ सूजे हुए हैं। सूजी हुई जगह से रस-सा टपक रहा है। नील पड़ गए हैं। कलाई पर ऐसा काट खाया था कि वहाँ से रक्त चू रहा था। सिर के बाल उलझ गए हैं। कितना भयंकर, कितना बीभत्स! फिर भी वह विचलित नहीं था। इतना कष्ट और पीड़ा सहकर भी वह अपनी पगली का रोना सहन नहीं कर पाया। कितना अच्छा आदमी है! मेरी शिक्षा, मेरा स्टेटस क्या

मुझे इस लज्जा के हाथों से बचा पाया? क्या फ़ायदा उस शिक्षा का जो पलभर में मिट्टी में मिला दे? क्या होगा स्टेटस से? जो स्टेटस इस व्यक्ति की मानवता के समक्ष हार गया। इसके बाद मुझमें परिवर्तन आया। मैं उन सबके साथ जी-जान से हिल-मिल गई। पहले मुझे जिसने जो कुछ कहा था वह सब झूठ प्रतीत हुआ। मैंने एक सच्चे पुरुष को ही जीवन साथी के रूप में पाया था। मैं मन-ही-मन गर्व अनुभव कर रही थी कि ऐसा व्यक्ति मेरा पति है। उस समय देश में सर्वत्र मार्मिक दरिद्रता व्याप्त थी। जो लोग कोलकाता या पाकिस्तान में व्यवसाय करते हैं उनकी बात अलग है। यहाँ के लोगों के जीवन में दरिद्रता की पीड़ा तो है ही, उसके साथ-साथ गृहस्थी की अशान्ति भी है। हमारे घर से दो मिनट के फ़ासले पर क़ादिर चाचा का घर है। उसकी दो शादियाँ हुई हैं। दोनों बीवियाँ जीवित हैं। पहली बीवी से एक लड़का और एक लड़की है। दूसरी से दो लड़कियाँ हैं। क़ादिर चाचा तीन भाई हैं। तीनों भाइयों के पिता एक ही हैं पर माँएँ अलग-अलग हैं। क़ादिर चाचा के पिता सफरत ख़ान ने तीन शादियाँ की थीं। तीन बीवियों के तीन लड़के हैं। मझली बीवी ने सफरत ख़ान से शादी से पहले और एक शादी की थी। उसके पहले पति से ही एक लड़का और एक लड़की है। उनके नाम लपू और पारी हैं और सफरत ख़ान से मादलाम और गोलबीबी। यहाँ लड़कियों की पाँच-छह शादियाँ हो सकती हैं। लेकिन तलाक देकर नहीं, पति के देहान्त के बाद।

क़ादिर चाचा की दूसरी बीवी ने आते ही चाचा को अपने क़ब्ज़े में कर लिया। बड़ी बीवी की उपेक्षा होने लगी। परन्तु बड़ी बीवी के एक लड़का है, अतः उसे पीहर नहीं भेजा जा सकता। सम्पत्ति का हिस्सा उसे देना ही पड़ेगा। इसलिए उसे एक कमरा दे रखा है। उसी में माँ-बेटा, बहू और दो पोतों को लेकर उसकी गृहस्थी है। क़ादिर चाचा, दूसरी बीवी और दो बेटियों को लेकर एक और गृहस्थी है। हर तरह सुख और स्वच्छन्दता दूसरी बीवी की है। दुख और तकलीफ़ें तो सब पहली बीवी के लिए हैं। देश में चारों ओर यही छवि है। पर कुछ व्यतिक्रम भी हैं, लेकिन ऐसी संख्या कम है।

प्रत्येक माता-पिता की कम-से-कम दस-पन्द्रह सन्तानें हैं। सन्तानों के पालन-पोषण की तो चिन्ता नहीं है। दो साल की उम्र तक किसी तरह बड़ा कर देने के बाद छुट्टी। इसके बाद सब गोशाला की गाएँ हैं। सुबह गोशाला का दरवाज़ा खोलकर गायों को निकाल दिया जाता है। उसके बाद रोटियाँ बनाकर रख दी जाती हैं। वो मनुष्य रूपी गाएँ सारा दिन घूमेंगी-फिरेंगी और सूखी रोटी खाएँगी। शाम

होते ही गाएँ गोशाला में लौट आती हैं। यह है यहाँ के शिशुओं का वर्तमान और भविष्य। लड़कियों के बड़ी होते ही माता-पिता शादी का प्रहसन कर लाखों रुपए लेकर लड़केवालों को बेच देते हैं। क़िस्मत अच्छी हो तो अच्छा पति मिलता है वर्ना सब ख़त्म।

इनके यहाँ मुझे सभी काफ़िर कहते हैं, हिन्दू कहकर गालियाँ देते हैं। आसाम चाचा ने एक दिन मुझसे कहा, "तुम नमाज़ पढ़ो वर्ना तुम जहन्नुम में जाओगी। मैं तुम्हारे हाथ से पानी तक नहीं पीऊँगा।"

मैंने आसाम चाचा की बात का जवाब देने की ज़रूरत महसूस नहीं की। इस तरह काफ़ी दिन गुज़र गए। फिर आया रमज़ान का महीना। मुझे छोड़ घर में सबने रोज़ा रखा। मेरे रोज़ा न रखने की बात आसाम चाचा के कानों तक पहुँची। तब उन्होंने मुझसे कहा, "तुम हिन्दू बंगाली हो, तुम लोग काफ़िर जात हो। तुम लोगों का साया देखने से भी हमें पाप लगेगा। जानबाज जानवर है वर्ना एक विधर्मी काफ़िर से शादी क्यों करता?" मेरी सहन शक्ति जवाब दे रही थी। मेरे शरीर के रोंगटे तन गए। मन-ही-मन कहा, 'तुम्हें आज मैं परास्त करूँगी ही। तुम सिर्फ़ मुझे नहीं, पूरी हिन्दू कौम को गाली दे रहे हो। तुम यदि अल्लाह के भेजे हुए हो, तो मैं भी अल्लाह की ही सृष्टि हूँ। तो मैं क्यों दीन-हीन बनूँ, दबूँ? वह भी तुम जैसे एक साधारण इनसान से? अन्याय का विरोध करने का अधिकार लेकर ही पृथ्वी पर जन्मी हूँ। सच्चा धर्म क्या होता है मैं नहीं जानती। परन्तु धर्म की रूढ़िवादिता और जाति के नाम पर अपमान को मैं बर्दाश्त नहीं कर सकती। धर्म की यथार्थ रोशनी किसमें है, बता सकते हो मुझे? मैं नास्तिक नहीं हूँ। मैं यथार्थवादी हूँ। ईश्वर में विश्वास करती हूँ, इनसानों को प्यार करती हूँ। इनसान का इनसान से प्रेम ही धर्म है। अपने दायित्वों का पालन ही धर्म है। मैं तो ख़ामोश ही थी, तुम लोगों ने मुझे मुँह खोलने को विवश किया। जब बाध्य किया ही है तो सुनो।' मैं आसाम ख़ान के सामने जा खड़ी हुई। बोली, "चाचा मैं तुम्हारे धार्मिक विश्वास पर आघात नहीं करना चाहती। परन्तु तुमने सिर्फ़ मुझे ही नहीं, हिन्दू धर्म में विश्वास करनेवाले हर व्यक्ति को गाली दी है। तुम भूल गए हो पर मैं नहीं भूल सकती, मेरे शरीर में जो रक्त-मांस और अस्थियाँ हैं, वो हिन्दू धर्म में विश्वास करनेवाले व्यक्ति की देन हैं। मेरे हृदय में प्यार की चेतना, मुस्लिम धर्म में विश्वास करनेवाले व्यक्ति की सृष्टि है। फिर भी मैं तुम्हारे असभ्य आचरण के लिए निरपेक्ष रूप से विचार नहीं कर पा रही हूँ।"

आसाम चाचा ने और कुछ नहीं कहा, अपने कमरे में चला गया। एक मूर्ख आदमी की मूर्खता दूर करने के लिए ये बातें मैंने उससे कही थीं। मैंने मन-ही-मन सोचा क्या है धर्म में? सभी तो इनसान हैं, एक जैसे इनसान। हिंस्र धर्म रूपी इनसान कहाँ से आया? ईश्वर-अल्लाह ने तो हिंस्र धर्म की सृष्टि नहीं की? किसने इस धर्म को जन्म दिया? उसे क्या ज़रा भी शर्म नहीं आ रही? धर्म की दुहाई देकर पृथ्वी पर यह ध्वंस-लीला कब तक चलेगी? 1992 में बाबरी मस्जिद को लेकर न जाने कितने कांड हुए। गार्डनरीच, मटियाबुर्ज, तिलजला, चार नम्बर ब्रिज, राजा बाज़ार और अनेक जगहों पर हिन्दू-मुसलमानों में मार-पीट, मार-काट हुई। रास्तों पर मिलिट्री मार्च कर रही थी। कर्फ्यू लगा था। ब्लैक आउट हुआ। सब कुछ मस्जिद तोड़ने की घटना को केन्द्र बनाकर। परन्तु अन्ततः क्या हुआ? धर्म की दुहाई देकर, धर्म का सहारा लेकर, धर्म के नाम पर जो लोग पाखंड करते हैं उन्हें क्या ज़रा भी शर्म नहीं आती? ऐसे पाखंडों से इनसान कब मुक्त होगा? जो लोग बाबरी मस्जिद की घटना में मारे गए, अपनी जान देकर भी क्या वे नई बाबरी मस्जिद बना पाए? इसका नाम ही धर्म है? धर्म का यदि ऐसा भयंकर रूप है, तो लानत है उस धर्म पर, और लानत है उस धर्म के पुजारियों पर। धर्म-धर्म करते यदि मौत हो जाए तो क्या तथाकथित धर्महीन-विधर्मी बनकर ज़िन्दा रहना ठीक नहीं?

और एक कट्टर मुसलमान हैं—गुलबुदीन हिकमतियार जो 1979 से डॉ. नजीबुल्लाह और रूसियों के विरुद्ध जेहाद छेड़े हुए हैं। गुलबुदीन हिकमतियार ईसवी-इस्लामी, अफ़ग़ानिस्तानी पार्टी के सर्वोच्च हैं। बाहरी दुनिया में उनका नाम है—इंजीनियर गुलबुदीन हिकमतियार। 1990 के अन्त में जब नजीब सरकार का पतन हुआ तब सामयिक तौर पर दो साल के क़रार पर 'मोजाद्दिदी' साहब गद्दी पर बैठे। क़रार की अवधि की समाप्ति पर इसी तरह दो सालों के क़रार पर आए रब्बानी। परन्तु दो साल पूरे हो जाने के बाद भी रब्बानी ने गद्दी नहीं छोड़ी। तब गुलबुदीन ने युद्ध छेड़ दिया। भयंकर तांडव मचा। हमारे गाँव से भी अनेक लड़कों को युद्ध के लिए उठा लिया गया। हमने अपने घरों के लड़कों को पाकिस्तान भेज दिया। बतासी चाची का भाई आयुप मारा गया। रहमत, जिसकी मात्र दो महीने पहले शादी हुई थी, शहीद हो गया। रहीम खान, दौलत खान, अब्दुल्ला, बशीर खान, इस्लाम, सत्तार, बिस्मिल्ला, रशीद, गुलखान, सुल्तान ये सभी गुलबुदीन के युद्ध में शहीद हो गए। गुलबुदीन की प्रधान चौकी थी चारासिया। इस चारासिया से काबुल तक आधे घंटे का रास्ता है। आम जनता ने कुछ दिनों के लिए राहत महसूस की थी। मोजाद्दिदी

सरकार के समय सामयिक तौर पर कुछ दिनों के लिए युद्ध बन्द था परन्तु अचानक आकाश में काले बादल छा गए। काबुल के रास्तों पर तोपों की गर्जना बन्द होते-न-होते फिर युद्ध का बिगुल बज उठा। यह युद्ध रूसियों या नजीब के विरुद्ध नहीं था! एक मुस्लिम के साथ दूसरे मुस्लिम का युद्ध था। शुरू हुआ 'गृहयुद्ध'।

और इस गृहयुद्ध को शुरू किया देशभक्त ईसवी-इस्लामी-अफ़ग़ानिस्तान पार्टी के शीर्ष इंजीनियर गुलबुदीन हिकमतियार ने। गृहयुद्ध का मूल विषय-वस्तु थी सत्ता हथियाने का द्वन्द्व। फिर नए सिरे से आम जनता के ख़ून से इतिहास के पन्ने लाल होने लगे। रब्बानी जब विश्व के साथ वाणिज्य उत्पादन और आर्थिक समस्या के समाधान में व्यस्त थे, ठीक उसी समय शोषण के एक रूप की जगह दूसरे रूप का आविर्भाव हुआ। इस गृहयुद्ध से फिर से राष्ट्रयंत्र में टूट शुरू हो गई।

जिस समय अफ़ग़ानिस्तान के प्रत्येक विप्लवी दल का मुख्य कर्तव्य था नूर मुहम्मद तराकी से नजीब सरकार तक जो भी सत्ता में आया उसके शासन और अत्याचारी अंगों को निकाल फेंकना, ठीक उसी समय गुलबुदीन हिकमतियार ने घृणित क़दम उठाया। जो गुलबुदीन दीर्घकाल से काबुल में मुस्लिम शासन क़ायम करने के लिए लड़ता आ रहा था, आज उसी ने मुस्लिमों के विरुद्ध युद्ध शुरू कर दिया। काबुल के रास्तों पर लाशों का अम्बार लगता जा रहा था। स्त्री-पुरुष और बच्चों के क्षत-विक्षत शव रास्ते की धूल में मिलते जा रहे थे। पेट की नाड़ियाँ बाहर निकलकर रास्ते की धूल में उलझ गई थीं। लोगों ने शहर छोड़ पहाड़ों पर शरण ली, तब राज्य में रहना दूभर हो गया।

पर इतनी लाशें हटाएगा कौन? इसीलिए दोनों पक्षों से एक निश्चित समय निर्धारित किया गया। उस समय कोई भी पक्ष किसी पर गोली नहीं चलाता था। युद्ध बन्द रहता था। सफ़ेद झंडा लहराकर लाशें हटाने के बाद फिर युद्ध शुरू होता। फिर नए सिरे से कोई पिता को तो कोई सन्तान को खोता। किसी ने पति खोया। जो लोग कहा करते थे कि नजीब के गद्दी से हटने पर देश में शान्ति क़ायम होगी, अब वही लोग कहने लगे इससे तो नजीब सरकार अच्छी थी। दुनिया के समस्त देशों के कर्णधारों ने गुलबुदीन से युद्ध ख़त्म करने का अनुरोध किया। किन्तु गुलबुदीन को तो सत्ता चाहिए ही चाहिए। युद्ध रोकने से क्या फ़ायदा होता? देश का यदि हर आदमी युद्ध में मारा भी जाए तो भी उन्हें कोई फ़र्क़ नहीं पड़नेवाला था।

गुलबुदीन को शवों से भरा एक पूरा साम्राज्य चाहिए था। अत: ज़िन्दा इनसानों से मुखरित आधे राज्य की उनके लिए कोई अहमियत नहीं थी। अन्तत: 'विश्व

प्रतिनिधियों' ने मध्यस्थता से तय किया कि गुलबुदीन प्रधानमंत्री होंगे, रब्बानी राष्ट्रपति, मसूद अहमद शाह सेना प्रधान और हाजी रुस्तम हवाई अड्डे के प्रधान होंगे। जब सब कुछ तय हो गया तब गुलबुदीन मक्का जाकर क़ुरान शरीफ़ पर हाथ रखकर शपथ लेकर आए कि अब कभी, किसी भी हाल में वे युद्ध नहीं करेंगे। परन्तु महीना गुज़रते-न-गुज़रते गुलबुदीन ने फिर युद्ध शुरू कर दिया। वजह थी गद्दी पर वे किसी और को रखना नहीं चाहते थे। वो ख़ुद ही अकेले शासन चलाना चाहते थे। यही है कट्टर मुल्लावादी मुजाहिद धर्मनिष्ठ इनसान का चेहरा। आज अफ़ग़ानिस्तान में पवित्र इस्लाम के नाम पर जिस त्रास का राज चल रहा है उसका नेतृत्व कर रहे हैं इंजीनियर गुलबुदीन हिकमतियार, जिन्होंने देश में मुस्लिम शासन क़ायम करने के लिए 1979 से अभियान चला रखा है। यदि गुलबुदीन उस दिन गृहयुद्ध की नींव न रखते तो तालिबान कैसे प्रवेश कर पाते? अभूतपूर्व! अद्‌भुत! चमत्कार! इस कट्टर मुस्लिम की कट्टर धर्म-परायणता देखकर मैं गूँगी हो गई। जनता में मत विरोध देखकर हँसी भी आती है। एक दिन जिस जनता ने नजीब के बन्दी बननेवाले दिन को उत्सव की तरह मनाया था, स्वर्णाक्षरों में स्वाधीन देश का नाम लिखा था, आज वही जनता नजीब की रिहाई के लिए अल्लाह के दरबार में गुहार कर रही थी। वही कह रही थी कि नजीब ही अच्छे थे। वे ही देश को ठीक से चला रहे थे।

मैं मन-ही-मन शान्ति अनुभव कर रही थी। सोचा उनके पवित्र क़ुरान शरीफ़ के अपमान करने के दुःसाहस और हिम्मत के कर्कश गद्य की अपेक्षा मेरा विधर्मी काफ़िर परिचय काफ़ी रम्य काव्य है। विधर्मी होते हुए भी किसी तीर्थ क्षेत्र में पवित्र धर्मग्रन्थ पर हाथ रखकर झूठी कसम खाने की हिम्मत या प्रवृत्ति मुझमें नहीं है। किसी धर्म का अपमान मुझसे नहीं होगा। धर्म वगैरह न मानने पर भी रुचि को तो अस्वीकार नहीं कर सकती। इनसान में तो विश्वास करती हूँ।

8

गर्मियाँ ख़त्म हो गई हैं। सर्द हवा से पेड़ों के पत्ते एक-एक करके झर रहे हैं। सभी घरों में सर्दियों के लिए खाने का सामान जमा कर लिया गया है। अब आग के ताप

से घरों को गरमाया जाता है। कमरे के भीतर एक सुरंग जैसी बनी होती है। उस सुरंग का एक सिरा रसोई में एक बड़े चूल्हे से जुड़ा होता है। दूसरा सिरा कमरे के भीतर से होते हुए दूसरी दीवार से होकर छत पर निकलता है। इस सिरे से धुआँ निकलता जाता है। कमरे का फ़र्श पतले किन्तु चौड़े पत्थरों से बना होता है। इन पत्थरों के गर्म होने से कमरा गर्म हो जाता है। इस मौसम को यहाँ के लोग मुनाई कहते हैं और जाड़ा समाप्त होकर जब गर्मी आती है तब सब कहते हैं—मुनाई उड़ाल, सुरमुनाई रागलाई अर्थात् ठंड चली गई, वसन्त या गर्मी का आगमन हुआ। इन दिनों यहाँ बारिश शुरू हो जाती है। वसन्त ऋतु का-सा वसन्त नहीं रहता।

सर्दियों की ढलती हुई शाम। अस्त होते सूर्य ने अपनी शेष किरणों से समस्त आसमान को रँग डाला है। पक्षी कलरव करते हुए अपने-अपने घरों को लौट रहे हैं। मेरी मझली देवरानी रात के लिए कुएँ से पानी का घड़ा भरकर ला रही है। पानी को यहाँ 'उबू' कहते हैं। सुबह को कहते हैं 'गिस'। दोपहर को 'गरमा' और शाम को 'मास्पीन', रात को 'मकाम' कहते हैं। मेरी छोटी देवरानी रसोई में रोटी बना रही है। रोटी को ये लोग 'मरुई' कहते हैं। मैं कमरे में बैठी मझले देवर की लड़की तिन्नी को ए. बी. सी. डी. पढ़ा रही थी। हो सकता है वह शिक्षा उसे कभी रोशनी का रास्ता नहीं 'दिखाए। पर मेरा तो समय अच्छा गुज़र जाता है। जन्म से ही तिन्नी मेरे पास है। मेरी कोई सन्तान नहीं है इसलिए देवर और देवरानी ने पवित्र क़ुरान शरीफ़ पर हाथ रखकर, दस लोगों की उपस्थिति में, जानबाज के सामने इस लड़की को मुझे दान कर दिया। कहा, यह तुम्हारी लड़की है। इसके अच्छे-बुरे, हर चीज़ के ज़िम्मेदार तुम और जानबाज होगे। तब से पूरे अफ़ग़ानिस्तान और हिन्दुस्तान वाले तिन्नी को जानबाज और साहब कमाल की बेटी के रूप में ही जानते हैं। यह लड़की भी जानती है कि मैं ही उसकी माँ हूँ। मेरे जीवन के छह साल गुज़र गए। मैं अन्दमान की जेल में नहीं, अफ़ग़ानिस्तान के पारिवारिक क़ैदखाने में सश्रम कारावास की सजा भुगत रही हूँ। पर मेरा कसूर क्या है, यही नहीं जानती। मुझे दिनभर हर व्यक्ति के साथ अभिनय करना पड़ता है। अपने मन की पीड़ा को छुपाकर मुँह पर हँसी बिखेरनी पड़ती है। इस तरह तीन साल चार महीने गुज़र गए हैं। मैं यहाँ अकेली हूँ।

जानबाज यहाँ नहीं है। रात कितनी गुज़री है क्या पता, सभी गहरी नींद में अवचेतन हैं। पर मेरी आँखों में नींद नहीं। सारे दिन के अभिनय के बाद, सिर्फ़ यह रात मेरी है, पूर्णतः मेरी। इस रात के अँधेरे में ही मैं ख़ुद को ढूँढ़ पाती हूँ। मात्र

तीन सालों की स्मृतियों एवं परिपूर्ण प्रेम के कितने सुखमय पलों, कितनी अनिद्रा भरी रातों, कितनी सुखद प्रतिश्रुतियों को अँधेरे में विसर्जित कर मिल रही हूँ अपने आप से। असह्य जीवन-यात्रा के प्रश्नों और चिन्ताओं में मैं दिन-रात टूट-सी गई हूँ। सब समय संशय मन में भरा रहता है। इस आदिम पुरुष शासित कट्टरपन्थी देश से अपने स्वाधीन देश में कभी मैं लौट पाऊँगी? इस बन्दी हालत में अब और रहना मुझे स्वीकार्य नहीं। जैसे भी हो, अपने देश, अपनी जन्मभूमि में मुझे लौटना ही होगा जहाँ मैं स्वाधीन रहूँगी; मेरी आत्मा और सत्ता मुक्त होगी। अचानक अप्रत्याशित पुकार से सोच-विचार में व्यवधान पड़ा। मेरे मझले देवर ने मेरा नाम लेकर पुकारा। मैं समझ गई, अचानक इतनी रात को मुझे क्यों तलब किया जा रहा है? सादगी का प्रसव होनेवाला है। शाम को उसका चेहरा और शारीरिक अलसता को देखकर मैं समझ गई थी, आज हमारे घर नया मेहमान आनेवाला है। भगवान इस मामले में मुझ पर काफ़ी मेहरबान है। अकेले पलायन का रास्ता नहीं मिल रहा है, अगर माँ बन जाती तो और मुश्किल होती। जो भी हो। कर्तव्य पालन की ख़ातिर सादगी के कमरे में गई। यहाँ की महिलाओं का प्रसव घर पर ही होता है। जिसका भाग्य अच्छा हो, वह बच जाती है और भाग्य की देवी अगर नाराज़ हो तो फिर सब ख़त्म। हमारी ताऊ की लड़की का भाग्य भी ऐसा ही था। उसके छह लड़के और एक लड़की हुई फिर भी उसका शौहर नाख़ुश था। वह फिर से गर्भवती हुई। यथा समय उसे प्रसव हुआ। फिर एक बार लड़का हुआ है। उसी आनन्द में सारा घर मस्त था मगर वह प्रसव पीड़ा अगले दिन तक जारी रही। अन्तत: मुक्ति का समय आया। दुनिया से सदा के लिए मुक्ति मिल गई उसे। उसका नवजात पुत्र पड़ा रहा। माँ की स्नेहिल गोद के बदले उसे मिली दुनिया की कठिन शय्या। यहाँ की सारी बातें ही कल्पनातीत हैं। यह सब देख-सुनकर किसी भी भले-चंगे व्यक्ति के रोंगटे खड़े हो सकते हैं। मैं तो प्रत्यक्षदर्शी हूँ। इस असहनीय जीवन से मैं ओतप्रोत होकर उलझ गई हूँ।

सादगी को फिर लड़की हुई। यह उसकी चौथी लड़की है। 1990 में उसकी शादी हुई। 90 से 94 तक उसके चार लड़कियाँ हुईं। वह जब सालभर पीहर में थी तभी गर्भवती थी। ससुराल आने के तीन महीने बाद पहली लड़की हुई। गोशाला में जगह तो है ही, अत: सन्तान न होने का कोई सवाल ही नहीं उठता।

रात समाप्त होकर भोर का उजाला हो रहा है। मैं दाँतों में ब्रश करके कमरे में जाकर बैठी। तब तक हमारी आश्रिता गुलगुटी चाय बनाकर ले आई। गुलगुटी

के शौहर ने विदेश जाकर दूसरी शादी कर ली। उसके लिए और कोई जगह नहीं है। अत: हमारे घर में ही रहती है। जब तक 'शौहर' नाम का जन्तु जीवित रहेगा, तब तक वह और किसी से शादी नहीं कर सकती। मैंने उसे हमारे घर में आश्रय दे रखा है। मेरे कमरे में मेरे पास वह सोती है। अब मैं अकेली हूँ। पूर्णत: अकेली। कभी-कभार मन के पर्दे पर जानबाज के प्यार भरे दिनों की तस्वीर उभरती है। तो क्या वह सब झूठ था? सब कुछ क्या छलावा ही था? जीवन के पहले ही दिन की शुरुआत झूठ से हुई थी। यह अपमान, अवहेलना ज़िन्दगीभर मुझे ढोना पड़ेगा। कोई पति अपनी पत्नी को बिना बताए कहीं चला जाए यह मेरे लिए कल्पना से परे की बात है। मेरे मकान की नींव इतनी कमज़ोर होगी, यह मैंने कभी सपने में भी नहीं सोचा था। सिर्फ़ मैं ही क्यों, कोई भी नहीं सोच सकता! क्या यह सम्भव है? ऐसी असम्भव घटना मेरी ज़िन्दगी में घट गई।

मेरे देवर मुझे पहचान नहीं पाए। प्रतिशोध की आग में मैं उन्हें जलाकर ख़ाक कर सकती हूँ। मेरा पहला काम होगा, यहाँ से निकलने का रास्ता तलाश करना। दूसरा काम, जानबाज के भाई ज़िन्दगी में कभी हिन्दुस्तान न जा पाएँ इसका बन्दोबस्त करना। मैं जानती हूँ व्यवसाय के लिए इन्हें जाना ही पड़ेगा क्योंकि इनका व्यवसाय सिर्फ़ वहीं पर है।

आज तीन सालों से मैं इन्तज़ार कर रही हूँ कि ये लोग कब मुझे मेरे देश भेजेंगे। या तो मृत्यु मिले या निर्द्वंद्व जीवन। दोनों दो विपरीत दिशाओं में अवस्थित हैं। जीवन और मृत्यु साथ-साथ नहीं चल सकते। मृत्यु को छोड़कर यदि मुझे जीवन को गले लगाना है, तो मुझे अपने देश जाना ही होगा। मेरे देवरों ने क्यों मुझे यहाँ रोक रखा है, क्यों मुझे देश लौटने नहीं देते, यह मेरी समझ में नहीं आता। छोटे-बड़े सबसे मैं मुझे मेरे माता-पिता और पति के पास भेज देने की विनती करती हूँ। अल्लाह के द्वार पर सिर झुकाती हूँ। क़ुरान शरीफ़ से रो-रो कर प्रार्थना करती हूँ ताकि मेरे देवरों के मन में मेरे लिए थोड़ी-सी दया उपजे। खाते-पीते, उठते-बैठते, सोते हर समय सिर्फ़ यही फ़िक्र रहती है कब मैं अपने अपनों के पास पहुँचूँगी। जो मेरे अपने हैं वे आज मेरे पास नहीं हैं। जिस व्यक्ति को अपना बनाकर विदेश में क़दम रखा था, वह भी तो मेरे साथ नहीं है। चोर की भाँति भाग गया है। रोज़ सुबह का सूरज देखकर सोचती, शायद आज मेरे देवर कहें, चलो तुम्हें हम ले चलते हैं या रात को अचानक जानबाज ही चला आए। तब मैं जानबाज के सामने नहीं जाऊँगी। बात भी नहीं करूँगी। पर यह तो सिर्फ़ सोच बनकर ही रह जाती है। जानबाज भी नहीं आता

और सुबह के सूर्य की रोशनी मेरे अँधेरे जीवन को प्रकाशमान भी नहीं करती। मैं फिर सबसे अपनी रिहाई के लिए अनुरोध करती हूँ। सभी मुझे लेकर मज़ाक़ करते हैं। मन-ही-मन मुस्कराते हैं। आँखों से इशारे करते हैं। मेरी देवरानियाँ मज़ाक़ करते हुए कहती हैं, अगले महीने तुम्हें ले जाएगा। अगला महीना ख़त्म होते ही कहती हैं, उसके अगले महीने ले जाएगा। मेरा हाहाकार, मेरी तकलीफ़, मेरा दुख आसमान और हवा में घुल-मिल जाता है।

एक तरफ़ मुक्ति न पाने का हाहाकार है तो दूसरी तरफ़ शारीरिक अत्याचार है। मेरे बदन पर हाथ उठाने में देवरों को दुविधा नहीं होती। यहाँ के प्रत्येक इनसान को यह अत्याचार सहना पड़ता है। गृहस्थी का सारा दायित्व पत्नी पर छोड़ पति हिन्दुस्तान चले जाते हैं। कोई चार साल कोई छह साल रहता है। उनकी बीवियों को ससुराल के सारे अत्याचार सहने पड़ते हैं। इस अत्याचार से उन्हें मुक्ति नहीं मिलती। मैं भी उसी असभ्य आदिम मनुष्य के अत्याचार की शिकार हूँ। जीवन के इस अनजान पहलू को जान गई हूँ।

अफ़ग़ानिस्तान की लड़कियों का कोई सपना नहीं है। ज़्यादा कुछ पाने की आशा नहीं है। इस देश में लड़कियाँ माता-पिता के बैंक डिपॉज़िट की सर्टीफिकेट हैं। ज़रा-से शारीरिक सुख के लिए ज़िन्दगीभर पति के घर ख़ामोशी से सारा अत्याचार सहना पड़ता है। मेरे कमरे में बाईं ओर जानबाज की एक बड़ी-सी तस्वीर दीवार पर लटक रही है। कभी ग़लती से भी मैं उस तस्वीर की तरफ़ नहीं देखती। घृणा या अथाह मुहब्बत, या असह्य वितृष्णा पता नहीं मेरे मन में क्या भरा पड़ा है, ठीक समझ में नहीं आता। तस्वीर की तरफ़ मैं क्यों नहीं देखती, इसका जवाब मुझे नहीं मिलता। फिर भी अगर कभी देखती हूँ तो मूक दृष्टि से देखती रहती हूँ। मन-ही-मन पता नहीं क्या करती हूँ। अनुनय? अभियोग? या उसे क़रीब पाने का एक खिंचाव-सा महसूस करती हूँ? नहीं, क्या आकर्षण हो सकता है भला! दोनों आँखों से मानो सिर्फ़ आग ही निकलती हो। सिर्फ़ इन्तज़ार है, कब मैं हिन्दुस्तान पहुँचूँगी? फिर छुपकर एक पासपोर्ट का इन्तज़ाम कर विदेश चली जाऊँगी। और यही होगी जानबाज के लिए उपयुक्त सज़ा। सारी रात मैं इसी तरह की कल्पनाओं के साम्राज्य में डूबी रहती हूँ। कभी-कभी सोचती हूँ कि मैं भागकर अमेरिका चली गई हूँ। वहाँ नाटक का एक हॉल बनवाती हूँ। मैं ही नाटक की नायिका हूँ। मैं अभिनय जानती हूँ। एक सिनेमा देखकर अभिनय का शौक उत्पन्न हुआ था। तब मैं काफ़ी छोटी थी। बागुईहाटी गई थी!

तब बिनोदिनी सिनेमा हॉल नया बना था। बागुईहाटी से दमदम पार्क जाते समय बाईं तरफ़ हॉल पड़ता है। गायत्री के मामा का घर है वहाँ। पहली बार सिनेमा देखने जा रही थी, मन में काफ़ी उत्तेजना थी और डर भी लग रहा था। दोपहर को जब दादी माँ मुझे घर पर नहीं देखेंगी, तभी तलाश शुरू हो जाएगी। उस दिन गायत्री के साथ सिनेमा देखकर अचानक सोचा, 'महातीर्थ कालीघाट' की काली यदि मैं बनती तो कैसा रहता? पता नहीं कौन-सी चिन्ता मेरे मन को व्याकुल किये जा रही थी? सोते-जागते, सपने में, सब समय मैं काली माँ के चरित्र में विचरण करती थी। जिस पर ग़ुस्सा आता, उसे भस्म कर देती। फिर शिव का ध्यान करती।

एक दिन माँ ने चोरी पकड़ ली। फिर जब माँ को अपने मन की बात विस्तार से बताई तो माँ सुनकर हैरान रह गई। माँ हँसे या रोए कुछ समझ नहीं पाती। मुझे क्या कहे, तय नहीं कर पाई। फिर बोली, "ठहर, तेरा माँ काली बनने का भूत मैं उतारती हूँ। पिताजी को घर आने दो। जब कान पकड़कर एक पैर पर खड़ा कर देंगे तब काली माँ बनकर खड़े रहना।" हाँ, एक पैर पर खड़े नहीं होना पड़ा। दादी को ज़रा इधर-उधर करके वह बात बता दी। बस तब दादी मेरी सहायता के लिए आगे आई। मेरे बचाव में माँ से बोली, "सुनो बहू, मेरी पोती के बारे यदि केष्टो से शिकायत की तो मैं पीहर चली जाऊँगी। यह बात याद रखना।" माँ ख़ामोश हो गई। पिता के पास शिकायत करने की हिम्मत नहीं रही। फिर भी दादी की सारी बात माँ ने नहीं मानी थी। मेरे अभिनय करने की बात पिता को बता दी थी। सुनकर पिता ने ज़रा-सी डाँट-डपट की। फिर बोले, "अभिनय फालतू चीज़ है। मन लगाकर पढ़ाई करो। पढ़ाई-लिखाई में सफलता मिलने से ही जीवन में सब सार्थकता आ जाएगी। नहीं तो सब निराधार है। अभिनय करके अच्छा पति नहीं मिलता। उसके लिए शिक्षा ज़रूरी है।" मैं मन-ही-मन पिता से कहती, 'पढ़ाई छोड़कर मैं तो और कुछ करना नहीं चाहती?' पर कह न पाती। डर के मारे चुप ही रहना पड़ता। उस समय मेरी उम्र सिर्फ़ बारह साल थी। पाँचवीं क्लास से छठी क्लास में आई थी। नई किताबें ख़रीदने की धूम मची थी। फिर उन पर जिल्द चढ़ाना। कुल मिलाकर मन काफ़ी उत्साहित था। फिर सरस्वती पूजा भी थी। एक तरफ़ ऊँची क्लास में आने की ख़ुशी, दूसरी तरफ़ सरस्वती पूजा का आनन्द। साथ ही नई-नई चमचमाती किताबें। कुल मिलाकर सब कुछ अच्छा लग रहा था; लेकिन अभिनय करने की ख़्वाहिश ख़त्म नहीं हुई बल्कि और प्रबल होती गई।

1972। चार साल कैसे इतनी जल्दी बीत गए समझ नहीं पाई। फिर से सरस्वती

पूजा आई। इस बार की पूजा में मेरे जीवन के सबसे क़रीबी व्यक्ति ने विदा ली। मेरे दादाजी, जिनके भय से किसी को भी मुझे मामूली डाँटने-फटकारने का भी अधिकार नहीं था; जिनकी स्नेहिल छत्रछाया में बड़ी हुई थी, उसी क़रीबी व्यक्ति दादू ने बिना पूर्व सूचना के इहलोक की नौकरी से इस्तीफ़ा दे दिया। हम सबने रो-रो कर उन्हें विदाई दी। ग्यारह दिनों बाद उनकी आत्मा की शान्ति के लिए अन्तिम विदा की रस्म अदा की गई। इसके बाद काफ़ी समय गुज़र गया। जब मैं अन्तिम वर्ष की छात्रा थी तो पढ़ाई से ज़्यादा नाटक सीखने में रुचि थी। एक नाटक ग्रुप में नाटक सीखने के लिए अक्सर आलम बाज़ार जाती थी। उस समय मैं कोलकाता में ही थी। उस नाट्य दल का नाम 'बान्धव समाज' था। दल में सभी मुझे अपनी बेटी समान स्नेह करते थे। श्यामल दा से भी नाटक सीखती थी। इन्हीं श्यामल दा के घर पर विशाखा भाभी से परिचय हुआ था। शोभन मुखर्जी की पत्नी विशाखा भाभी। उनकी ससुराल रॉडन स्ट्रीट में थी। बड़े-से राजमहल जैसा घर था। शोभन दा की माँ सुन्दर थीं, पर स्वभाव ज़रा भी अच्छा नहीं था। शोभन माँ का पल्लू थामे रहता। छोटा भाई माँ की ज़्यादा परवाह न करता। माँ के अन्याय का विरोध करता। इसीलिए छोटे बेटे के प्रति वे उदासीन थीं। अपने बेटों से ज़्यादा उन्हें अपना भतीजा सच्चिदानन्द प्रिय था, जो उनका पोष्य पुत्र था। बहुत बाद में पता चला कि सच्चिदानन्द पोष्य पुत्र न होकर पोष्य पति था अघोषित तौर पर। माँ की इन्हीं ज़्यादतियों का विरोध करते-करते छोटा पुत्र एक दिन चल बसा। और बड़ा लड़का शोभन? घर में बीवी के होते हुए भी बार वाली लड़कियों के साथ रात गुज़ारता। उसकी माँ इन सब गन्दी हरकतों को प्रश्रय देती थी। कभी भी विरोध करने की ज़रूरत नहीं समझी। पैसे का टोटा होते ही विशाखा भाभी के गहनों पर हाथ डालता। भाभी को जब पता चला तो उन्होंने लगाम कस दी। भाभी जब गहने देने को राज़ी नहीं हुईं तो पति-पत्नी में अलगाव हो गया। इसके बाद बहुत कुछ हुआ जो शोभनीय नहीं था।

उन बातों को रहने दें, नाटक की बात करें। मैंने बहुत-से नाटक किये। बहुत-से पुरस्कार जीते। 'बान्धव समाज' के प्रोडक्शन में एक नाटक में मूक चरित्र की भूमिका निभाने में जिस रोमांच और आनन्द का अनुभव किया वैसा किसी और नाटक में नहीं मिला। समय बीतने पर इनसान सब कुछ भूल जाता है। मैं भी सब भूल गई हूँ। भूलने को बाध्य हुई हूँ। वर्ना उस 'बान्धव समाज' को कैसे भूल गई जो मेरे इतने अपने थे? बाद में मैं तो कभी उनसे मिलने भी नहीं गई। मुझे क्या उन्होंने अकृतज्ञ नहीं समझा होगा? न सोचा हो तो अच्छा है। फिर सोचा अभिनय के साथ-साथ

फिर से पढ़ाई के जगत में खो जाऊँगी। कभी मेरा सपना था डॉक्टर या आई.ए.एस. बनना। परन्तु आई.ए.एस. की पढ़ाई के लिए जिस एकाग्रता की ज़रूरत होती है, वह समय काफ़ी पीछे छूट गया। लम्बे समय तक मैंने देश-दुनिया की राजनीति, विज्ञान, उत्थान-पतन, देश-विदेश की समस्याओं और समाधान आदि पर ध्यान नहीं दिया और आई.ए.एस. पढ़ने के लिए दुनियाभर की सामान्य जानकारी होना ज़रूरी है। अतः आई.ए.एस. तो हो नहीं पाएगा, इसलिए मुझे डॉक्टरी ही सहज लगी।

मेरी मझली देवरानी ने कमरे में आकर खिड़की का पर्दा हटा दिया। देखा चारों तरफ़ धूप खिली हुई थी। सुबह बहुत सुन्दर थी। मन का भारीपन ज़रा हल्का हो गया। सारी रात कल्पना के सागर में मैंने जानबाज को काफ़ी सज़ा दी है। परन्तु सचमुच की सज़ा देने के लिए मुझे यहाँ से निकलना ही होगा। इसलिए निर्णय लिया कि जैसे भी हो यहाँ से, इनके हाथों से मुझे भागना ही पड़ेगा। भागने के सिवा और कोई रास्ता नहीं है। सीधे रास्ते की उम्मीद में मैंने 1989 से 95 तक उत्कंठा से इन्तज़ार किया। 1988 में जब यहाँ पहली बार आई थी, तब जानबाज मुझे सिर्फ़ एक साल घुमाने का बहाना बनाकर लाया था। परन्तु सात सालों में भी उसका एक साल पूरा नहीं हुआ।

परन्तु भागूँगी कैसे? कौन मेरी सहायता करेगा? कहाँ मिलेगी गाड़ी, जो मुझे अफ़ग़ानिस्तान की सीमा पार करवा दे? यहाँ तो वाहनों के नाम पर जीप, टोयेटो, ट्रैक्टर और ट्रक हैं। गधे और ऊँट भी हैं; पर सबके लिए नहीं। जो जंगल में रहते हैं वे ऊँट पर घूमते हैं। और जो खानाबदोश हैं? खानाबदोश को यहाँ 'कोची' कहते हैं। ये कोची लोग सर्दियों में पाकिस्तान चले जाते हैं और गर्मियों में अफ़ग़ानिस्तान में तम्बू लगाते हैं। मरुस्थल में तब बहुत-से सफ़ेद तम्बू दिखाई देते हैं और खानाबदोशियों की बकरियाँ, भेड़ें, गाएँ, गधे और लम्बे ऊँट भी दिखाई देते हैं। यहाँ के लोग तम्बू को 'खेमाक' कहते हैं। गधे को खाढ़ और गाय को गोआई कहते हैं।

इस देश में अकेली महिला को कोई गाड़ी में भी नहीं चढ़ाता। साथ पुरुष हो तभी चढ़ाएँगे। पुरुष एक लाइसेंस है। कहाँ मिलेगा अब मुझे यह लाइसेंस? अचानक एक व्यक्ति की बात याद आई। वह बहुत-से मामलों में मेरा कृतज्ञ है। उसे यदि सब कुछ स्पष्ट बता दूँ तो कैसा हो? और उसे यदि कुछ पैसे दे दूँ तब वह न नहीं कहेगा ये मैं निश्चित तौर पर कह सकती हूँ। परन्तु उसके पास जाने के लिए भी तो छिपकर जाना पड़ेगा। घर में किसी को पता न चले। फिर सोचा, वह गाड़ी का बन्दोबस्त यदि कर भी दे पर मेरे साथ जा तो नहीं सकेगा। मैं भी नहीं रहूँगी; अगर

वह भी नहीं रहेगा तो सब जान जाएँगे किसने भागने में मेरी मदद की है।

अकेले जाने की बात सोचते ही रोंगटे खड़े हो जाते हैं। क्योंकि अब यहाँ सब जगह तालिबान का पहरा है। मुझे अकेली देख यदि पकड़ लें तो? हर रास्ते के मोड़ पर खड़े होकर तालिबान चारों तरफ़ निगाह रखते हैं। यदि वे देख लें कि महिला अकेली ही गाड़ी में जा रही है तो फिर ख़ैर नहीं। तुरन्त मुझे रोककर पूछताछ शुरू कर देंगे। और जब पता चलेगा कि मैं भाग रही हूँ तो मेरी कोई बात नहीं सुनेंगे, निर्ममता से गोली चला देंगे। मेरे शरीर को छलनी कर देंगे।

तालिबान लोग चरम कट्टरपन्थी और रूढ़िवाद के प्रतीक हैं। विज्ञान, तकनीकी ज्ञान, अन्तर्राष्ट्रीय मामलों, आर्थिक प्रगति और मानवीय विचारधारा के उन्नयन एवं विकास के क्षेत्र में ये हज़ारों साल पीछे हैं। सभी कट्टरपन्थी पुरुष महिलाओं की शक्ति के विषय में काफ़ी सजग हैं। पुरुष अच्छी तरह जानते हैं कि यदि एक बार महिलाओं की शक्ति और उनकी चेतना को जाग्रत और बाधा मुक्त कर दिया गया तो पुरुष जाति या पितृतंत्र की शक्ति एवं आधिपत्य प्रबल रूप से प्रभावित होगा। इसलिए आज भी समस्त नारी जाति को कट्टरपन्थी दबाकर रखते हैं। महिलाएँ सत्ता में अधिष्ठित न हो सकें इसके लिए इस तबके के पुरुष, विशेषत: तालिबान ने यथासम्भव कठोर शासन चला रखा है। अपने स्वार्थ, कामना, वासना को चरितार्थ करने के लिए काल्पनिक नियम-कानून को धर्मीय निषेधाज्ञा करार देकर सबको संत्रस्त कर रखा है। महिलाओं के समान अधिकार के मामले में विश्व के सभी धर्मशास्त्र एक जैसे रूढ़िवादी हैं। इस्लाम धर्म इसका अपवाद नहीं है; परन्तु यहाँ जो देखा है या बी.बी.सी. की ख़बरों में रेडियो से जो सुनती हूँ, उससे तो यही लगता है कि तालिबान इस्लाम धर्म को कलंकित कर रहे हैं। सभी लोगों के मन में इस्लाम धर्म के विषय में भय उत्पन्न हो गया है।

क़ुरान शरीफ़ का निर्देश करार देकर तालिबान जो कर रहे हैं या भ्रान्ति फैला रहे हैं वह सच नहीं है। क़ुरान शरीफ़ में कहाँ लिखा है कि यदि कोई नमाज़ न पढ़े तो उसे मारो। दाढ़ी न रखे तो हाथ-पैर काट दो? क़ुरान में कहाँ लिखा है कि बाल चेहरे पर गिर रहे हों तो नमाज़ नहीं पढ़ी जा सकती। कहाँ लिखा है कि पुरुषविहीन गृहस्थी में घर की महिलाएँ नौकरी, व्यवसाय या और किसी पेशे से अपनी गृहस्थी नहीं चला सकतीं? तो क्या पुरुषविहीन गृहस्थी में लोग भूखों मर जाएँ? या आत्महत्या कर लें? तालिबान जल्लाद किसी के लिए खाना जुटाने की व्यवस्था की ज़िम्मेदारी नहीं लेंगे। जो आत्महत्या करेंगे उनके उस महापाप के

भागीदार भी नहीं बनेंगे। जो किसी प्रकार की ज़िम्मेदारी लेने में सक्षम नहीं हैं, वे महिलाओं के सब अधिकार छीनकर क़ुरान की निषेधाज्ञा की सीमा रेखा निर्धारित करने की हिमाकत कैसे करते हैं? मानवता का अपमान कर रहे हैं, मुस्लिम जाति को हेय कर रहे हैं? तालिबान लोग महिलाओं पर अत्याचार कर रहे हैं। राह में महिलाओं को पकड़कर मार-पीट करते हैं। क्या ये ही नमाज़ी हैं? जिनकी अनाज देने की क्षमता नहीं हैं, वे किस अधिकार से अनाज छीन लेते हैं? मेरा जी तालिबान के विरुद्ध हथियार उठाने को चाहता है। आघात के बदले आघात पहुँचाना चाहता है। एक साथ मिलकर यह कहने को जी चाहता है कि तालिबान हटाओ। धर्मान्धो दूर हटो, हमें जीने दो। अधिकार दो। पूरे विश्व में जब अपने अधिकारों की प्रतिष्ठा के लिए स्त्री-पुरुष ज़ोरदार संघर्ष कर रहे हैं तो अफ़ग़ानी जनता क्यों ख़ामोश रहे? ख़ासकर अफ़ग़ानी नारी।

9

आज मंगलवार है। कल मैंने यहाँ से भाग जाने की सारी व्यवस्था कर ली है। यहाँ से सीधे हिन्दुस्तान नहीं जाया जा सकता। इसलिए पाकिस्तान जाने का निर्णय लिया है। काबुल में अभी युद्ध चल रहा है और काबुल से पाकिस्तान ज़्यादा विकसित है। वहाँ शासन व्यवस्था है। नियम-क़ानून हैं। किसी को मारने पर उसका दंड है। किसी महिला पर अत्याचार करने पर पुलिस के प्रति जवाबदेही है। इनमें से कुछ भी अफ़ग़ानिस्तान में नहीं है। जैसा जी चाहे, जब जी चाहे, किसी को भी यहाँ मार डाला जा सकता है। अफ़ग़ानिस्तान में एक इनसान की अहमियत उतनी ही है जितनी एक मुर्ग़ी की। यहाँ इनसान से एक गधे की अहमियत ज़्यादा है। अफ़ग़ानी अपने गधों की बड़ी देखभाल करते हैं। गधे पर चढ़कर घूमा जा सकता है। गधे पर माल ढोया जा सकता है। अभी तो उस दिन, सिर्फ़ चार महीने पहले जलील को उसके चाचा के लड़के गोली मार गए। मामूली-सी बात। जलील के चाचा के लड़के का नाम शरीफ़ है। शरीफ़ ने जलील से कहा था तुम अपने अंगूर के एक बाग को मेरे गेहूँ के खेत में बदल लो। जलील राज़ी नहीं हुआ। तो एक दिन शरीफ़ जलील को जंगल में बाज के शिकार पर ले गया। यहाँ अक्सर लोग बाज पकड़ने जाते हैं।

इसलिए जलील भी जाने को तैयार हो गया। अपने चाचा के लड़के पर अविश्वास करने का सवाल ही पैदा नहीं होता था। ख़ुशी से भाई के साथ शिकार पर जाने का इरादा कर लिया। बीवी से बोला, "पतीरा बनाकर एक पैकेट में दे दो।" पतीरा आटे से बनता है; आटा, घी, चीनी डालकर सानना पड़ता है। जलील की बीवी ने कहा था, "शरीफ़ के साथ शिकार पर जाने की क्या ज़रूरत है? शरीफ़ अच्छा लड़का नहीं है।" पर नियति को कौन रोक सकता है? जलील ने किसी का कहना नहीं माना। तैयार होकर शरीफ़ के साथ निकल गया। घर से निकलते वक़्त जलील सोच भी नहीं पाया कि कोई दुर्घटना घट सकती है। प्राय: दस मील के फ़ासले पर एक बाँक है। बाँक पर एक कमरे जैसी गुमटी बनी है। वहाँ आकर शरीफ़ खड़ा हो गया। फिर किस तरह उसने जलील को मारा बता नहीं सकती। अगले दिन जब सभी जलील की लाश घर लाए, उस लाश को देख सकना भी मुश्किल था। ख़बर सुनकर मैं भी उनके घर गई। तब तक जलील की लाश घर नहीं लाई गई थी। जलील की बीवी रहीसा मुझसे लिपटकर रोते-रोते ज़मीन पर लोटने लगी। जलील की छोटी-छोटी तीन लड़कियाँ और एक लड़का था। वे सभी कुछ न समझकर माँ को रोते देख रोने लगे। परिवार के सभी सदस्य विलाप कर रहे थे। उस विलाप से शायद ख़ुदा का आसन भी डगमगा गया हो। ऐसे में किसी ने आकर ख़बर दी कि चुप करो, जलील को लाया जा रहा है। ख़बर देनेवाला जिस तरह आया था, उसी तरह तेज़ी से बाहर भाग गया। अब घरवाले और ज़ोर से रोने लगे। मैं भी उनके साथ रोने लगी। कुछ दिन पहले ही तो जलील के गाने सुने थे। मैं हिन्दुस्तानी हूँ, इसलिए मुझे ख़ुश करने के लिए जलील ने हिन्दी गाने सुनाए, 'मेरे अँगने में तुम्हारा क्या काम है', 'एक परदेशी मेरा दिल ले गया'। और भी ढेर सारे। मुझे ख़ुश करने के लिए अब वह कभी नहीं आएगा। सब रो रहे थे। आँगन में बीचोबीच एक चारपाई पर जलील को लिटाया गया था। उसका सारा शरीर छलनी कर दिया गया था। कम-से-कम तीस गोलियाँ चलाई थीं। कितना निष्ठुर! कितना निर्मम! इस तरह कोई किसी को मार सकता है? इस देश के लोगों में क्या ज़रा भी माया-मोह नहीं है? थोड़ी-सी ज़मीन के लिए एक इनसान का जीवन छीनने में ज़रा भी हाथ नहीं काँपे तो जीवन का मूल्य क्या है?

जलील चला गया। एक जलता हुआ दीपक ज़ोरदार हवा से बुझ गया। और जलील की बीवी? उसकी बात बाद में करूँगी। अब देखती हूँ कैसे भागा जाए?

जिस व्यक्ति के बारे में मैंने बताया था उसने मुझे आश्वासन दिया कि यहाँ

से तामीर तक एक गाड़ी का बन्दोबस्त कर देगा। तामीर तक वह मेरे साथ जाएगा फिर मुझे अकेले ही जाना होगा। मैं राज़ी हो गई।

मैंने उसे बुधवार को गाड़ी लेकर सुबह आठ बजे अलेकदारी नामक जगह पर इन्तज़ार करने को कहा। आज मंगलवार है। आगामी मेरा बहुत प्रतीक्षित दिन है बुधवार। अलेकदारी के फकीरकाला गाँव में मेरी ननद का घर है। ननद अब काबुल में ही रहती है। मैं अक्सर ननद के घर घूमने-फिरने आती हूँ और दस-पन्द्रह दिन रहती हूँ। वहाँ कोई मुझे तलाशने नहीं जाता।

ननद से कई दिनों से बात हो रही थी कि मैं पन्द्रह दिनों के लिए उसके घर जाऊँगी। मशीन से उसके बच्चों के कपड़े सिलने थे। पर जाना नहीं हो पा रहा था। होता भी कैसे? मैं तो उस आदमी का इन्तज़ार कर रही थी। वह आकर मुझे ठीक-ठीक बताएगा कि कब गाड़ी का बन्दोबस्त हो पाएगा। घर पर भी सभी जानते हैं कि मैं किसी भी दिन ननद गुंचा के घर जाऊँगी। जब उस आदमी ने आकर मुझे सारे बन्दोबस्त के बारे में बताया तो मैंने तभी सोच लिया कि अगले दिन मैं घर से कैसे निकलूँगी; और मुझे गुन्चा के घर भी न जाना पड़े। बुधवार आठ बजे गाड़ी आएगी। अतः बुधवार को ही निकलकर गाड़ी पकड़ना मुश्किल था। पहली बात तो यह कि बहुत तड़के निकलना होगा। अलेकदारी तक पूरे दो घंटे पैदल चलना होगा। अतः जैसे भी हो, पहले दिन निकलकर किसी और घर में ठहरना पड़ेगा ताकि अगले दिन गुन्चा के घर जाने का बहाना बनाकर वहाँ से निकला जाए। मैंने हथियार के तौर पर गुलगुटी को इस्तेमाल किया। उसकी बहन का घर रस्तुलखेल में है जहाँ से अलेकदारी का फ़ासला सिर्फ़ दस मिनट का है। गुलगुटी मेरे मन की बात नहीं समझ पाई। बिना समझे बहन के घर जाने की बात सुन वह ख़ुशी-ख़ुशी तैयार हो गई। देवरों ने भी विरोध नहीं किया। विरोध का सवाल ही पैदा नहीं होता था। गुन्चा के घर में इससे पहले भी कई बार अकेली गई थी। भागने के दिन के लिए मैंने अफ़ग़ानी महिलाओं जैसी पोशाक तैयार कर रखी थी। पंजाबी पोशाक देखकर सबको सन्देह हो सकता था। वह पोशाक पहन ली। तिन्नी के लिए भी उसी तरह की बच्चोंवाली पोशाक बनाई थी। उसे भी उसे पहना दिया। हिन्दुस्तान से जानबाज मुझे जेबख़र्च भेजा करता था। साथ ही मेरे पास अपने रुपए भी थे। सब मिलाकर अफ़ग़ानी चार लाख रुपए थे। उन रुपयों को कमर में बाँध लिया। फिर घर से बाहर क़दम रखा। एक भय, उत्कंठा के साथ-साथ मुक्ति का आनन्द भी था। रास्तेभर गुलगुटी के साथ फ़िज़ूल की बातें करती रही। अपनी ख़ुशी में किसी

को राज़दार न बना सकने का दुख भी साल रहा था। रास्ते के किनारे ऐसे ही बैठ गई। गुलगुटी को भी खींचकर बैठाया। कोई समझे या न समझे, ख़ाली रास्ते में गाने लगी, 'ओ आमार देशेर माटी' (ओ मेरे देश की मिट्टी)। इसे ख़त्म कर एक और गीत गाने लगी, 'भारत आमार भारतवर्ष' (भारत मेरा भारतवर्ष)। सब कुछ आज मानो बहुत अच्छा लग रहा था। बेहद पीड़ा से अलग होकर जैसे मैं आज अपने जीवन का उपभोग कर रही थी।

दो बज रहे थे। हम बद्री आकिई के घर पहुँचे। बद्री जानबाज की बुआ की बड़ी लड़की थी, बद्री को सभी आकिई ही कहते थे इसलिए मैं भी आकिई ही कहती थी। बद्री ने हमें देखकर ख़ुश होकर आलिंगन में ले लिया। फिर कमरे में ले जाकर बिठाया। दरवाज़े से घुसते ही बाईं तरफ़ एक बड़ा कमरा था। पुराने ज़माने का घर था। कोई खिड़की नहीं थी। घर की दीवार पर ऊपर की तरफ़ एक शीशे का रोशनदान था। बस उससे जितनी रोशनी आ सकती थी, उसी से कमरा प्रकाशमान रहता था। पुराने घर इसी तरह के होते हैं। अब जो लोग नए घर बना रहे हैं, वो सभी घरों में बड़ी-बड़ी खिड़कियाँ रखते हैं। हमें बिठाकर बद्री चाय-नाश्ते की व्यवस्था करने गई। बद्री की बेटी बेनज़ीर भी माँ की सहायता कर रही थी। मेरी तो खाने की इच्छा ही नहीं थी। फिर भी कुछ तो खाना पड़ेगा ही। बद्री चार अंडों का पोच जैसा बना लाई। पोच घी में डूबे हुए। थे। और दो कटोरियों में दही दिया। मैं, गुलगुटी, तिन्नी, क़िस्मत और सवेरा सबने मिलकर खाना शुरू किया। क़िस्मत और सवेरा गुलगुटी की बेटियाँ हैं। क़िस्मत की उम्र आठ साल और छोटी सवेरा तीन साल की है। खाने-पीने के बाद बैठकर सुख-दुख की बातें करने लगीं। गुलगुटी को साथ लाने के लिए बद्री ने मुझे धन्यवाद दिया। पति उसका होते हुए भी नहीं है। गृहस्थी से उसे निकाल दिया है। माता-पिता गुज़र गए हैं। भाई, बहन को अपने साथ रखकर अपनी गृहस्थी में अशान्ति नहीं लाना चाहते। अकेली बहन ही तो नहीं है। तीन जनों का दायित्व कौन लेगा? गुलगुटी मेरे प्रति बेहद कृतज्ञ है। दुख के सिवा जीवन में उसे और क्या मिलेगा? सारा दिन हमारी गृहस्थी में काफ़ी मेहनत करती है। फिर भी मेरे देवर उसे नहीं छोड़ते। मार-पिटाई तो है ही, खाना न मिल पाने का दुख भी। मेरे देवर गुलगुटी की दोनों लड़कियों को ज़रा-सी दूध की चाय भी नहीं देते। देवर जब सुबह बैठकर चाय पीते हैं तब क़िस्मत और सवेरा उनके सामने सूखी रोटी लेकर इन्तज़ार करती हैं कि कब वे उन्हें ज़रा-सा 'शेरचा' देंगे। यहाँ दूध की चाय को शेरचा कहते हैं। पर मेरे देवर इतने निर्मम हैं कि दुनिया में

इसका विकल्प नहीं मिलेगा। अपना और अपने बच्चों का जब खाना-पीना हो जाता है तब केतली में ज़रा-सी चीनी और पानी मिलाकर, हिलाकर उन बच्चियों के कप में डाल देते हैं। रंग दूध जैसा ही हो जाता है। क़िस्मत और सवेरा वही पी लेती हैं। गुलगुटी तब कमरे के एक कोने में बैठकर रोती है। उसका रुदन ही उसका साथी है। इसीलिए बद्री ख़ुश है उन्हें आया देखकर। कम-से-कम एक दिन तो ज़रा अच्छा खाना मिल पाएगा। ख़ुद को ख़ुद ही कोसने लगी। इस असहाय महिला को क्या मैं सचमुच घुमाने नहीं ला सकती थी? जब मेरे पास समय था, तब क्यों ख़्याल नहीं आया? आज घुमाने के लिए नहीं, अपने स्वार्थ के लिए हथियार बनाकर लाई हूँ।

तड़के चार बजे, बद्री और गुलगुटी उठकर वजू करने गईं। अब वे नमाज़ पढ़ेंगी। मैं भी उठ बैठी। मुझे उठते देख उन्होंने पूछा, "अभी से क्यों उठ बैठीं? नमाज़ पढ़ोगी क्या?"

मुँह से अचानक झूठ-मूठ ही निकल गया, "हाँ।" उन्होंने बड़ी हैरानी से कहा, "चलो तुम्हें सुबुद्धि आई। आओ वजू कर लो।" मैं असमंजस में पड़ गई। हाँ, जब कहा है तब नमाज़ तो पढ़नी ही पड़ेगी। नमाज़ पढ़ने के लिए असमंजस में नहीं हूँ...असमंजस इसलिए हो रहा है क्योंकि अल्लाह के नाम को आधार बनाकर अपना काम साध रही हूँ। मैं इतनी घटिया मानसिकता वाली हो सकती हूँ, अतीत में कभी सोचा भी नहीं था। ईश्वर के साथ भी खिलवाड़ कर रही हूँ। मन-ही-मन अल्लाह से कई सौ बार माफ़ी माँग ली। शुरू में कई बार कहा, भगवान तुम मुझे माफ़ करना। फिर अचानक ख़याल आया यहाँ के सब लोग तो अल्लाह ही कहते हैं। अत: भगवान कहने से यदि अल्लाह न समझ पाए कि मैं किससे कह रही हूँ तो? तो इसलिए फिर भगवान छोड़ अल्लाह से ही अनुरोध किया। लगता है मेरी मति भी मारी गई है। अल्लाह, भगवान, ईश्वर, गॉड सभी तो एक हैं। कोई भेद नहीं है। इनसानों ने ही अपनी स्वार्थ सिद्धि के लिए उसे नामों में बाँट दिया है। एक आकाश में क्या दस चाँद होते हैं? कोई चाँद कहता है, कोई मून कहता है, और कोई चन्दा कहता है, यहाँ स्पांगी कहते हैं। इसी तरह ईश्वर को भी अलग-अलग नामों में बाँट लिया है। असली बात भूलकर इनसान ने ख़ुद को विभिन्न जातियों और धर्मों में बाँट लिया है। एक ही माँ की सन्तान, कोई आर्य कहलाया, कोई अनार्य, रक्त तो एक ही है। उस सन्तान को धरती पर प्रस्फुटित करने से शर्मसार हो सृष्टिकारी भगवान ने मुँह छिपा लिया; जो निराकार है, जिसकी अपार क्षमता है, असीम है। जो इतना कुछ जानते हुए भी मूर्खों की तरह सोचने के लिए ख़ुद को धिक्कारा।

वज़ू करके उनके साथ खड़े होकर नमाज़ पढ़ी। ईश्वर की शायद यही इच्छा थी कि मैं यहाँ से उसका स्मरण करते हुए ही रास्ते पर क़दम रखूँ, चाहे वह नमाज़ हो या पूजा। है तो ईश्वर का ही स्मरण। मैंने तिन्नी को जगाया। गुलगुटी ने मुझसे कहा, "उसे अभी से क्यों उठा रही हो?" मैंने कुछ नहीं कहा। उसे उठाकर कहा, "जाओ बेनज़ीर तुम्हारा मुँह धुला देगी।" तब तक बेनज़ीर भी मुँह-हाथ धोकर हमारे साथ चाय पी रही थी। चाय और पराँठा खाने के बाद मैंने गुलगुटी से कहा, "अब मैं और रुकूँगी नहीं, काफ़ी रास्ता पैदल चलना होगा।"

गुलगुटी ने मुझे हैरान करते हुए रोकर कहा, "अब शायद तुमसे फिर मुलाक़ात नहीं होगी, है न?"

मैं ज़रा हैरान होकर उसका मुँह देखती रह गई। "मैं समझ रही हूँ, तुम आज फिर लौटकर आने के लिए नहीं जा रही हो।"

आश्चर्य! जिसे मैं इतने दिनों तक मूर्ख, नासमझ, अबोध समझ रही थी, वही लड़की..."तुम्हें कैसे पता कि मैं आज मुक्ति का स्वाद चखने जा रही हूँ?"

उसने मेरी ओर देखा। फिर धीरे-धीरे बोली, "तुम्हारी ख़ुशी, बेवजह बातें करना और बद्री के घर रात गुज़ारने ने ही मुझे समझने में सहायता की कि तुम हमें छोड़कर जा रही हो।"

यह बात उसने ठीक ही कही। मैंने क़रीबी रिश्तेदार के सिवा और किसी के यहाँ आज तक रात नहीं गुज़ारी थी। और ज़रा ज़्यादा ही ख़ुशी ज़ाहिर कर बैठी थी। लेकिन गुलगुटी समझ जाएगी, यह मैंने कल्पना में भी नहीं सोचा था।

पिता की बात याद आई। पिता कहते, "कभी भी ख़ुद को किसी से ज़्यादा चालाक मत समझो। सदा याद रखो कि दूसरा आदमी ज़्यादा चालाक या शक्तिशाली है।"

बात अक्षरशः सत्य साबित हो गई। हाँ, गुलगुटी ने मुझे नहीं रोका। बल्कि मेरे साथ अलेकदारी तक जाने को तैयार हो गई। हम बद्री के घर से पौने सात बजे निकल पड़े। बद्री के घर से पैदल अलेकदारी जाने में मात्र आधा घंटा लगता है। दिल बुरी तरह धड़कने लगा। सीने से गले तक पता नहीं कैसी अनुभूति हो रही थी। साँस तेज़ हो गई। दिल के टिक-टिक धड़कने की आवाज़ कानों को सुनाई दे रही थी। मन बेचैन हो गया। बार-बार मुड़कर पीछे देखने लगी, कोई हमारा परिचित या कोई देवर तो इधर नहीं आ रहा। मेरी जब ऐसी हालत हो रही थी ठीक तभी रास्ते के बीचोबीच धूमकेतु की भाँति रमज़ान आ हाज़िर हुआ। मेरा ननदोई। सर्वनाश! गुलगुटी, अब क्या होगा? गुलगुटी भी डर से काँप रही थी। यदि उसे पता चले कि

मैं पलायन कर रही हूँ, तो? और गुलगुटी मुझे गाड़ी में चढ़ाने जा रही है तो?... बस, और सोचा नहीं जा रहा। सीने के भीतर मानो सब कुछ ख़ाली हो गया हो। आँखों के सामने मानो अँधेरा छा रहा था। रुलाई गले में अटकी हुई थी। रुलाई निकलना चाहती थी पर निकल न सकने के कारण गले में घुमड़ रही थी। किसी तरह ख़ुद को सँभालकर ननदोई से कहा, "अरे रमज़ान भाई, तुम! मैं तो तुम्हारे ही घर जा रही थी।"

"मैं भी तो तुम्हें लाने को जा रहा था। शाह अली कल रात अन्दर गया था अंडे लाने, लौटते वक़्त रात हो गई थी तो हमारे घर आ गया था। उसने बताया कि तुम बद्री के घर रात को रुककर सुबह हमारे घर आओगी। इसीलिए तुम्हें बद्री के घर से लाने जा रहा था।

"गुलगुटी बद्री के घर आ रही थी इसलिए मैं भी चली आई। सोचा इतना लम्बा रास्ता है, एक ही बार न जाकर बद्री के घर आराम करके तुम्हारे घर जाऊँगी।" "गुलगुटी कहाँ जा रही है अब? हमारे घर?"

"नहीं, मैं सास की क़ब्र पर जा रही हूँ। साहब कमाल अकेली जाएगी इसलिए साथ हो ली।"

मैं गुलगुटी की मन-ही-मन तारीफ़ किये बिना न रह सकी। सचमुच, कितनी तेज़ बुद्धि है। इधर मुझे चिन्ता हो रही थी कि रमज़ान से पीछा कैसे छुड़ाऊँ? कैसे मैं जाकर गाड़ी में चढ़ूँगी? तो क्या मैं जा नहीं पाऊँगी? मेरी सारी उम्मीदें क्या मिट्टी में मिल जाएँगी? अचानक दिमाग़ में एक बात आई। रमज़ान को हमारे घर से सिलाई मशीन लाने की बात कहना कैसा रहेगा? रमज़ान को हटा सकने से ही मैं भाग सकूँगी, नहीं तो सब ख़त्म हो जाएगा। इसलिए रमज़ान से कहा—

"भइया, आपको एक काम करना होगा।"

"कौन-सा काम?" रमज़ान ने मेरी ओर देखा।

"हमारे घर जाइए। मैंने सादगी से कह रखा है। आपके जाते ही वो आपको मेरी मशीन दे देगी। आप साइकिल के पीछे रखकर मशीन ले आइए।" मुँह से कह तो दिया कि सादगी से कह रखा है पर ये कितना बड़ा झूठ है मुझसे बेहतर और कौन जानता है?

"कल लाने से नहीं चलेगा? अब मैं ज़रा डॉक्टर के पास मक्तावे जाऊँगा। बहुत खाँसी है।" वह जवाब का इन्तज़ार कर रहा था।

"ठीक है, तो आज मक्तावे ही जाइए, मशीन कल ले आइएगा।" मन-ही-मन

सोचा इससे बढ़िया प्रस्ताव और क्या हो सकता है? यहाँ से मक्तावे आने-जाने में कम-से-कम चार घंटे तो लगेंगे ही। तब तक मैं गढ़देश से आगे निकल जाऊँगी। चार घंटे बाद जब रमज़ान घर आकर देखेगा कि मैं नहीं पहुँची हूँ, तब इन्हें समझने में देर नहीं लगेगी। रमज़ान अकेले कुछ निर्णय नहीं ले पाएगा। फिर हमारे घर जाएगा। साइकिल पर हमारे घर जाने में भी तो कम-से-कम एक घंटा लगेगा ही। हाँ, उसके बाद सभी गाड़ी लेकर निकल पड़ेंगे। तब तक मैं खोस्त शहर पहुँच जाऊँगी। और रात को ये लोग खोस्त नहीं पहुँच पाएँगे। सुबह ही जा पाएँगे। मैं भी सुबह खोस्त से मीरामिस्सा के लिए गाड़ी पकड़ूँगी। समय के इस कैलकुलेशन में ज़रा-सा इधर-उधर होने से ही मैं पकड़ी जाऊँगी। मुझे काफ़ी देर ख़ामोश देख रमज़ान बोला, "साहब कमाल, इतना क्या सोच रही हो? जाओ तुम लोग चली जाओ, मैं भी जाता हूँ। और बेला हो जाने पर गर्मी लगेगी।" रमज़ान साइकिल पर चढ़ चला गया। हमने भी चलना शुरू किया। थोड़ी दूर जाने पर गुलगुटी बोली, "साहब कमाल, क्या होगा?"

"होना क्या है? रमज़ान तो चला गया।" गुलगुटी चुप रही। हम दोनों साथ-साथ चल रही थीं। दोनों ख़ामोश थीं। समझ रही थी कि वह डर रही थी। हो सकता है सोच रही हो कि मेरे चले जाने के बाद सभी उसे ज़िम्मेदार ठहराएँगे कि मेरे भागने में उसने सहायता की है। एक असहाय लड़की को इस तरह मुसीबत में डालकर जाने में मेरा विवेक मुझे रोक रहा था। फिर भी मुझे जाना होगा। ज़िन्दा रहना होगा। पीछे मुड़कर देखने से नहीं चलेगा। सामने की ओर बढ़ना पड़ेगा।

यहाँ से स्पष्ट नज़र आ रहा था दूर एक जीप खड़ी थी और जीप के पीछे वो आदमी खड़ा था। गुलगुटी ने भी देखा। अब मुझे सचमुच ही डर लगने लगा। समय की गणना यदि असफल हो गई तो? यदि पकड़ी गई तो? नहीं, और कुछ नहीं सोचना है। जो होना है वह तो होकर ही रहेगा। फिर भी मैं अब लौटकर नहीं जाऊँगी। ये मौक़ा गँवा दिया तो फिर कभी हाथ नहीं आएगा। मैंने चलने की गति बढ़ा दी। कुछ ही क्षणों में जीप तक पहुँच गई। अब गुलगुटी को अलविदा कह अल्लाह का नाम लेकर जीप में बैठ गई। जीप स्टार्ट हुई। वह आदमी सामने की सीट पर बैठ गया। मैं और तिन्नी पीछे की सीट पर बैठे। तिन्नी मेरी आँखों का तारा है, मेरी जान है। ऊँचे-नीचे, ऊबड़-खाबड़ रस्ते से जीप चलती रही। अचानक पीछे से एक मोटरसाइकिल की आवाज़ से मैं चौंक उठी। तो क्या मेरे पकड़े जाने का समय आ गया? ख़ुद को बड़ा असहाय महसूस कर रही थी मैं। हाथ-पैर सुन्न

हो रहे थे। और कोई चारा न देख मेरा सारा शरीर कमज़ोर हो गया। अन्त देखने के लिए मैंने सीट से टेक लगाकर हाथ-पाँव ढीले छोड़ दिये। मोटरसाइकिल की आवाज़ और पास आई। मैं देखने के लिए व्याकुल नहीं हुई। आवाज़ और क़रीब आई तथा पास से गुज़र भी गई।

10

'मुक्ति, मुक्ति, एई आकाशे आमार मुक्ति आलोए आलोए।' एक भयानक आतंक का अवसान हुआ। हम चले जा रहे थे। काफ़ी दूर निकल आए थे। और एक घंटा चलने के बाद 'तामीर' आएगा। यह आदमी मेरे साथ तामीर तक ही रहेगा, उसके बाद मुझे अकेले जाना होगा। यह जीप भी तामीर तक ही जाएगी। वहाँ से दूसरी गाड़ी लेनी होगी। इस जीप वाले को साठ हज़ार अफ़ग़ानी रुपए देने होंगे। और उस आदमी को एक लाख अफ़ग़ानी देने होंगे। मुक्ति की क़ीमत के एवज में इन रुपयों का कोई मोल नहीं। प्यास के मारे मेरा गला सूख रहा था, पर एक मिनट के लिए भी गाड़ी रुकवाने की हिम्मत नहीं हो रही थी। पर हो नहीं पाया। गाड़ी रुकवानी ही पड़ी। छोटे-छोटे पत्थरों पर से बह रहे स्वच्छ पानी के पास गाड़ी रुकवाकर मैंने उस आदमी से पानी लाने के लिए कहा। जीप से एक मग लेकर वह पानी लाने गया। मैं सामने की ओर देख रही थी। ऐसे में जीप के दाहिने शीशे पर मेरी नज़र पड़ी। स्पष्ट देखा कि एक सफ़ेद टोयेटो गाड़ी आ रही थी। मैंने खिड़की से मुँह निकालकर देखा कि गाड़ी तीव्र गति से हमारी ओर चली आ रही थी। मैंने स्पष्ट देखा कि गाड़ी गफ़्फ़ार चाचा की थी। इस गाड़ी में कई बार मैं चढ़ चुकी हूँ। अभी उसी दिन तो गफ़्फ़ार चाचा की इस सफ़ेद टोटो में बैठ नईम चाचा के लड़के की बारात में गए थे। गफ़्फ़ार चाचा के मझले बेटे बिस्मिल्लाजान ने गाड़ी चलाई थी। इसलिए इस गाड़ी को न पहचानने की कोई वजह हो ही नहीं सकती। गाड़ी क्रमशः आगे बढ़ती आ रही थी। उस आदमी से क्या अब तक पानी भरा नहीं गया? अब भी यदि जीप स्टार्ट की जाए तो क्या होगा? वे मुझे ठीक पकड़ लेंगे। क्या करूँ? जो होगा देखा जाएगा। उत्कंठा, संशय, आतंक, डर। और कब तक? कब तक इनसे आतंकित रहा जा सकता है? मुक्ति की आकांक्षा। मुक्ति ही नहीं और मुक्ति

की आकांक्षा। जब ज़िन्दगी ही नहीं है तो मौत से क्या डरना? वह आदमी जीप में चढ़ा। मैंने और तिन्नी ने पानी पिया। अब जीप स्टार्ट हुई। टोयेटो की स्पीड मानो और बढ़ गई। यमदूत की तरह मेरी तरफ़ बढ़ती आ रही थी। आए। अब मुझे बिलकुल डर नहीं लग रहा। डरते-डरते अब यह हाल हो गया था कि मैंने हर डर को जीत लिया था। डर से दोस्ती हो गई है। टोयेटो क़रीब आ गई थी। एकदम मेरे क़रीब। अब मैंने एक लम्बी साँस ली। बाप रे! अब तक कितना डर लग रहा था। ये गफ़्फ़ार चाचा की गाड़ी नहीं थी। फिर चैन की साँस ली। अब मुझे कोई पकड़ नहीं पाएगा। लाख कोशिशें करने पर भी।

ठीक ग्यारह बजकर पैंतालीस मिनट हुए थे। रुपए पाकर ख़ुश होकर उस आदमी ने मुझे गढ़देश तक पहुँचा दिया। मेरे साथ आकर मुझे खोस्त की गाड़ी में बिठा दिया। एक टोटो में ड्राइवर के साथवाली दोनों सीटें मैंने भाड़े पर ले लीं। तिन्नी के लिए अलग सीट की ज़रूरत नहीं थी फिर भी कोई साथ आकर न बैठ सके इसलिए मैंने दोनों सीटें बुक कर लीं। गढ़देश से खोस्त तक चार घंटे लगते हैं। अब पक्की सड़क है; पर पहाड़ी। पहाड़ों के पास से टेढ़ी-मेढ़ी होकर गुज़रती है। पूरे पहाड़ का चक्कर काटते हुए गाड़ी चल रही थी। ड्राइवर ने मुझसे पूछा मैं खोस्त में कहाँ जाऊँगी? मैंने जब कहा कि पाकिस्तान जाऊँगी तो ड्राइवर बोला, "पाकिस्तान जाने के लिए सुबह जाना पड़ेगा। क्योंकि खोस्त पहुँचते-पहुँचते शाम हो जाएगी। शाम को खोस्त से कोई गाड़ी नहीं मिलती।"

"अब क्या होगा? मेरे साथ तो कोई है भी नहीं। रात को कहाँ ठहरूँगी?"

"खोर, तुम चाहो तो रात को मेरे घर पर रह सकती हो। सुबह मैं तुम्हें गाड़ी में चढ़ा दूँगा।" खोर माने बहन।

"नहीं, नहीं, तुम मुझे एक होटल तय कर दो।"

"खोर, हार या कोरके, आकपल मोर खोर स्ता। तुम मा खोर ईये।" अर्थात् सबके घर माँ-बहनें हैं। तुम भी मेरी बहन हो।

"हाँ, वह तो ज़रूर है।" मुँह से तो कह दिया ठीक है, परन्तु मन-ही-मन सोचा यदि इनके घर में मुझे ज़बर्दस्ती रोक रखा तो? मेरे प्रति इतनी हमदर्दी क्यों दिखा रहा है? निश्चित रूप से कोई स्वार्थ होगा। कहीं ऐसा न हो आसमान से गिरी खजूर में अटकी। इतने दिन फिर भी अपने घर में थी, अब किसके घर जाऊँगी? मुझे बन्दी बनाए रखने से किसी को पता भी नहीं चलेगा कि मैं कहाँ हूँ। इसलिए मैंने उससे कहा, "नहीं, तुम होटल का बन्दोबस्त कर दो।"

"किन्तु बहन, होटल में तुम अकेली रह नहीं पाओगी, क्योंकि तालिबान तुम्हें गिरफ़्तार कर लेंगे और इसके सिवा बदमाश लोग भी तो हैं। मेरा घर शहर से ज़रा भीतर की ओर है। मेरी बुआ का घर बाज़ार में ही है। तुम वहाँ भी रह सकती हो।" गाड़ी चलाते-चलाते ही उसने मेरी ओर देखकर कहा।

अब न करने का सवाल ही नहीं था। शहर में ही जब घर है तो मुझे रोककर नहीं रख सकते। ड्राइवर अपनी बुआ के घर ले गया। ऐसी गन्दी जगह शायद मैंने अपनी ज़िन्दगी में कभी नहीं देखी थी। घर की हर चीज़ पर धूल पड़ी थी। पर वे लोग बड़े अच्छे इनसान थे। मेरा ख़ूब आदर-सत्कार किया। बुआ की दो बहुएँ थीं। एक बहू पीहर गई हुई थी। दूसरी बहू घर पर थी। दूसरी बहू का पहला शौहर मर गया, फिर शौहर के छोटे भाई के साथ दुबारा शादी हुई। इस बुआ से मैंने कहा, "मैं अपने मायके काबुल गई थी। अब ससुराल पाकिस्तान वापिस जा रही हूँ।" बुआ के पड़ोसी काबुल के थे यह मुझे नहीं पता था। उन्हें जब पता चला कि काबुल से एक लड़की आई है तो वे मुझसे परिचय करने चले आए। मुझसे कहा, "काबुल में आपका पीहर कहाँ है?"

"बरसात सिनेमा हॉल के ठीक पीछे।" क़िस्मत अच्छी थी कि हॉल का नाम मालूम था। मेरी एक देवरानी की चाची का मायका वहाँ था। इसलिए कई बार हॉल का नाम सुना था।

"हमारा घर साड़ानाओ में था।"

"साराना तो गजनी से पहले है?"

"वह साराना और ये साड़ानाओ है।"

क्या समझी, पता नहीं। कह दिया 'ओह'। सबके जाने के बाद मैं भी लेट गई। उन्होंने बिस्तर लगा दिया था। खाना पहले ही खा लिया था।

मीरामिस्सा बस स्टैंड पर गाड़ी आकर रुकी। अभी ग्यारह बज रहे हैं। खोस्त से तड़के ही गाड़ी पकड़ी थी। अब मीरामिस्सा से बनू नामक एक और शहर जाना है। वहाँ से गाड़ी पकड़कर पुंडी जाऊँगी। शायद इसी पुंडी में मेरा सफ़र ख़त्म होगा।

पुंडी जब पहुँची तो सूर्यास्त होने को था। अब मैं कहाँ जाऊँगी? पहले अलीपुर में गुन्चा रहती थी। वह भी तो कब की देश लौट गई थी। इस्लामाबाद में जानबाज के ताऊ का लड़का रहता था। पर उसका पता भी तो नहीं मालूम। और गुज्जरहाट नामक शहर में द्रानाई चाचा का मझला लड़का मिराऊजल और भतीजा सौमद और ज़रीप रहते थे। वहाँ उनकी टी.वी. और फ्रिज की दुकान थी। उनका पता भी

तो मालूम नहीं। अन्ततः एक फ़ैसला किया। गुज्जरहाट तो छोटी जगह है। छोटी जगह में सभी सबको जानते हैं। शायद किसी दुकान पर पूछने से पता चल जाए। एकदम अकेली, एक भिन्न देश में प्रवेश कर गई थी। इस देश में किसी भी चीज़ से मेरा ज़रा-सा भी परिचय नहीं था। सिर्फ़ अपनी अक्ल, साहस और अनुभव पर निर्भर होकर चली आई थी। अन्त कहाँ होगा नहीं मालूम। अच्छा भी हो सकता था और बुरा भी। साहस मुझमें ज़रा ज़्यादा ही है। डर से मेरी दोस्ती नहीं है। जो डरते हैं वे कभी विजयी नहीं हो सकते। असल में मेरे दादा और दादी दोनों बड़े साहसी और बुद्धिमान व्यक्ति थे। अन्याय वे करते नहीं थे और अन्याय को प्रश्रय भी नहीं देते थे। मेरा स्वभाव भी कुछ ऐसा ही है।

पुंडी बस स्टैंड पर खड़े होकर दादाजी के साहस की गाथा बयान करने लगूँ तो सारी रात इसी बस स्टैंड पर ही गुज़ारनी होगी। इसलिए सोचना छोड़ गुज्जरहाट जाने वाली बस में जा बैठी। एक तरफ़ भय, भावना, संशय, दूसरी तरफ़ बचने की एक क्षीण-सी आशा। कुल मिलाकर एक भयंकर उन्माद मन पर छाया हुआ है।

अचानक मन में संशय हुआ, बस गुज्जरहाट आएगी भी? ऐसा भी तो हो सकता है कि बस कहीं और जानेवाली हो। मेरे कौतूहल का अन्त हुआ। थोड़ी देर बाद ही कंडक्टर गुज्जरहाट-गुज्जरहाट कहकर सवारियाँ चढ़ाने लगा। अन्यमनस्क होकर सोच रही थी कि घर से इस तरह अचानक चले आना ठीक नहीं हुआ। चारों तरफ़ अँधेरा फैल रहा था। एक अनजान-सा भय मस्तिष्क के हर स्नायु में फन उठा रहा था। यदि मुझे सौमद की दुकान न मिली तो क्या करूँगी मैं? कहाँ जाऊँगी? कौन मुझे रातभर के लिए आश्रय देगा? ये सब सोचते-सोचते शाम के सात बजे के लगभग गुज्जरहाट पहुँच गए। बस से उतरकर रास्ता पार होते ही कोल्ड ड्रिंक्स की दुकान है। वहाँ जाकर एक कोकाकोला ख़रीदा। पीने की मेरी ज़रा भी इच्छा नहीं थी परन्तु बिना किसी भूमिका के किसी अपरिचित आदमी से कुछ पूछा भी तो नहीं जा सकता न! कोकाकोला पीते-पीते दुकानदार से पूछा, "भाई बता सकते हैं काबुल से आकर जिन्होंने टी.वी. और फ्रिज की दुकान खोली है, उनकी दुकान कहाँ है?" मेरी बात सुनकर दुकानदार ने एक बार मेरी ओर देखा। अब तक तो देखने की ज़रूरत नहीं पड़ी थी। रोज़ कितने ही तो मेरा लोग दुकान पर आते हैं। सबको जाँच-परखकर देखना तो सम्भव नहीं। परन्तु सवाल सुनकर वह मेरी ओर देखे बिना रह न सका। शायद सोचा हो, महिला बिलकुल पागल है। वर्ना कोई ऐसा सवाल करता है?

एक हल्की-सी आवाज़ सुनकर मैंने मुड़कर देखा। दुकानदार काफ़ी देर से मुझसे कुछ पूछ रहा था। ध्यान आते ही समझी कि वह एक मोटे-नाटे ख़ान साहब को बुलाकर मुझसे पूछने को कह रहा था कि मैं किसे खोज रही हूँ?

उस ख़ान साहब को देखकर मैंने मन-ही-मन कहा, 'तुम ख़ान जाति के नाम पर कलंक हो। किसी अफ़ग़ानी का हुलिया तो ऐसा नहीं होता। अफ़ग़ानिस्तान की जलवायु में तो सभी जन्म से ही लम्बे हो जाते हैं।' अफ़ग़ानी सेब की भाँति ही छोटा-सा था दुकानदार के पास खड़ा ख़ान। मैंने उससे पूछा कि सौमद की टी.वी. की दुकान जानता है या नहीं। ख़ान ने मुझसे कहा, "मैं नहीं जानता, हाँ खोज सकता हूँ। आप यहाँ रुकिये। मैं देखकर आता हूँ।" गुज्जरहाट का यह बाज़ार मुम्बई के सब्जी और मुर्ग़ी बाज़ार जैसा था।

मुसीबत के समय खड़े होकर अब मुम्बई बाज़ार की बात सोच रही थी। मुझे अब ज़बर्दस्त ऊर्जा की ज़रूरत थी। वास्तविक परिस्थिति से छुटकारा पाने के लिए एक बेहद सक्रिय व्यक्तित्व की ज़रूरत थी।

इस ख़ान की बात पर मैं संशय में पड़ गई। मुझे यहाँ खड़ा करके वो चल गया था। पता नहीं क्या हो गया। बड़ी सड़क से क्रमश: वाहन आ-जा रहे थे और उनकी कर्कश आवाज़ कानों को भेद रही थी। दुकानदार आवाज़ें दे-दे कर अपनी चीज़ों का प्रचार कर रहे थे। इस जगह अनेक लोगों का आना-जाना था। धुएँ से भरी घुटन-सी थी वातावरण में।

मेरी सारी चिन्ताओं का समाधान वो ख़ान करेगा किन्तु वो अब तक आया क्यों नहीं? तो क्या सौमद या उसकी दुकान नहीं मिली? इधर रात क्रमश: बढ़ती जा रही थी। डर के मारे मेरा गला सूख रहा था। सिर असह्य पीड़ा से फटा जा रहा था। जब मैं इन्हीं सोच-विचारों में डूबी थी तो ख़ान ने लौटकर कहा, "मिल गई है दुकान।" राहत की साँस ली मैंने। हर तरह के शोषण से मुक्ति।

"मिल गई है, सौमद ख़ान की टी.वी. की दुकान मिल गई है। आइए मेरे साथ।" मैं ख़ान साहब के साथ चलने लगी। वह एक पतली-सी गली से ले जा रहा था। रास्ते के दोनों तरफ़ दुकानों की क़तारें थीं। बहुत-सी दुकानें पार करके वह एक दुकान के सामने ले गया जहाँ अँधेरा था और किसी को बुलाकर लाया।

"यह देखिए, ये हैं सौमद ख़ान।" यह क्या? यह आदमी क्या कह रहा है? एक दूसरे आदमी को कह रहा है सौमद ख़ान।

"नहीं, नहीं, ये नहीं हैं। इन्हें मैं नहीं जानती।"

"और तो मैं बता नहीं सकता।"

सर्वनाश! यह क्या कह रहा है! बता नहीं सकता। तो अब क्या होगा? रात के नौ बज रहे थे। मुझे बेहद रोना आ रहा था। गला सूख रहा था। आवाज़ नहीं निकल रही थी। तब वो दूसरा ख़ान बोला, "मैं देखता हूँ। आप एक बार उसके बारे में पूरी बात बताइए तो। कहाँ घर है? कब आया है?"

मैं बोलूँ कैसे? गले को मानो किसी ने दबा रखा हो। फिर भी फुसफुसाते स्वर में मैंने सब कुछ बताया। अब वह आदमी बोला, "समझ गया, आइए मैं आपको ले चलता हूँ सौमद के पास। मैं जानता हूँ उसे। उसने एक टोयेटो वैन बुलाई। फिर मुझे बैठने के लिए कहा। अब मैं बेपरवाह बन गई थी, इसलिए निडरता से गाड़ी में बैठ गई। वह ख़ुद भी बैठ गया। दो-तीन गलियाँ पार कर एक दुकान के सामने हम रुके। पहले वाली जगह से ये जगह काफ़ी रौनक वाली थी। रोशनी झिलमिला रही थी। बहुत-से लोग आ-जा रहे थे। मैं जब ये सब देख रही थी तभी सौमद सामने आ खड़ा हुआ। उसे देखकर मेरा मन ख़ुशी से झूम उठा। सीने से एक बड़ा बोझ उतर गया। मैं सौमद का हाथ पकड़कर रो पड़ी! सौमद ने मुझे चुप कराकर दुकान के भीतर ले जाकर बिठाया। सौमद से मेरी ख़ूब पटती थी और सौमद के चाचा के लड़के रोशेन्दर से भी ख़ूब पटती थी। मैं उसे रोशन कहकर पुकारती थी। मेरी शादी से पहले भी रोशन हमारे घर आया था। दिखने में बड़ा सुन्दर था। उम्र ज़्यादा नहीं थी। मेरी शादी के दो साल बाद उसके दाढ़ी-मूँछें आई थीं। जब अभी दाढ़ी आई ही थी तब नादिर चाचा ने उसकी शादी की थी। लड़की देखने में बड़ी सुन्दर थी। नाम था बाबा। सरदार ख़ान की लड़की।

सौमद ने जानबाज से कोलकाता टेलीफोन पर बात की, पर जब मैंने बात करनी चाही तो लाइन काट दी। एक मुसीबत की गन्ध आई। पर मुँह से कुछ नहीं कहा मैंने। देखूँ क्या करता है? सौमद हमें लेकर घर की तरफ़ चला। एक गली में जाकर दाहिने मुड़कर बाईं तरफ़ घर था। काफ़ी बड़ा घर था। दो मंज़िला। एक तल्ले पर तीन कमरों का घर था सौमद का। सौमद ने एक कमरे में ले जाकर बिठाया। कमरे से जाने कैसी गन्ध आ रही थी। सेंट की नहीं, उल्टी आने जैसी बदबू। इसी उल्टी वाली बू में मुझे और तिन्नी को रहना था।

किसी तरह रात गुज़ारकर सुबह उठ बैठी। फिर सोचा, जाऊँ बाथरूम में जाकर नहा लूँ। मेरी आदत है, जगते ही बाथरूम जाना। लैट्रिन से आकर दाँत ब्रश करना फिर चाय पीना। इस कमरे में मैं और तिन्नी सोए थे। भागने के समय मैं तिन्नी के

सिवा अपना कुछ नहीं लाई। तिन्नी को कैसे छोड़ आती? तिन्नी मेरी सन्तान जो है। तिन्नी के बिना मेरी दुनिया अँधेरी है। तिन्नी मेरी ज़िन्दगी है। तिन्नी जब माँ कहकर मेरे गले से लिपट जाती है, मेरे दोनों गालों पर चुम्बन लेती है तो मैं दुनिया के सारे दुख भूल जाती हूँ। तिन्नी के प्यार के रंग में मैं भी रँग गई हूँ। मेरे मन और प्राण में सिर्फ़ तिन्नी है, तिन्नी और तिन्नी। मैंने देखा तिन्नी गहरी नींद में सो रही थी। धीरे-धीरे दरवाज़े का गुटका खोलकर दरवाज़े को खींचा परन्तु दरवाज़ा नहीं खुला। समझ गई सौमद ने बाहर से कुंडी लगा दी थी। अचानक दिमाग़ गरम हो गया। यहाँ भी ये लोग मुझे बन्दी बनाए रखना चाहते थे। पाकिस्तान जैसे देश में भी दरवाज़े की कुंडी लगा दी। अचानक भयंकर चिन्ता ने आ घेरा मुझे।

मेरी ननद गुन्चा की छोटी देवरानी की बहन को एक अफ़ग़ानी लड़का पाकिस्तान से किडनैप करके अफ़ग़ानिस्तान ले गया था। गुन्चा की देवरानी का नाम रशीदा है। रशीदा की माँ का नाम बीबीसा है। बीबीसा की कई शादियाँ हुई थीं। घर पुंडी में था। पहले शौहर को छोड़ दूसरी शादी कर ली। पहली शादी से एक लड़का एक लड़की थी। दो साल बाद और दो लड़कियाँ हुईं और शौहर भी बदल गया। फिर तीसरी शादी। दो साल बाद फिर शौहर बदल गया। एक लड़की भी हुई। अब पठान से शादी की। काबुल में उसकी बीवी थी। उसके एक लड़का था। शौहर ने दूसरी शादी कर ली यह सुनकर पहली बीवी पाकिस्तान चली आई। अब बीबीसा ने सौत पर अत्याचार शुरू किये। अत्याचार, अनाहार न सहन करते हुए बीबीसा की सौतन का लड़का मर गया। शौहर पर ऐसा जादू-टोना किया कि वह अब पहली बीवी की ओर देखता तक न था।

एक बरसाती और तूफ़ानी रात में बीबीसा की सौतन इस जगत का मोह त्याग ऊपर चली गई। इस बार दो साल नहीं, पक्के चार साल गुज़ारकर एक लड़के और लड़की को जन्म देकर बीबीसा ने शौहर बदल लिया। इसी बीबीसा की बड़ी लड़की रशीदा, गुन्चा की देवरानी थी। रशीदा से बाद वाली बहन रोशेना। बीबीसा ने रोशेना की शादी अफ़ग़ानिस्तान के पठान लड़के से की थी। लड़के का घर सुरदवाल पहाड़ के साथ था। शौहर अपनी बीवी को देश ले जाना चाहता था; पर बीबीसा जाने नहीं देती थी। इस तरह ठंडी जंग चलते-चलते एक दिन रोशेना को कड़ी डोज़ की नींद की दवा खिलाकर एक टोयेटो भाड़े पर लेकर अटक दरिया का बॉर्डर पार करके सुरदवाल में अपने गाँव ले गया था।

मेरे विचारों की तन्द्रा यहीं थम गई। मेरे साथ भी यदि ऐसा ही हो तो? अत:

फ़ैसला किया कि सौमद का दिया कुछ नहीं खाऊँगी। मैं ज़ोर-ज़ोर से दरवाज़े को धक्का देने लगी। तिन्नी की नींद टूट गई। अचकचाकर उनींदी आँखों से माँ कहकर मुझसे लिपट गई। मैंने तिन्नी को गोद में ले लिया। उसे डरा देखकर मैंने सांत्वना दी। तब तक सौमद ने आकर दरवाज़ा खोल दिया था। बहुत क्रोधित होकर मैंने सौमद से कहा, "तुमने यदि यह सोचा है कि कुंडी लगाकर मुझे रोक रखोगे तो ग़लती करोगे।"

"नहीं, नहीं, मैंने इसलिए कुंडी नहीं लगाई थी।" सौमद बेहद घबरा गया था। बात और न बढ़ाकर मैं बाथरूम चली गई। तिन्नी का मुँह धुलाकर कमरे में भेज दिया और मैं स्नान की तैयारी करने लगी। फव्वारे का पानी मेरे बदन पर गिर रहा था। लगा मेरी सारी ग्लानि, मेरे सात सालों के सारे दुख, कष्ट इस नकली फव्वारे के पानी से मानो धुल गए हों। फिर भी क्या सब धुल जाता है? थकावट भले ही थोड़ी-सी दूर होती है परन्तु जीवन? यथार्थ? यथार्थ को क्या मैं इस तरह धो सकती हूँ?

जानबाज ने अत्यन्त निष्ठुर काम किया था। पहली बात, मुझे इस तरह यहाँ छोड़कर चला गया। फिर बीते कल जब सौमद ने उसे फोन पर बताया कि मैं अफ़ग़ानिस्तान से बड़े कष्ट उठाकर पाकिस्तान आई हूँ, तो क्या उसे मुझसे बात नहीं करनी चाहिए थी?

स्नान के बाद मैंने साफ़-सुथरा सलवार-क़मीज़ पहन लिया। जो पहनकर आई थी, उसके अतिरिक्त एक जोड़ी सलवार-क़मीज़ साथ लाई थी। तिन्नी के लिए भी लाई थी। बालों में शैम्पू किया। अब तबीयत ज़रा हल्की लग रही थी। सौमद मेरे और तिन्नी के लिए नाश्ता ले आया। मैंने कुछ नहीं खाने का फ़ैसला लिया था इसलिए छिपाकर नाश्ता फेंक दिया। तभी एक सज्जन और लगभग पन्द्रह साल की लड़की ने प्रवेश किया। मैं अब तक नंगे सिर बैठी थी। उस व्यक्ति को देखकर सिर पर दुपट्टा ले लिया। सौमद ने उससे मेरा परिचय करवाया, "साहब कमाल, ये मेरे मामा हैं और यह लड़की मेरी ममेरी बहन है। तुम्हें देखने आई है। तुम्हारे बारे में काफ़ी सुना है न इसलिए।" मुझे यह समझने में देर नहीं लगी कि ये लोग मुझे पकड़कर अफ़ग़ानिस्तान ले जाने आए हैं। उस मामा ने मुझसे कहा—

"बेटी, तुमने ठीक काम नहीं किया।"

"क्या ठीक नहीं किया? अफ़ग़ानिस्तान से आकर?"

"हाँ, इससे तुम्हारी बदनामी होगी।" उसकी गर्दन न में हिल रही थी।

"होती रहे बदनामी। बदनामी के डर से अपनी ज़िन्दगी तो नहीं बर्बाद कर सकती।" बड़े आत्मविश्वास से मैंने कहा।

"ज़िन्दगी क्यों बर्बाद होगी? वहाँ सभी तुम्हें कितना चाहते हैं!"

"चाहते हैं? चाहत का मतलब समझते हैं आप लोग? एक इनसान को दो वक़्त का खाना देने से ही क्या चाहत होती है? सिर छुपाने के लिए थोड़ी-सी जगह दे देने से ही क्या कर्तव्य ख़त्म हो जाता है? ब्याह कर भाइयों के पास बीवी को छोड़ जाने से ही क्या शौहर के सब दायित्वों का निर्वाह हो जाता है?"

"नहीं-नहीं, ऐसा क्यों? परिवार में और कोई कमानेवाला नहीं है तभी तो जानबाज हिन्दुस्तान में पड़ा हुआ है। पर तुम्हें तो किसी तरह अपमानित नहीं किया।"

"अपमानित होने में और क्या बाक़ी रह गया है? दिन-पर-दिन उसके भाई मुझ पर अत्याचार कर रहे हैं। मुझ पर हाथ उठाते हैं। अशोभनीय भाषा में गाली-गलौज करते हैं। मेरे माता-पिता तक को गालियाँ दी हैं। मेरे सामने बैठकर अपनी-अपनी बीवियों को क़ीमती मेवे खिलाते हैं और मेरे लिए होती है सिर्फ़ रोटी और आलू की सब्जी। उनकी बीवियाँ मेरे साथ कुत्तों जैसा बर्ताव करती हैं। उसके भाइयों के डर से मैं चूहे के बिल में घुसने की तरह कमरे में घुसी रहती थी। कड़ी ठंड में ठिठुरती रही हूँ। फिर भी आग जलाने के लिए एक से ज़्यादा लकड़ी नहीं देते। मूसर ख़ान की बीवी मुझे गिनकर चार लकड़ियाँ देती थी। काला ख़ान की बीवी ने गिनती के अंगूर खाने को दिये। बाग में ताला डाल रखा था ताकि मैं अपनी मर्ज़ी से अंगूर न तोड़ लाऊँ।" उस देश में चूँकि ज़्यादा कुछ हासिल नहीं किया जा सकता इसलिए ये ही वही ज़रूरी बातें थीं।"

"सब समझ रहा हूँ। फिर भी तुम्हारा काबुल लौट जाना ही उचित होगा।" उसकी नज़र मेरी ओर ही लगी हुई थी।

"आपकी बातें कानों से सुन तो लीं पर याद नहीं रखीं।"

"अभी तुम आराम करो, मैं बाद में आऊँगा। तुमसे बातें करने के लिए अपनी लड़की को छोड़े जा रहा हूँ।"

वह चला गया। मैंने भी निश्चय कर लिया कि यहाँ से भी भागना पड़ेगा। वर्ना ये लोग मुझे ज़बर्दस्ती फिर घर ले जाएँगे। फिर वही अफ़ग़ानिस्तान, वही शरीयत, कट्टरपन्थी शासन, वही जघन्य तालिबान।

11

1993 में तालिबान ने पहले गजनी में अपनी उपस्थिति जताई। पेशावर से कई रास्ते बँटे हैं। एक रास्ता काबुल शहर की ओर गया है। काबुल पर तब रब्बानी और अराकात का नियंत्रण था। उस रास्ते से तालिबान प्रवेश नहीं कर पाए। दूसरा रास्ता गया है, गढ़देश शहर की ओर। गढ़देश तब इंजीनियर गुलबुदीन के नियंत्रण में था। इधर से भी तालिबान के प्रवेश का मार्ग बन्द था। शेष बचा गजनी। इसी गजनी में पहले-पहल तालिबान देखे गए।

गजनी से थोड़ी दूर उरगुन नामक एक गाँव है। इस उरगुन पर तालिबान ने अचानक हमला किया। परिणामस्वरूप उरगुन में तालिबान विजयी रहे। इस विजय की घटना का इस तरह प्रचार किया गया कि बेरोकटोक तालिबान ने गजनी में बड़ी संख्या में प्रवेश करना शुरू किया। गाँवों में लोग ख़ुशी से कहने लगे कि 'तालिबान अल्लाह द्वारा भेजे गए दूत हैं। जितनी बार मुस्लिमों पर अत्याचार हुआ है उतनी बार अल्लाह रसूल ने अपने दूतों को भेजकर मुसलमानों की रक्षा की है। अब किसी को जान नहीं गँवानी पड़ेगी। तालिबान आ गए हैं, ये लोग देश को बचाएँगे।'

गजनी शहर के पूरब की तरफ़ जो गाँव हैं उनमें प्रधान भूमिका में हैं मदाली। मुख्यमंत्री। यहाँ कहते हैं 'कोमान्दान'। इस कोमान्दान के बाद हैं—असाम, रफ़ीक़, फ़रीद और ऐसे ही अनेक। ये सभी अराकात पार्टी के हैं। तालिबान ने मदाली से युद्ध का आह्वान किया।

परन्तु मदाली ने घोषणा की—युद्ध नहीं, शान्ति चाहिए। यदि हम तालिबान से युद्ध करें, तो हमसे ज़्यादा आम जनता मारी जाएगी। युद्ध करने से हम नहीं डरते, परन्तु जन-साधारण की बात सोचकर हम आत्मसमर्पण करेंगे। तालिबान एक के बाद एक गाँव में फैलते जा रहे थे। ममदखेल, ममदखेल के पूर्वी तरफ़ शालांग, दाहिनी ओर मूसखेल, मूसखेल के दक्षिण में काटोआज, उत्तर में दाहिनी तरफ़ कटुआल, वहाँ से चारदा, साराना, ज़ाओली। चारदा के पूर्व में मक्ताव। मक्ताव में मुख्यमंत्री का कार्यकेन्द्र है यानी राइटर्स बिल्डिंग। मक्ताव से उत्तर की तरफ़ पताना है। पताना के विषय में पहले ही लिख चुकी हूँ। पताना के पूर्व में मेरी ससुराल है—शाकाला। शाकाला के उत्तर में हैं रस्तुलखेल, अन्दर, फकीरकाला, अलेकदारी। अलेकदारी के उत्तर में तामीर और गढ़देश हैं। गढ़देश के उत्तर में काबुल और दक्षिण-पूर्व में खोस्त। ये सारे इलाके तालिबान के अधिकार क्षेत्र में चले गए। जनता ने स्वत:

स्फूर्ति से अपने सारे अस्त्र-शस्त्र तालिबान को सौंप दिये। सारी मस्जिदों के मुख्य द्वार खोल दिये गए। जनता ने सोचा यह एक ऐतिहासिक क्रान्ति है। एक युगान्तर है। अफ़ग़ानिस्तान के इतिहास में यह महत्त्वपूर्ण सन्धि क्षण था। अफ़ग़ानिस्तान के मौलाना भी तालिबान के साथ हो लिये। जनता ख़ुश होकर कहने लगी, अब दुराचारी भाग खड़े होने को बाध्य होंगे। अफ़ग़ानिस्तान के क्षितिज में फिर सूर्योदय होगा। जनता की इस स्वप्नविभोरता का तालिबान सद्व्यवहार करने लगे। जब सारे गाँव और थाने उनकी मुट्ठी में आ गए तब से उन्होंने अपना असली रूप दिखाना शुरू कर दिया। हुक्म जारी किया गया। यदि कोई नमाज़ नहीं पढ़ेगा तो उसका सिर कलम कर दिया जाएगा। दाढ़ी न रखने पर पीटा जाएगा। औरतों को बुर्क़ा पहनना होगा। कोई महिला घर से बाहर नहीं निकल सकती। घर में किसी आयोजन में ढोल नहीं बजेगा। कोई नाच-गा नहीं सकता। हर पुरुष को मस्जिद में जाकर नमाज़ पढ़नी होगी, वर्ना उसे पकड़कर उसका सिर मुँडाकर, मुँह पर कालिख पोतकर गाँव में घुमाया जाएगा। कोई महिला भले ही मृत्यु-शय्या पर क्यों न हो उसे किसी पुरुष डॉक्टर को बुलाकर दिखाया नहीं जा सकेगा। ये सारे अत्याचार कहा गया क़ुरान में लिखे हुए हैं। पवित्र क़ुरान शरीफ़ की दुहाई देकर तालिबान जघन्य, अमानवीय अत्याचार करने लगे। इसके साथ ही उन्होंने क़ुरान शरीफ़ और इस्लाम धर्म की भी अवमानना की। तालिबान के अत्याचार के बाद सारे लोग क्या इस्लाम धर्म से नहीं डरेंगे? ये नहीं सोचेंगे कि क़ुरान का अर्थ है, भयावह, जघन्य? शरीयत का मतलब सिर्फ़ शासन और शोषण? क़ुरान की दुहाई, नमाज़ की दुहाई देकर तालिबानी जो भयंकर अत्याचार कर रहे हैं, यहाँ तक कि महिलाओं पर हाथ उठाने में भी नहीं हिचकिचाते, उसका परिणाम क्या किसी ने सोचकर देखा है? क्या कोई कहेगा—

'रब्बेना आतैना फ़िद्दुनिया हसनतौं व फ़िल आख़िर ते हसनतौं व क़िना अजाबन्नार।' अर्थात् अल्लाह एक और अद्वितीय है एवं नर्क की यंत्रणा से वो ही बचाएगा।

'सुकुर', 'आलाम्दो लिल्लाही' का उच्चारण करेगा अर्थात् बहुत सुन्दर, बहुत अच्छा इस्लाम यानी सुन्दर। जिस नमाज़ की दुहाई देकर तालिबान, लोगों का क़त्ल कर रहे हैं, बाल काट रहे हैं, पुरुषों को दाढ़ी रखने के लिए बाध्य कर रहे हैं, उस नमाज़ को पढ़ने की आन्तरिक इच्छा लोगों के दिलों में होगी? सुन्नत तो दूर की बात, फ़र्ज़ अदायगी भी करेगा कोई? अल्लाह का नाम जपना किसी पर ज़बर्दस्ती थोपा जा सकता है भला? वास्तविकता यह नहीं है। दरअसल तालिबान

देश में तानाशाही क़ायम करना चाहते हैं यद्यपि अफ़ग़ानिस्तान में गणतंत्र कभी नहीं था, आज भी नहीं है।

सच तो यह है कि शुरू-शुरू में तालिबान के प्रति आस्था मुझमें भी जगी थी। हमारे मुहल्ले की मस्जिद में जब रोज़ा के समय कुछ तालिबान ने आकर शरण ली थी, तब मुहल्ले के हर घर से बारी-बारी से उनके लिए खाना भेजा जाता था।

एक दिन हमारे घर की बारी आई। 1994 के रोज़े के दौरान की घटना है। मैंने बड़ी मेहनत से खाना बनाया। दुंबे के मांस का कोरमा और आलूबुखारे का मुरब्बा। यहाँ चटनी को मुरब्बा कहते हैं। इसके अतिरिक्त टमाटर और खीरे का सलाद भी बनाया।

मैंने बड़े जतन से तालिबान के लिए खाना बनाकर मस्जिद में भेजा था। मन-ही-मन सोचा, बेचारे तालिबान रात-दिन देश के लोगों की भलाई के लिए घूम रहे हैं, उनको अच्छा खाना नहीं खिलाएँगे तो और किसे खिलाएँगे? अगली सुबह उन्हें देखने की इच्छा से मस्जिद के सामने गई। देखा। उन्होंने भी मुझे देखा। मेरी पोशाक देखकर किसी से पता नहीं क्या पूछा। इसके बाद अवाक् होकर मुझे देखने लगे। मैं उनके देश की पोशाक नहीं पहनती थी। सलवार-क़मीज़ पहनती थी। तभी मुझसे वहाँ की परम्परानुसार दस मीटर का बना घाघरा पहनने को कहा था। पर मैंने साफ़ कह दिया था, अपने देश की पोशाक के अतिरिक्त मैं कुछ नहीं पहनूँगी। उस वक़्त तनिक-सा भी यदि समझ पाती कि तालिबान केंचुएँ की भाँति घुसकर साँप बनकर निकलेंगे तो इतने जतन से उन्हें न खिलाती। अन्ततः 1994 में जब तालिबान काबुल की ओर जाने लगे तो पहली बाधा दी गई। इस पहली बाधा से वे उग्र हो गए। फिर युद्ध। धीरे-धीरे युद्ध तालिबान के पक्ष में होने लगा। तब सिर्फ़ 'ईसवी-इस्लामी-अफ़ग़ानिस्तान' पार्टी के साथ लड़ाई थी। उस संकट की घड़ी में ख़ून-ख़राबे का रास्ता छोड़ वे लोग जिधर हो सका भाग गए। तालिबान ने घर-घर में लूट-खसोट शुरू कर दी। लूटपाट के बाद 'ईसवी-इस्लामी 'पार्टी पर इल्ज़ाम लगाना शुरू कर दिया। लूट, राहजनी, ख़ून-ख़राबे के बल पर ही तालिबान काबुल की तरफ़ बढ़ गए। ऐसी स्थिति में गुलबुदीन भी अपना अड्डा चैरसिया छोड़कर भाग गए। तालिबान ने फिर विजय पताका लहराई। पर युद्ध समाप्त नहीं हुआ। अब उन्होंने रब्बानी को युद्ध के लिए ललकारा एवं घोषणा की कि यदि रब्बानी ने अपने साथियों व हथियारों सहित आत्मसमर्पण न किया तो फिर युद्ध शुरू होगा। परन्तु रब्बानी या सेना प्रधान मसूद अहमद शाह और

हाजी रुस्तम इनमें से कोई भी विदेशियों के हाथों में सत्ता सौंपकर आत्मसमर्पण के लिए तैयार नहीं हुए। रब्बानी सरकार का कहना था कि हर चीज़ का फ़ैसला युद्ध के माध्यम से ही होगा।

अत: रब्बानी तालिबान के साथ युद्ध पर उतर आए। सब तरफ़ युद्ध का एक-सा ही आलम था। लोग फिर उजड़ गए। अमेरिका से मोजाहिदी साहब आए। रब्बानी को हथियार डालने को कहा। तालिबान को भी युद्ध रोकने को कहा। किन्तु सत्ता लोभी तालिबान ने रुकने का मंत्र नहीं सीखा था। वे पूरे देश पर इस्लामी शासन क़ायम करना चाहते थे।

अब तक जनता के दिल से तालिबान के प्रति निष्ठा और श्रद्धा समाप्त हो गई थी। राष्ट्र के विशिष्ट व्यक्तियों तथा राष्ट्र परिषद के प्रतिनिधियों के अनुरोध को भी तालिबान ने ख़ारिज़ कर दिया। तालिबान की हठधर्मिता को देख सभी ख़ामोश हो गए। और भला करने को बचा ही क्या था? यहाँ तक कि तालिबान के सामने क़ुरान शरीफ़ रखने के बावजूद उन्होंने क़ुरान की दुहाई को नहीं माना। अत: सबने विरक्त होकर सब कुछ हालात पर ही छोड़ दिया।

जो क़ुरान की दुहाई नहीं मानते, वही तालिबान देश में मुस्लिम शासन क़ायम करना चाहते थे। आश्चर्य! भला यही लोग छात्रों, तालिब तथा मौलवी और इस्लाम के प्रतीक थे। इससे आश्चर्यजनक घटना और क्या हो सकती थी?

किस प्रसंग से कहाँ चली गई। इसलिए कहते हैं कि चिन्ता आदमी को पलभर में पूरी दुनिया में घुमा देती है। ख़ैर! पहले जो बता रही थी उसी प्रसंग में यानी गुज्जरहाट ही लौट चलें। सौमद की ममेरी बहन को पहरेदारी के लिए छोड़ा गया था, इसमें कोई शक नहीं। पहरेदारियों के तरीक़ों पर मुझे हँसी आई। जो ख़ुद को नहीं सँभाल सकती, भला वह मुझ पर पहरा देगी?

मैं यहाँ से भी पलायन के लिए तैयार थीं। तिन्नी को भी तैयार कर दिया। उसके बाद उस लड़की से कहा—

"तुम सुबह उठकर स्नान नहीं करतीं?" उसे स्नान के लिए भेजने के उद्देश्य से मैंने ऐसा कहा था।

"नहीं, मैं कभी-कभार स्नान करती हूँ। सिर्फ़ मैं ही नहीं, हम सभी।"

"इसलिए तुम्हारे बाल इतने गन्दे हैं, शरीर से भी दुर्गंध आ रही है। इससे तो बाल ख़राब हो जाते हैं।" बालों के प्रति आकर्षण हर लड़की में होता है।

"अच्छा! तो मुझे बताओ न बाल अच्छे कैसे रहेंगे?"

"तुम बालों में शैम्पू करके, साबुन मलकर नहा आओ। मैं तुम्हारे बाल इस तरह बाँध दूँगी कि तुम्हें दो महीने खोलने की ज़रूरत ही नहीं पड़ेगी। दो महीनों बाद खोलकर देखना बाल कमर तक लम्बे हो जाएँगे।"

वह लड़की साबुन और शैम्पू लेकर बाथरूम में चली गई।

मैं जल्दी-जल्दी पैर बढ़ाकर बड़े रास्ते पर पहुँची। एक आदमी से पूछा, "डाकघर कहाँ है, बताएँगे?" श्यामल दा के लिए मैंने रात को एक खत लिख रखा था। और एक अपने छोटे भाई अभिषेक के पते पर लिखा था। जैसे भी हो ख़तों को पोस्ट करना होगा। दोनों ख़तों में अपने बारे में विस्तार से लिखा था। मुझे वे यहाँ से कैसे निकालेंगे ये भी लिख दिया था। जानबाज के चाचा को पाकिस्तान का जासूस बताकर लाल बाज़ार की पुलिस से पकड़वा दें। अभिषेक से यह भी कहा कि वह पुलिस को बताए कि उसकी दीदी को अफ़ग़ानिस्तान में ज़बर्दस्ती रोककर रखा गया है। अतः दीदी को छुड़ाने के बाद ही आसाम ख़ान को छोड़ा जाए।

रास्ता पार करके तिन्नी का हाथ थामे बताए गए रास्ते की ओर तेज़ी से बढ़ रही थी। कुछ दूर जाने पर देखा कि एक मकान के बाहर पोस्ट बॉक्स लगा था और पता नहीं क्या लिखा था। मैं पढ़ नहीं पाई। अन्दाज़ से ही समझ गई कि यही डाकघर होगा। अन्दर जाकर एक आदमी से पूछा, "रजिस्ट्री का काउंटर कौन-सा है?"

"बाँए जाकर दाहिनी तरफ़ के दो काउंटर छोड़कर तीसरा।"

मैं उस काउंटर पर गई। काउंटर पर बैठे आदमी से कहा, "मुझे हिन्दुस्तान में रजिस्ट्री ख़त भेजना है।" उस आदमी ने सारी व्यवस्था कर दी। फिर पूछा, "आप हिन्दुस्तान में कहाँ रहती हैं?"

"कोलकाता।"

आदमी समझ ही गया कि मैं हिन्दुस्तानी हूँ। इसलिए सीधा सवाल किया। मैंने फिर उससे पूछ लिया कि भारतीय दूतावास कहाँ है। सब पूछकर वहाँ एक बेंच पर बैठ गई। सोचा, सौमद शायद इस वक़्त मुझे तलाश रहा होगा। इसलिए सोचा तलाशने का समय ज़रा गुज़र जाए फिर बाहर निकलूँगी। यहाँ मुझे न पाकर कहीं और ढूँढ़ने चला जाएगा। इसी बीच निकलकर सीधे दूतावास चली जाऊँगी। यूँ ही बैठे देखकर कोई शक न करे इसलिए एक ख़त लिखने लगी।

लगभग आधा घंटा वहाँ गुज़ारकर वहाँ से निकली। मुझे जाना इस्लामाबाद था। वहीं दूतावास। फिर रास्ता पार कर बस पकड़ने के लिए उस पार गई। यहाँ की बसें इतनी सुन्दर हैं, इतनी अच्छी हैं कि पहली नज़र में ही मन को लुभा लेती हैं।

नरम आरामदायक गद्दी वाली सीट पर बैठकर घंटों सफ़र करने पर तकलीफ़ नहीं होती। बस पर गंतव्य स्थल का नाम लिखा होने पर भी मैं कुछ नहीं समझ पाती। उर्दू ज़बान मैं बोल लेती हूँ, पढ़ नहीं पाती। अत: कोई भी बस आने पर पूछती हूँ इस्लामाबाद जाएगी या नहीं। एक बस आकर मेरे सामने रुकी। उसके कंडक्टर से पूछने पर उसने बताया कि यहाँ से सीधे कोई भी बस इस्लामाबाद नहीं जाती। हमारी बस में चलिए। आपको इस्लामाबाद की बस में बिठा दूँगा। मुझे ज़रा झिझक हुई। यदि कहीं और ले जाए तो? पर उसके बाद ही सोचा यहाँ के लोग महिलाओं की बड़ी इज़्ज़त करते हैं। फिर दिन के समय इतने लोगों के बीच डर किस बात का? मैं बस में जा बैठी। हॉर्न बजाते-बजाते बस आगे बढ़ चली। दाहिने-बाएँ असंख्य दुकानें थीं। बहुत-से लोग आ-जा रहे हैं। तिन्नी को खिड़की की तरफ़ बिठा उसकी बगल में बैठकर मैं बाहर का नज़ारा देखने लगी। बाहर देखते-देखते ही मैं अतीत की स्मृतियों में खो गई।

उस दिन टैक्सी से ही जा रही थी। टैक्सी की खिड़की से बारिश की बौछार भीतर आ रही थी, फिर भी मैंने ध्यान नहीं दिया और ध्यान देने जैसी बात भी नहीं थी। जयिता ने जो बताया, उससे आसमान टूट पड़ने से भी शायद मैं इतनी हैरान न होती। तो क्या सब कुछ झूठ था?

ये कैसे हो सकता है? सब कुछ झूठ कैसे हो सकता है? अभी उस दिन तो तमाल दा ने कहा था, जानती हो सुमि? तुम्हें न देखकर सौरभ ने मुझसे कहा था, शाम के चार से रात के आठ बज गए। नहीं, अब सुमि नहीं आएगी। मेरे इतने सुखद पलों में उसने मेरी उपेक्षा की? वादा करके भी मिलने नहीं आई। क्या होगा डॉक्ट्रेट की डिग्री लेकर? क्या करूँगा नौकरी लेकर? सुमि ने एक बार भी नहीं सोचा कि आज मैंने पहली बार नौकरी ज्वॉइन की है। उसके बाद तमाल दा को साथ लेकर एक होटल में बैठकर सारी रात पीता रहा और मेरे न पहुँचने के लिए अभियोग, दोषारोपण करता रहा। मैंने तो मिलने के बारे सोचा ही था। पर उसी दिन एक नाटक की रिहर्सल के लिए श्यामल दा मुझे ले जाएँगे, यह कहाँ मालूम था? श्यामल दा को तो बता नहीं पा रही थी कि मुझे पार्क स्ट्रीट में सौरभ से मिलना है। तब तो सर्वनाश हो जाता। पिताजी तक बात पहुँच जाती।

वही सौरभ? मेरे न मिल पाने से जो इतना दुखी हुआ था, आज वह...। घृणा हो रही थी। बहुत घृणा हो रही थी उसके बारे में सोचते हुए। यह सोचते हुए कि धीरे-धीरे मैं उसकी ओर आकृष्ट हो गई थी। सौरभ इतना नीच, इतना जघन्य है?

इतना घृणित है? सौरभ की शिक्षा-दीक्षा ने उसे ज़रा भी नहीं रोका। वंश मर्यादा का भी उसे ख़्याल नहीं आया? सौरभ को क्या सचमुच मैं प्यार करती हूँ? यदि प्यार नहीं करती तो जयिता से बात सुनकर क्यों मैं टैक्सी लेकर रनिता के घर दौड़ी जा रही थी? कुछ देखने या समझने के लिए? या सौरभ को वापिस पाने की उम्मीद से? जयिता रनिता के घर एक किताब लेने गई थी। रनिता के घर के ज़रा पास ही पहुँची थी जयिता कि ठीक उसी समय उसने सौरभ की आवाज़ सुनी। जयिता ने रनिता के घर के सामने जाकर बन्द दरवाज़े से कान लगाए।

"रनिता, तुम मुझे ज़िन्दगीभर अपने सीने में छुपाए रख सकती हो?"

"सौरभ, मैं तुम्हें कैसे पकड़कर रख सकूँगी? तुम्हारी सुमि को तो तुमसे दूर नहीं कर पाऊँगी न?"

"सुमि को मैं प्यार करता हूँ यह जितना सत्य है, तुम्हें भी चाहता हूँ यह भी उतना ही सच है। तुम दोनों मेरे दो अंग हो।"

"परन्तु तुम सुमि को स्वीकृति दोगे तो मुझे तुमसे क्या मिलेगा?"

"तुम मुझे पाओगी। सामाजिक स्वीकृति ही क्या जीवन में सारी परिपूर्णता लाती है? उस अर्थ में तो सुमि ही ज़्यादा खोएगी।" जयिता वहाँ खड़ी न रह सकी। शर्म से, घृणा से सीधे मेरे पास चली आई। सब खुलकर बताया मुझे।

रनिता मेरी पक्की सहेली है। मैंने क्या कभी सोचा था रनिता मुझे इतना बड़ा आघात पहुँचाएगी? रात पीड़ा में गुज़ारकर सुबह मैं सौरभ के घर गई। फ़ैसला करने के लिए। घर में घुसते ही सामने सौरभ की भाभी मिलीं।

"भाभी, सौरभ कहाँ है? वह घर पर है क्या?"

"नहीं रे, नहीं है। कल सुबह बोल गया कि काम से पटना जा रहा है। आज रात को लौटेगा।"

मैंने सोचा, अब समय बर्बाद करके फ़ायदा नहीं। भाभी को कुछ कहने या समझने का मौक़ा नहीं दिया। उनका हाथ पकड़कर बाहर आकर सीधे एक टैक्सी पकड़ी। आकस्मिक घटना के कारण भाभी को विरोध करने का मौक़ा भी नहीं मिला या मेरा चेहरा देखकर समझ गई होंगी कि कुछ ज़रूर हुआ है।

रनिता के बारे में बहुतों से बहुत कुछ सुना है। कई विवाहित पुरुषों से वह प्रेम करती थी। एक आदमी प्राय: रनिता के घर आता था। रनिता के भैया-भाभी, माँ सबने उस आदमी से मिलने-जुलने से मना किया था। पर उसने किसी की न सुनी। तब उसके भैया ने उससे कहा, "यह शरीफ़ों का घर है। तुम यदि शराफ़त से

रह सकती हो तो अच्छा, वर्ना घर छोड़कर चली जाओ।" इसके बाद से ही रनिता सॉल्ट लेक में किराए पर घर लेकर रहती थी। वह अकेली ही रहती थी। वहाँ वह आदमी भी आता। उसने उस आदमी से मेरा भी परिचय करवाया था। वह रनिता के ऑफिस का 'बॉस' था।

रनिता उसे चाहती थी। मैंने एक दिन सवाल किया था, "इस प्यार की परिणति क्या होगी?"

"नहीं जानती, परिणति क्या होगी। फिर भी मैं 'बॉस' को नहीं छोड़ पाऊँगी। उससे मैं प्यार कर बैठी हूँ।"

"पर उसकी बीवी है, बच्चे हैं।"

"उनको क्षति पहुँचाकर तो कुछ नहीं कर रही हूँ। बस, सबको निभाते हुए, वह मेरे पास आए मैं उसी में ख़ुश रहूँगी।"

"क्या यही जीवन की सार्थकता है? बॉस से क्या मिलेगा तुझे? जो एक औरत को परिवर्तन दे? तेरी चाहत की कद्र करेगा वह?"

"वह किताबी सार्थकता मेरे लिए नहीं है। मैं एक सम्पूर्ण पुरुष पाने की उम्मीद नहीं कर सकती क्योंकि एक बार मेरा नाम राय को लेकर बदनाम हो चुका है। राय ने मुझे धोखा दिया। तब मैं राय को प्यार करती थी। 'बॉस' मुझे प्यार करता है।"

सभी मुझे रनिता से मेल-जोल रखने से मना करते थे। सब कहते, "देखना एक दिन इस रनिता के कारण तुम्हारा सर्वनाश होगा।" मैंने किसी की बात नहीं मानी। मेरी क्लासमेट थी रनिता। पढ़ने में अच्छी थी। मुझे अक्सर नोट लिख देती। कभी-कभार जब मैं क्लास में न जाकर सौरभ के साथ कॉलेज स्क्वायर की किसी बेंच पर बैठी रहती तब रनिता मेरे लिए नोट लिख रखती। उसे मैं कैसे भूल सकती हूँ? पर उसी रनिता ने आज इतने सालों बाद...। हाँ, रनिता का क्या दोष है? वह तो नदी के स्रोत में बह जानेवाली लड़की है, जो भी तिनका मिले उसे ही पकड़कर किनारे पर आने की कोशिश करेगी, सिर्फ़ बचाव की एक क्षीण-सी उम्मीद लिये। पर सौरभ?

टैक्सी उल्टाडाँगा से दाहिने मुड़ी। घड़ी देखी, सुबह के आठ बज रहे थे। यहाँ से रनिता का घर स्पष्ट दिखाई दे रहा था। घर की सब खिड़कियाँ बन्द थीं। मैं दाहिनी तरफ़ से पूरी तरह भीग गई थी। बाईं तरफ़ भाभी पत्थर की भाँति निश्चल बैठी थीं। भाभी बुद्धिमती हैं। वो ज़रूर समझ गई होंगी कि अब क्या होनेवाला है। इसके पहले भी मैं एक बार भाभी को रनिता के घर घुमाने ले गई थी। अतः इस

रास्ते पर टैक्सी का आना, सौरभ की तलाश, भाभी का हाथ पकड़कर खींचकर लाना, मेरा ख़ामोश रहना इस सबका अर्थ न समझ सकनेवाली महिला भाभी नहीं हैं। और समझ गई हैं इसलिए पत्थर की प्रतिमा की भाँति ख़ामोश हैं।

रनिता के घर की घंटी बजाई। दिल धड़कने की आवाज़ कान महूसस कर रहे थे। भाभी बगल में खड़ी थीं। थोड़ी देर में ही दरवाज़ा खुलने की आवाज़ आई। रनिता मेरे सामने खड़ी थी। उसने एक नाइट गाउन पहन रखा था। पतले गाउन से उसका सारा बदन मानो बाहर झाँक रहा था। उसने नेवी रंग की एक पैंटी पहन रखी थी। वह स्पष्ट दिखाई दे रही थी। बदन पर और कोई आवरण नहीं था। पूरे बदन में रात का आलस्य छाया था। बाल बिखरे हुए थे। गर्दन की बाईं ओर एक गहरा लाल निशान था। मुझे देखकर रनिता भूत देखने की तरह चौंक उठी। उसका चेहरा फीका पड़ गया। भाभी का हाथ पकड़कर उसके बगल से मैंने कमरे में प्रवेश किया।

"सुमि तुम?" उसे और कुछ कहने का मौक़ा दिये बग़ैर मैंने कहा, "आ नहीं सकती?"

"नहीं यह बात नहीं है पर...।"

"मैं और भाभी इधर से गुज़र रही थीं तो सोचा तुम्हारा सुखी घरौंदा देखती चलूँ।"

मैंने सीधे शयनकक्ष में प्रवेश किया। मेरी आवाज़ सुनकर तब तक सौरभ उठकर खड़ा हो गया था। बिस्तर की चादर सिकुड़ गई थी। एक तकिया नीचे गिरा हुआ था। रात को उसकी ज़रूरत नहीं पड़ी। सिर पर पंखा घूम रहा था।

मैंने सौरभ से ज़रा-सी बात करने की ज़रूरत नहीं समझी। शयनकक्ष से निकलकर रनिता के सामने खड़ी हो गई। रनिता की आँखों की तरफ़ देखकर समझी कि उस वक़्त मुझसे नज़रें मिलाने की उसकी सामर्थ्य नहीं थी।

"क्यों री, क्या हुआ? आँखें क्यों झुका लीं? यूँ आँखें झुकाना बेहद ज़रूरी था क्या? अच्छा ही हुआ, मुझे सही रास्ता दिखा दिया। अपनी सहेली के चरम सर्वनाश से पहले ही उसे बचा दिया।" तभी सौरभ भी बाहर आकर खड़ा हो गया।

भाभी अब तक ख़ामोश खड़ी थीं। अब सौरभ से बोलीं, "तुम्हें अपना देवर समझने में मुझे घृणा हो रही है। इस कलंक से यदि मुक्ति मिलती तो मुझे शान्ति मिलती।"

अचानक बिजली की कौंध से सारा आकाश काँप उठा। मैंने खिड़की का शीशा चढ़ा दिया। क्या पता! शायद वज्रपात से ख़ुद को बचाने की मामूली सी कोशिश थी।

भाभी बोलीं, "तुमसे अनुरोध करने की धृष्टता निश्चय ही नहीं करूँगी। और

वह कोशिश मैं करूँगी भी नहीं। फिर भी हो सके तो मुझे और अपने भैया को माफ़ कर देना। मुझे यदि पहले पता होता...।"

उस दिन मैंने भाभी को और कुछ कहने का मौक़ा नहीं दिया, सिर्फ़ ज़ोर से हाथ पकड़कर कहा था, "रहने दो भाभी, और कुछ मत कहो। मेरा कुछ भी सुनने का मन नहीं कर रहा है। प्लीज़, डोंट माइंड।"

बारिश की बौछार क्रमशः टैक्सी की खिड़की पर पड़ रही थी। पृथ्वी मानो गहन अँधेरे में डूब गई हो। टैक्सी का वाइपर सपाट-सपाट की आवाज़ से ऊपर-नीचे घूम रहा था। मानिकतला मोड़ पर टैक्सी सिग्नल पर रुकी थी। एक कौआ पेड़ पर बैठ कर्कश ध्वनि में काँव-काँव किये जा रहा था। मैं ठीक समझ नहीं पा रही थी कि क्या करूँ? रोऊँ? क्या इस समय रोना ही मेरे लिए उचित काम होगा?

पर रोऊँ क्यों? किसके लिए? सौरभ को खोने के लिए? पर क्यों? क्या सौरभ कभी मेरा था? यदि मेरा था तो मेरा क्यों न हुआ? मुझमें ऐसा क्या नहीं है, जो रनिता में है? फिर सोचती हूँ मैं कभी रनिता नहीं बन पाऊँगी। सभी तो सब कुछ नहीं कर सकते। रनिता अत्यन्त सहजता से जो कर सकती है, मैं सारी ज़िन्दगी तपस्या करके भी वह सब नहीं कर पाऊँगी।

गला सूख रहा था। घर जाकर पहले पानी पीना होगा। टैक्सी मेडिकल कॉलेज के सामने आकर खड़ी हुई। भाभी को पहुँचाकर मैं घर चली गई।

जीवन का एक अध्याय पीछे छूट गया था। कोई पश्चात्ताप नहीं। दुविधा नहीं। दुख नहीं। थी तो सिर्फ़ घृणा। एक अपवित्र व्यक्ति के प्रति जैसी घृणा होती है ठीक वैसी ही। कंडक्टर की आवाज़ सुनकर मैं अतीत से वर्तमान में लौट आई।

"उतरिए बीबीजी। यहीं से आपको इस्लामाबाद की बस मिल जाएगी। वह जो सफ़ेद बस देख रही हैं न, वही जाएगी।"

कंडक्टर ने मुझे एक बस दिखा दी। मैं तिन्नी को लेकर बस से उतरकर सफ़ेद प्लाँ कोच की ओर बढ़ी। एक बजे प्लाँ कोच से उतरी। यहीं दूतावास है। थोड़ा चलने के बाद एक सड़क पर आई। सड़क की दाहिनी तरफ़ बड़े-बड़े वृक्ष थे और बाईं तरफ़ एक के बाद एक सभी देशों के दूतावास थे। मैं इसी सड़क पर आगे बढ़ती गई। अमरीका, ब्रिटेन, अरब, चीन, आस्ट्रेलिया आदि विभिन्न देशों के दूतावासों के बाद अन्ततः भारतीय दूतावास के सामने पहुँची। देखा भारतीय ध्वज गर्व से हवा में लहरा रहा था। मेरे दिल में कुछ-कुछ होने लगा। मेरे देश का ध्वज। मेरे देश के लोग यहाँ हैं। अद्‌भुत-सी उत्तेजना होने लगी। कितने ही दिनों, कितने ही सालों के

बाद मैंने फिर से अपने देश के ध्वज को देखा। उसे हाथों से स्पर्श करने की बड़ी इच्छा हो रही थी। दूतावास की ओर बढ़ गई। पर यह क्या? दूतावास तो बन्द था। अब क्या होगा? मैं हताशा से टूट-सी गई। सब कुछ धुँधला-सा लग रहा था। अब क्या होगा? याद आया घर पर रहते ही सुना था कि किसी झमेले के कारण कराची में काफ़ी गड़बड़ हुई थी और बेनज़ीर भुट्टो सरकार ने कराची में भारतीय दूतावास को बन्द कर दिया था। पर वह तो कराची की ख़बर थी। इस्लामाबाद में भी क्या वही हुआ। तो मेरी परिणति क्या होगी? मैं कहाँ जाऊँगी? अकेली औरत को होटल में कमरा नहीं मिलेगा। तो क्या फिर सौमद के घर लौट जाऊँ? लौटने का तो सवाल ही नहीं उठता। आज की रात यदि किसी तरह कहीं गुज़ार लूँ फिर कल सुबह काबुल जानेवाली बस पकड़कर सीधे काबुल चली जाऊँगी। युद्ध में यदि मर भी जाऊँ तो भी अच्छा है। फिर भी शान्ति मिलेगी लेकिन उनमें से किसी के पास लौटकर नहीं जाऊँगी। बीती रात थोड़ी देर के लिए सौमद ने टी.वी. चलाया था। तब देखा और सुना था कि पाकिस्तान से भारतीय दूतावास हटा दिया गया है। पता नहीं क्या हुआ था? दिमाग़ में सब कुछ उलझता-सा जा रहा था। एक पाकिस्तानी पुलिसवाले ने पूछा, "देख रहा हूँ आप काफ़ी देर से यहाँ खड़ी हैं, किसी को ढूँढ़ रही हैं क्या?"

"हाँ, मैं दूतावास में आई हूँ। पर जानती नहीं थी...।" मेरी बात पूरी होने के पहले ही पुलिसवाला बोला, "आज तो जुम्मा है। सब कुछ बन्द है।" पाकिस्तान में शुक्रवार को जुम्मा कहते हैं। आज बन्द है? तो अब मैं कहाँ जाऊँ? कोई चारा न देख सोचा इस पुलिसवाले को सब कुछ सच-सच बताकर इसी से यदि आश्रय माँगूँ तो? पर यह तो पाकिस्तानी पुलिस है। यदि इसने सहायता नहीं की तो? पाकिस्तान और हिन्दुस्तान में बिलकुल नहीं पटती। एक फ़र्क़ तो है ही। इसके अलावा कश्मीर मुद्दे को लेकर तो सम्बन्ध और ख़राब हैं। ख़ैर, जो भी हो अपना देश तो है नहीं। पुलिसवाला फिर बोला, "कुछ कहना है आपको? क्या आपको वीसा चाहिए? या यहाँ रहने की अवधि बढ़ाना चाहती हैं?" पुलिसवाला समझ गया कि मैं पाकिस्तानी नहीं हूँ।

"आपको कैसे पता चला कि मैं यहाँ की नहीं हूँ?"

"आपकी बातें सुनकर और पोशाक देखकर।"

"क्यों, यहाँ की महिलाओं की पोशाक मेरी जैसी नहीं होती?"

"नहीं, यहाँ की महिलाएँ इतना चुस्त लिबास नहीं पहनतीं। और सिर दुपट्टे से ढका रहता है।" मेरी सलवार उसे चुस्त लगी।

"आपने सही समझा। मैं हिन्दुस्तानी हूँ। परन्तु मैं एक पठान की बीवी हूँ। मैं अपने शौहर के साथ सात साल पहले अफ़ग़ानिस्तान आई थी...।" मैंने पुलिसवाले को सारी बातें खुलकर बता दीं। सुनकर वह बोला, "देखिए इस मामले में हम आपकी एक ही मदद कर सकते हैं। वह है रात को आपके ठहरने का बन्दोबस्त। कल आप अपने दूतावास आकर देखिए, वे कुछ बन्दोबस्त कर पाते हैं या नहीं।"

जिसने मुझे विपत्ति से बचाकर रात गुज़ारने के लिए सिर छुपाने का बन्दोबस्त कर दिया उसका नाम सिकन्दर है। मैंने उसे सिकन्दर साहब कहकर सम्बोधित किया। सिकन्दर साहब ने मुझे जिसके साथ भेजा उसका नाम ज़मील था। इस्लामाबाद की बड़ी मस्जिद के पीछे पहाड़ पर उसका घर था। पहाड़ के ऊँचे-नीचे रास्ते से होकर उसके घर पहुँचा जा सकता था। ज़मील की बीवी बहुत अच्छी थी। हम जब उसके घर पहुँचे तब तक रात हो गई थी। बीवी ने मुझे कमरे में बिठाया। तिन्नी को प्यास लगी थी। लड़की सारा दिन मेरा हाथ पकड़कर घूमती रही थी। एक बार दोपहर को उसने कहा था, "माँ, मुझे भूख लगी है।" मैंने उससे कहा था, "बेटा, यहाँ कोई खाने की दुकान नहीं है। इसलिए यहाँ खाना नहीं माँगते।"

बाद में जब सिकन्दर को खाते देखा, तब फिर बोली थी, "माँ, यहाँ खाना मिलता है?"

"नहीं बेटा, हमारे लिए खाना नहीं है। जब खाना मिलेगा, मैं ख़ुद ही ख़रीद दूँगी।"

"तो थोड़ा-सा पानी दो।"

हमारी बातचीत शायद सिकन्दर ने सुन ली थी। इसलिए अपने खाने की प्लेट हमारी तरफ़ बढ़ा दी। मैंने जब मना किया तो सिकन्दर ने मुझसे कहा—"खाइए, खा लीजिए। आपको भूख न लगी हो पर बच्ची को तो भूख लगी है। मेरे घर में भी बीवी-बच्चे हैं।" ये सब बातें जैसी हिन्दी मैं समझती हूँ उसी में हो रही थीं।

मेरी आँखों में आँसू भर आए थे। कितने अच्छे इनसान हैं ये लोग! फिर मैंने तिन्नी को भरपेट दाल-रोटी खिलाई। मीट भी था। पर उसमें बहुत मिर्चें थीं। तिनी खा नहीं पाती। ज़मील की बीवी की पुकार सुनकर मेरी तन्द्रा टूटी। वह एक कप चाय लेकर मेरे पास बैठी। घर में सामान के नाम पर एक लोहे का पलंग था, दो चारपाइयाँ थीं। एक ब्लैक एंड व्हाइट टी.वी. था। एक कुर्सी, उस पर एक टेबल फैन। दाहिनी ओर चौड़ी दीवार के ठीक बीचोबीच एक स्टोव था। पास ही एक शेल्फ पर बर्तन, मसालों के डिब्बे सजाकर रखे हुए थे। दीवार में एक आलमारी भी थी। सारे कमरे में नज़र दौड़ाने के बाद बीवी की तरफ़ देखा। तिन्नी बगल में

लेटकर सो गई थी। छोटी-सी बच्ची, मात्र चार साल उम्र है। दिनभर मेरे साथ घूमती रही थी। एक बार भी नहीं कहा कि कष्ट हो रहा है। इसी बीच अगर एक-आध बार खाना माँगा भी तो बदले में डाँट पड़ी। सारे दिन की थकावट के बाद सोने की जगह मिलते ही निश्चिन्त हो गई। मैं उसके सिर पर हाथ फिराने लगी। माँ का स्नेहिल स्पर्श पाते ही एक बार उसने आँखें खोलकर देखा और जब देखा कि कोई और नहीं, माँ का हाथ है तो निश्चिन्त होकर फिर निद्रा की गोद में समा गई।

अब बीवी ने मुझसे पूछा, "एक ही लड़की है?"

"हाँ! तुम्हारे?"

"मेरी कोई औलाद नहीं है।"

"कब शादी हुई?"

"दस साल हुए।"

"अब तक औलाद नहीं हुई। डॉक्टर को दिखाया?"

"दिखाया था बीबीजी, पर कोई फ़ायदा नहीं हुआ।"

"क्यों? डॉक्टर ने क्या कहा, नहीं होगी?"

"नहीं, वैसा कुछ नहीं कहा और होगी ही, ऐसा भी नहीं कहा।"

"तो इन्तज़ार करो। ज़रूर होगी।"

"इन्तज़ार? पर कैसे? सब तो...।"

वह और कुछ बोल नहीं पाई। उसकी आँखें भर आईं। पलभर में उसने ख़ुद को सँभाल लिया। गुमसुम-सी वह मेरे पास बैठी रही। मैं उसे देख रही थी। कहीं कोई असम्पूर्णता नहीं। बहुत ख़ूबसूरत न होते हुए भी अच्छी थी। पता नहीं क्यों भीतर-ही-भीतर उसके लिए मन में टीस-सी उठने लगी। वह अचानक उठी, एक बार मुझे देखा और दरवाज़े की ओर बढ़ गई। दरवाज़े की कुंडी लगाकर फिर मुझसे सटकर आ बैठी। मैं बेचैन-सी हो गई। उसकी आँखों में एक भय और कुछ खोने की पीड़ा थी। एक दुर्लभ वस्तु को न पाने की पीड़ा उसके हृदय में थी। उसके चेहरे से यह साफ़ झलक रहा था। इस बार उसने मुझसे कहा, "पता है बीबीजी, मेरा शौहर एक और शादी कर रहा है। चार दिनों बाद ही उसकी शादी है।"

"शादी कर रहा है?" अब इन शादियों के बारे में मुझे हैरानी नहीं होती, क्योंकि मैंने देखा है अफ़ग़ानिस्तान में हर आदमी की दो-तीन शादियाँ होती हैं। कल यदि पता चले कि मेरे शौहर ने एक और शादी की है, तब मुझे ज़रा भी हैरानी नहीं होगी। मैंने उसकी तरफ़ देखा। उसकी आँखों में एक बेचैनी थी। शौहर के बाहुपाश के बन्धन में

खो जाने के दिन उसके ख़त्म होने को थे। सर्वांग में रोमांच की सिहरन के दिन ख़त्म हो गए। घर के प्रकाश और अँधेरे में खड़े होकर वह अपनी आशाओं, आकांक्षाओं की विदाई की ध्वनि सुन रही थी। बड़ी बेचैनी में मेरे कुछ पल गुज़रे। बन्द दरवाज़े पर दस्तक हुई। उसने उठकर दरवाज़े की कुंडी खोल दी। इस घर के स्वामी ने भीतर प्रवेश किया। वह अचानक इस तरह भीतर आ जाएगा, मैंने सोचा नहीं था। खड़े ही खड़े उसने अपनी बीवी से कहा, "बीवीजी के खाने के लिए कुछ बनाया है?"

"नहीं-नहीं, मेरे लिए अलग से कुछ बनाने की ज़रूरत नहीं। जो बना है उसी से काम चल जाएगा। और मेरी कुछ खाने की इच्छा भी नहीं हो रही है।"

उस आदमी ने मुझे और उलझन में नहीं डाला। उस कमरे से बाहर चला गया। एक असह्य पीड़ा सिर में हो रही थी, जिसे कोई बाँट नहीं सकता। फिर एक धोखेबाजी की कहानी। कोशिश करके भी कोई औरत इससे छुटकारा नहीं पा सकती। सब तरह के अत्याचार सहकर भी निर्दयी पुरुष के प्रति प्यार का रिश्ता बरकरार रखना होगा।

सुबह के सात बज रहे थे। दूतावास के सामने लोगों का जमघट लगा था। सड़क से काफ़ी सीढ़ियाँ चढ़ने के बाद दूतावास की लॉबी थी। एक के बाद एक दो काउंटर थे। दोनों काउंटरों पर ही लोग वीसा के लिए क़तार में खड़े थे। मुँह अँधेरे ही लोग आकर क़तार में लग गए थे। भारतीय दूतावास के अतिरिक्त अन्य दूतावासों में इतनी भीड़ नहीं थी। इन लोगों को परे हटाकर इंस्पेक्टर सिकन्दर मुझे एक खिड़की के सामने ले गया। खिड़की बन्द थी। एक-दो बार दस्तक देने पर एक दरबान ने खिड़की का शटर उठाकर पूछा, "क्या चाहिए?" सिकन्दर ने उसे मेरे बारे में बताकर कहा कि बड़े साहब से बात करवा दो। मुझे खड़े रहने को कहकर वह दरबान भीतर चला गया। उसने खिड़की का शटर भी बन्द कर दिया।

मैं जब इस बन्द काउंटर के सामने बड़े साहब के इन्तज़ार में खड़ी थी, तभी अचानक अपने देवर मूसा ख़ान को देखा। उससे थोड़ी दूर सौमद और मीराउजल खड़े थे। उनकी गिद्ध दृष्टि मुझ पर ही लगी थी। उन्हें देखकर अब मुझे ज़रा भी डर नहीं लग रहा था; चिन्ता हो रही थी। यदि सबको समझा-बुझाकर मुझे फिर से अफ़ग़ानिस्तान ले गया तो? मुझे ज़रा भी डर नहीं लग रहा था, ऐसी बात भी नहीं थी। मन में एक भय उमड़ रहा था, लेकिन मैं उसका अहसास नहीं करवा रही थी। मैंने सिकन्दर साहब को बुलाकर अपने देवरों को दिखाया। यह भी कहा कि ये मुझे ज़बरदस्ती पकड़कर ले जाने के लिए आए हैं। अगर नहीं ले जा सके

तो मेरा क़त्ल करके चले जाएँगे। आप उन्हें नहीं जानते। वे लोग कुछ भी कर सकते हैं। बदले की भावना से वे अपने बाप-दादा तक को नहीं छोड़ते। और ये मत सोचिए कि पाकिस्तान में वे कुछ नहीं कर पाएँगे। पता है जलील को मारकर उसका चचेरा भाई कराची में छिपा हुआ था। जलील के सगे भाई ने कराची आकर उसे ढूँढ़ निकाला और उसे मारकर जलील की मौत का बदला ले लिया। ये लोग ऐसे हैं। मैं इन पर यक़ीन नहीं करती।

सब कुछ सुनकर सिकन्दर ने कहा, "डरने की कोई बात नहीं। ये लोग आपका पूरा बन्दोबस्त कर देंगे। मैं यहाँ आपके साथ खड़ा हूँ। आप डर क्यों रही हैं? ज़रूरत पड़ी तो मैं आपको कमिश्नर के पास ले चलूँगा।"

इसी बीच खिड़की का शटर खोलकर उस दरबान ने कहा—"आइए, बात कीजिए।" ये सब बातें हिन्दी में ही हो रही थीं। अब मैं काउंटर के पास गई। वहाँ एक आदमी को बैठे देखा। उसकी छाती से मुँह तक का हिस्सा दिखाई दे रहा था। दुबला-पतला-सा लगा वह। उस व्यक्ति ने मुझे देखकर पूछा—

"क्या आप हिन्दुस्तानी हैं?"

"जी सर।"

"कोई प्रमाण-पत्र है?"

"जी हाँ, है, मेरे सारे प्रमाण-पत्र, राशन कार्ड का फोटोस्टेट, शादी के काग़ज़ात जो हिन्दुस्तान की कचहरी से मिले हैं।"

"आप भीतर आइए।"

उस व्यक्ति ने दरबान से मुझे भीतर ले आने को कहा। दरबान ने बड़े दरवाज़े का ताला खोल मुझे बुलाया। मैं भीतर चली गई। फिर मेरे पास कैमरा है या नहीं यह पूछा। मैंने कहा, नहीं। सिर्फ़ बैग चैक करने के बाद फिर विशाल लॉन पार कर दूतावास के एक हॉल में दरबान मुझे ले गया। कुछ सेकेंड रुकने के बाद काउंटर वाला वही व्यक्ति वहाँ आया। अब उसे मैंने स्पष्ट देखा। वह बिस्कुट कलर की सफारी पहने था। उसने मेरे पास आकर मेरे सारे काग़ज़ात देखने चाहे। मैंने एक-एक करके दिखाए। देखने के बाद सारे काग़ज़ात उसने मुझे लौटा दिये। मेरे दिल की धड़कन काफ़ी तेज़ थी। बिना आँखें झपकाए उद्विग्न मन से बड़ी उम्मीद से मैं उसकी तरफ़ देख रही थी। मुझे वह बेहद अपना-सा लगने लगा।

पर इनसान सोचता कुछ है और होता कुछ है। उस व्यक्ति ने कहा—"मैडम, मैं आपके लिए कुछ भी नहीं कर सकता। मेरे हाथ में कुछ नहीं है। आप यदि

पाकिस्तान के रास्ते आई होतीं तो कुछ किया जा सकता था। बेहतर है आप काबुल लौट जाएँ।"

मैंने उसकी बात बीच में ही काटकर कहा, "धन्यवाद, आपने मुझे भीतर बुलाया। मेरे कारण अपना क़ीमती समय बर्बाद किया, इसके लिए मुझे बेहद अफ़सोस है आपकी सलाह मैं याद रखूँगी।" मेरी बात ख़त्म होने पर उस व्यक्ति ने कहा, "रुकिये, देखते हैं क्या किया जा सकता है।"

उस अधिकारी ने दरबान को चले जाने को कहा। फिर मुझसे कहा, "आपका केस बहुत जटिल है। इस बारे में यहाँ बात करना ठीक नहीं। मेरे क्वार्टर में चलिए, वहाँ ड्रिंक लेते हुए विस्तार से बात करेंगे। आप ड्रिंक तो लेती होंगी?"

यह बात सुनकर नफ़रत से मेरा शरीर काँपने लगा। मैंने अपनी आवाज़ को कठोर बनाकर कहा, "नहीं, मैं ड्रिंक नहीं लेती। आपको जो कहना है आप यहीं कहिए।"

मेरी निगाहें देखकर ही वह अधिकारी मेरे मनोभाव समझ गया था। एक मुसीबत की मारी भारतीय महिला के प्रति भारतीय दूतावास के कर्णधार का क्या यही कर्तव्य था? एक हिन्दुस्तानी की बस यही पहचान है? उसने कहाँ से किस रास्ते से प्रवेश किया? या फिर उसके साथ ड्रिंक लेनी होगी? बग़ैर पासपोर्ट के घूमने के अपराध में पाकिस्तान तो मुझे गिरफ़्तार कर लेगा। जेल में बन्द कर देगा। मुझे सज़ा देगा पाकिस्तान तो मुझ पर अत्याचार करेगा ही। भारतीय दूतावास को तो मेरा बचाव करना चाहिए। एक महत्त्वपूर्ण सरकारी अफ़सर का क्या बस यही कर्तव्य था? क्या मात्र इसी कर्तव्य के लिए उसे इस पद पर तैनात किया ग़या था? या फिर उस अफ़सर की शैया-संगिनी नहीं बन सकी, इसलिए उसने मुझे पाकिस्तानियों के हाथों में ढकेल दिया? परन्तु पाकिस्तानी सरकारी अफ़सर उससे बहुत सभ्य थे। बहुत भद्र थे। मेरे साथ काफ़ी दोस्ताना रवैया उन्होंने अपनाया।

मैं बग़ैर पासपोर्ट के पाकिस्तान में थी। मुझ पर अत्याचार करने के लिए इससे बेहतर पल और क्या हो सकते थे? बचपन से ही तो सुनती आई थी कि पाकिस्तानी बहुत बुरे होते हैं। पर आज ये बुरे लोग ही मेरे दोस्त थे। सुना था पाकिस्तानी सकारण या अकारण ही हिन्दुस्तानियों पर अत्याचार करते हैं। मैं भी तो उसी हिन्दुस्तान की महिला थी?

वह शायद अप्रैल महीने के अन्तिम दिन थे जब कराची से भारतीय दूतावास बन्द किया गया था। शनिवार था। तारीख़ ठीक से याद नहीं। हाँ, बकरीद से छह दिन पहले की बात है। 1995। इस पाकिस्तानी पुलिस ने ही मुझे आश्रय दिया था।

निर्ममता या निर्दयतापूर्वक मुझे मेरे ससुरालवालों के हवाले नहीं कर दिया था। बेहद अपनेपन और प्यार से निर्देश दिये थे। कमिश्नर, एस. पी. से लेकर कॉन्स्टेबल तक सबने सहायता का हाथ बढ़ाया था और कहा था, "यदि ऐसा वाक़िया हमारे देश में हुआ होता तो हम पहले उसे बचाते, बाद में विचार करते कि दोषी कौन है?"

अगली सुबह मैं अफ़ग़ानिस्तान के दूतावास में गई। सिकन्दर बाबू ने ही मुझसे कहा कि वहाँ जाकर अफ़ग़ानी परिचय देकर पासपोर्ट बनवा लीजिए, उसके बाद वीसा का बन्दोबस्त हम करवा देंगे। मेरे देवर जब मुझे ज़बर्दस्ती ले जाना चाह रहे थे, तब सिकन्दर ने उन्हें बिठाकर दूसरे पुलिसवाले को एस.पी. को बुलाने भेजा। तब मेरे देवर जादू की तरह गायब हो गए। उनके भाग जाने पर मुझे बेहद ख़ुशी हुई। एक दिन इसी मूसा ख़ान ने अपने भारी-भरकम हाथों से मेरे मुँह, सिर और पीठ पर ज़ोर-ज़ोर से घूँसे मारे थे। आज वही मूसा ख़ान डरकर भागा था।

पाकिस्तान में शुक्रवार को सब कुछ बन्द रहता है, छुट्टी होती है। रविवार को सब खुला रहता है। मैं सिकन्दर से अफ़ग़ान दूतावास का पता लेकर वहाँ गई। सिकन्दर ही एक टैक्सी में बिठा दिया था और उसका नम्बर नोट कर लिया था। और ड्राइवर को बीस रुपए देकर कहा था, बकाया बीबीजी को लौटा देना। ये दूतावास भारतीय दूतावास जैसा नहीं था। काउंटर के सामने दो बेंच रखे थे। मैं बेंच पर बैठ गई। दरबान के सिवा वहाँ कोई आदमी नहीं था। लगभग एक घंटे बाद काउंटर खुला। इस एक घंटे में दस लोग और आ गए थे। सभी फारसी थे। मैं भी उठकर काउंटर पर गई और पश्तो में कहा—

"मुझे एक पासपोर्ट चाहिए।"

मेरी बात सुनकर उस आदमी ने मेरी तरफ़ देखा। उसकी दृष्टि में सन्देह था। वह बोला, "क्या आप अफ़ग़ानिस्तानी हैं?"

"हाँ।"

उसे अब भी शक था यह मैं समझ रही थी।

"अफ़ग़ानिस्तान में आपका घर कहाँ है?"

"साराना में।"

मुझे खड़े रहने को कहकर वह पता नहीं कहाँ चला गया। मैं तिन्नी का हाथ थामे खड़ी थी। वही भय फिर धीरे-धीरे मेरी ओर बढ़ रहा था। लाख कोशिशें करने के बावजूद भय से ख़ुद को छिपा नहीं पा रही थी। थोड़ी देर बाद काउंटर की तरफ़ देखा तो वह आदमी पता नहीं किससे क्या कह रहा था। फिर उसने मुझे पश्तो में

कहा, "इस गेट से निकलकर सीधे बाईं तरफ़ जाइए। फिर देखिएगा यहाँ प्रवेश करने का बड़ा-सा गेट है। उससे भीतर आ जाइए। मैं आपको हमारे बड़े साहब के पास ले चलूँगा। वे आपसे बातें करेंगे।"

मैं उसके कहे अनुसार बाहर आकर बाईं ओर चलने लगी। फिर बाईं तरफ़ के बड़े गेट से भीतर जाकर देखा कि वह आदमी मेरा इन्तज़ार कर रहा था। उसके साथ मैं दूसरी मंज़िल पर आ गई। उसने बाईं तरफ़ के एक कमरे में मुझे जाने के लिए कहा। दरवाज़े से प्रवेश कर एक बड़ा-सा टेबुल था। वहीं कुर्सी से टेक लगाए एक मोटा-सा अफ़ग़ानी व्यक्ति बैठा था। हाथ के इशारे से अपने सामनेवाली कुर्सी पर बैठने को कहा। मैं जब भीतर आई थी तब फोन पर किसी से बातें कर रहा था। थोड़ी देर बाद बात ख़त्म कर फोन का रिसीवर रखते-रखते मेरी तरफ़ देखकर कहा—

"आप कहाँ से आई हैं?"

"अफ़ग़ानिस्तान से।"

"वहाँ आपका घर कहाँ है?"

"साराना के पास पताना में।"

"आपके अब्बा या शौहर का नाम क्या है?"

"अब्बा का नाम तोरानाई ख़ान और शौहर का नाम जानबाज ख़ान।"

मैं अफ़ग़ानी महिला के रूप में अपना परिचय दे रही थी इसलिए पिता का नाम ग़लत बताया। तोरानाई ख़ान जानबाज के अब्बू का नाम था।

"इस वक़्त साराना का कोमान्दान कौन है?" अफ़ग़ानिस्तान में दारोगा या एम.एल.ए. को कोमान्दान कहते हैं।

मैं सचमुच अफ़ग़ानी हूँ और साराना में रहती हूँ या नहीं यही परखने के लिए उसने पूछा। क्योंकि साराना के आदमी के सिवा किसी और के लिए इसका जवाब देना सम्भव नहीं था।

"मदाली, रफ़ीक़, फ़रीद, असाम, ये ही साराना गाँव के कोमान्दन हैं।" उसने एक नाम पूछा था, मैंने सबके नाम बता दिये। उसने मुझसे और कुछ नहीं पूछा। एक आदमी को बुलाकर पासपोर्ट देने के लिए कहा।

मुक्ति मिलने की ख़ुशी से पासपोर्ट लेने के लिए मैं नीचे आई। पर उतरते ही सामने मानो भूत देख लिया। सामने मेरा जेठ आद्रामान (जानबाज के ताऊ का लड़का) खड़ा था। यह आद्रामान परले दर्जे का झूठा था। और क़ुरान की क़सम खाना उसके लिए मामूली बात थी। बड़े बुरे स्वभाव का आदमी था। मुझे ढूँढ़ते

हुए यहाँ आ पहुँचा था। मुझे देखकर आगे बढ़ आया। फिर समझाने लगा, अनेक आश्वासन दिये, कि जैसे भी हो वह मुझे हिन्दुस्तान भिजवा देगा। मुझे उसने अपने इस्लामाबाद वाले घर में चलने को कहा।

"मैं नहीं जाऊँगी। तुम लोगों की किसी भी बात पर मैं यक़ीन नहीं करती। तुम सब झूठे हो।" बहुत क्रोध से ये बातें मैंने कही।

"मैंने जानबाज से फोन पर बात की है। जानबाज ने तुम्हें भेज देने के लिए कहा है।"

"तुम लोगों के भेजने की ज़रूरत नहीं। मैं ख़ुद ही चली जाऊँगी।"

"मैं मना कर दूँ तो यहाँ तुम्हें कोई पासपोर्ट नहीं देगा।"

"न दे। अब मैं एक ऐसे देश में खड़ी हूँ जहाँ से तुम लोग मुझे ज़बरदस्ती नहीं ले जा सकते।"

"ज़बरदस्ती क्यों पकड़ेंगे? मैंने तो कहा ही है, तुम्हें हिन्दुस्तान भेज दूँगा। मेरी बात पर यक़ीन करके तुम घर चलो।"

आद्रामान ने इस्लामाबाद में एक फ्लैट ख़रीदा था और टी.वी. और फ्रिज़ की एक दुकान खोली थी। मुझे उसी फ्लैट में ले जाना चाहता था। मैंने थोड़ी देर सोचा, इस तरह रास्ते में भटकते फिरने से आद्रामान के फ्लैट चले जाना ही बेहतर है। वहीं से जानबाज से फोन पर बात करूँगी और अपने भाई अभिषेक को भी फोन पर सब कुछ बता सकूँगी। इसलिए मैंने मना नहीं किया। आद्रामान के साथ फ्लैट में चली गई। आद्रामान की बीवी यहीं पर थी। और था आद्रामान का सौतेला भाई आदम और उसकी बीवी दानगी। दानगी के गले में एक रसौली है। उसका ऑपरेशन करवाने आई थी। इसी आदम को आद्रामान ने कैसेट भेजा था, पाकिस्तान आने का रास्ता बताया गया था कि कहाँ उतरना था, किस बस में चढ़ना था वगैरह। मैं भी उन्हीं निर्देशों के अनुसार पाकिस्तान पहुँची थी।

उस दिन बकरीद थी। आद्रामान एक बड़ा-सा खासी लाया था। सुबह से ही उसे हलाल करने का जोड़-तोड़ चल रहा था। काबुल में रहते-रहते अब मैं इन सबकी अभ्यस्त हो गई थी। बीती रात जानबाज से फोन पर बात हुई थी। आज मेरे छोटे भाई अभिषेक से बात होगी। बड़ी व्याकुलता से मैं इन्तज़ार कर रही थी। रात से ही सोच रखा है भाई से क्या-क्या कहना है। सुबह नाश्ता करके मैंने स्नान कर लिया था। पाकिस्तान में बड़ी गर्मी थी। नहाने के तुरन्त बाद फिर गर्मी लगती थी। आद्रामान का फ्लैट ऊपरी मंज़िल पर था। ऊपर खुली छत थी। इसलिए गर्मी

ज़्यादा लगती थी। ग्यारह बजे फोन की घंटी बजी। आद्रामान घर पर ही था। फोन उसी ने उठाया। मेरा अन्दाज़ा सही निकला, फोन कोलकाता से ही था। मैंने फोन पर अभि को सब कुछ बताया। आज तक जो-जो हुआ, वह सब। अभिषेक ने मुझे कहा, जानबाज से बात करके वह फिर फोन करेगा।

मैं इन्तज़ार करने लगी, कब फोन आएगा। दिन भर फोन नहीं आया। मैं जब उम्मीदें छोड़ अगले क़दम के बारे में सोच रही थी कि तभी फोन आया। मैंने दौड़कर रिसीवर उठाया।

अभि ने मुझे कहा, "दीदी तुम फिर से काबुल जानबाज के घर लौट जाओ। वह कह रहा है कि तुम भागकर आई हो, एक बार यदि लौटकर नहीं गईं तो उनकी बड़ी बदनामी होगी। जानबाज ने वादा किया है कि एक महीने के भीतर उसका भाई तुम्हें काबुल के रास्ते यहाँ भेज देगा।"

मैंने अभि से कहा, "नहीं, अभि, उन लोगों की बात पर यक़ीन मत करो। वे तुम्हें ग़लत समझा रहे हैं। मैं बड़ी कठिनाई से उनकी जकड़ से छूट पाई हूँ। दुबारा सम्भव नहीं होगा।"

"तुम्हें भागना नहीं पड़ेगा। जानबाज ने मुझसे वादा किया है। यदि तुम एक महीने के भीतर नहीं आईं तो मैं जानबाज को नहीं छोड़ूँगा।"

मैं समझ गई, अभि का जानबाज ने ब्रेन वॉश किया है। अब मेरी किसी बात से काम नहीं बनेगा। फोन पर कितना समझाया जा सकता है? इसलिए मैंने ख़ुद को हालात के हवाले कर दिया।

अत: अब मुझे फिर उनके घर लौटना होगा। नहीं लौटूँगी तो जाऊँगी कहाँ? जब समझ गई कि मुझे लौटना ही होगा, तब मैंने अनुमान से कहा, मुझे हिन्दुस्तान जाने का पूरा ख़र्च न देने पर मैं यहाँ से नहीं जाऊँगी। असह्य होकर आद्रामान ने जानबाज से बात करके पाकिस्तानी मुद्रा में मुझे तीस हज़ार रुपए दे दिये।

मुझे ढूँढ़ने के लिए उसका भाई आद्रामान के घर आया था। ईद के दो दिन बाद मैं मूसा के साथ फिर वहीं लौट रही थी जहाँ से रिहाई की तलाश में, अपने जीवन को जोखिम में डाल कर, भागकर पाकिस्तान आई थी। आज उसी पाकिस्तान को अन्तिम बार मुग्ध नज़रों से देख रही थी। मेरा प्यारा दोस्त पाकिस्तान।

पाँच दिन मैं पूर्णत: अकेली इस पाकिस्तान में घूमती रही थी। डर नहीं था, कोई संशय भी नहीं था। पाकिस्तानी पुलिस ने मुझे हिन्दुस्तानी जानकर भी मुझ पर कोई अत्याचार नहीं किया था। पासपोर्ट नहीं होते हुए भी मुझे बन्दी नहीं बनाया था।

भारतीय दूतावास मेरे लिए बहुत कुछ कर सकता था पर उसने कुछ भी नहीं किया। और पाकिस्तान के लिए करने को कुछ भी नहीं था, फिर भी उसने बहुत कुछ किया।

सोचती हूँ मुसीबत के समय अगर यहाँ पर न आती, तो यहाँ के बारे में यह दुर्लभ अनुभव कभी नहीं कर पाती। ऐसे लगाव भरे देश को, आज छोड़कर जाते वक़्त मैं पूरी तरह असह्य महसूस कर रही थी। बड़ी महत्त्वपूर्ण सामाजिक समस्याओं के समाधान का अब मेरे मन में कोई उत्साह नहीं था।

रात के दो बज रहे थे। बस की एक सिंगल सीट पर मैं अकेली बैठी थी। पीछे की सीट पर मूसा ख़ान था। बस दस बजे चली थी। सुबह पाँच बजे हम मीरामिस्सा पहुँचेंगे। मेरे सामनेवाली सीट पर एक मुस्लिम दम्पती बैठा था। बीवी का सिर शौहर के कन्धे पर था। वह निश्चिन्त होकर सो रही थी। मैं बड़े आग्रह से उन्हें देख रही थी। यह सौभाग्य तो मुझे भी मिल सकता था। पर नहीं मिला। आज से ढाई साल पहले भी हमारा जीवन कितना राग और विराग मिश्रित था। कभी ख़ुशी तो कभी दुख। मैं हमेशा उस पर अपना रुआब डालती। वह मान भी जाता। मैं सोच भी नहीं पाती कि क्या उसे अतीत की वो स्मृतियाँ नहीं सतातीं? प्यार के बहुत से लम्हे क्या उसे ज़रा भी याद नहीं आते? फिर विभिन्न चिन्ताओं और तरह-तरह की अनिश्चितताओं में डूब गई।

बस क्रमशः उसी अफ़ग़ानिस्तान के बंधहीन जीवन की ओर भागी चली जा रही थी। मैं सूनी निगाहों से खिड़की के बाहर अँधेरे की ओर निहारने लगी।

12

आज चार दिन हो गए, मैं उसी घर में लौट आई थी। सब कुछ ठीक-ठाक था। जहाँ जैसा छोड़ गई थी सब वैसा ही था। सिर्फ़ मैं ही बदल-सी गई थी। किसी से बात करने से कतराती थी। पता नहीं कहाँ से एक शर्म, दुविधा, संशय ने मेरे सिर को झुका रखा था। कुछ भी समझ नहीं पा रही थी कि इतना संशय किस बात का? मेरा अपराध तो सिर्फ़ इतना था कि मैंने अपनी असह्यता को स्वीकार किया था। मैं तो अपने पति को छोड़ देने के लिए नहीं भागी थी, बल्कि उसी के पास जाने के लिए भागी थी।

दूसरों का सामना नहीं कर पा रही थी मैं। घर के एक कोने में बैठी रहती थी। मेरे देवर मुझ पर कड़ी निगरानी रखते थे ताकि मैं फिर से भाग न सकूँ। मझला देवर अपनी बीवी को छोड़कर मेरे कमरे के दरवाज़े के सामने सोता था और खिड़की के सामने छोटा देवर।

देखते-देखते दिन गुज़र गए। मेरे जाने के कोई आसार नज़र नहीं आते। इसी दौरान मूसा ने मुझसे मेरे राह ख़र्च के पैसे माँगे। मैंने देने से मना कर दिया। तब मूसा ने धमकाते हुए कहा, अगर कल सुबह तक मैंने सारे रुपए उसे नहीं दे दिये तो बहुत बुरा होगा।

मैं सोचने लगी, एक दिन ऐसा भी था जब मूसा मेरे पीछे कुत्ते की तरह घूमता था। अब वही मुझे डरा रहा था। शायद टैटन की बात मानकर 1970 में आन्दोलन किया होता तो मेरी हिम्मत ज़रा और बढ़ती। कम-से-कम मन-ही-मन लड़ाई न करके प्रत्यक्ष रूप से कर पाती।

1970। तब नादान ही थी। उम्र कम होते हुए भी अच्छी तरह याद है, उन दिनों नक्सल आन्दोलन की लहर उठ रही थी। उसी सिलसिले में हमारे मुहल्ले में नक्सल पार्टी के लोगों का आना-जाना रहता था। मुहल्ले में निकलना तो दूर की बात, मुझे छत पर जाने की भी मनाही थी। मेरी समझ में नहीं आता था कि नक्सल पार्टी के साथ मेरे छत पर जाने का क्या सम्बन्ध है? कोई तारतम्य समझ में नहीं आता। नक्सल क्या है या कौन है? अपने घर की दीवारों पर सिर्फ़ नक्सल का अस्तित्व समझ पाती। 'चीन का चेयरमैन हमारा चैयरमेन।' 'बन्दूक़ की नली से क्रान्ति का जन्म होता है।' ये सब बातें ही हैं नक्सल। मेरे दोस्त टैटन ने एक दिन कहा था, "सुमि, श्रमिक आन्दोलन में शिरकत करेगी?"

"वह क्या होता है रे? कैसे करना पड़ता है?"

"यह एक आन्दोलन है। हम सारी दुनिया के श्रमिकों में विरोध की ज्वाला जलाएँगे। श्रमिकों के दुख-दर्द से हम दुखी होंगे।" टैटन की आँखों में चमक थी।

"धत्! तेरे श्रमिकों का दुख-दर्द। मेरा दर्द कौन देखता है? तुम्हारे श्रमिकों के दुख-दर्द से मुझे कुछ लेना-देना नहीं। और सारी दुनिया अगर आग में जल गई तो हम भी जल जाएँगे? नहीं, नहीं, यह नहीं हो सकता। बल्कि तू कुछ और कर। आन्दोलन मुझे बिलकुल अच्छा नहीं लग रहा।"

"धत्! बेवकूफ़ लड़की! और कोई आन्दोलन क्या होगा?"

"ओह! नहीं होगा? तो क्या करेगा?"

"और क्या करूँगा? तुझसे कुछ नहीं होनेवाला। तेरे साथ रहकर मेरा भी कुछ नहीं होगा।"

नाराज़ होकर टैटन चला गया। ठीक है जाए। इस आग-वांग के चक्कर में मैं नहीं पड़नेवाली।

टैटन का भी जवाब नहीं। बरामदे में बैठकर यही सब सोच रही थी, तभी देखा लड़कों का एक समूह हाथों में बड़े-बड़े गँड़ासे लेकर दौड़े चला आ रहा था। मैं चिल्लाकर टैटन को पुकार रही थी। पर टैटन ने एक बार भी मुड़कर नहीं देखा। मैं ग्रिल पकड़कर उधर ही देख रही थी जिधर वे लोग गए थे। अचानक कुछ बम फटे। पलभर में ही रास्ता सुनसान हो गया। वे लोग कहाँ चले गए? उनके साथ टैटन भी कहाँ चला गया? बहुत-से सवालों के चक्रव्यूह में उलझकर रह गई मैं। मेरी दोनों आँखों में जलन हो रही थी। बरामदे की रेलिंग छोड़कर कमरे में चली आई। उस दिन अगर मैंने टैटन को लौटा नहीं दिया होता तो आज उस दिन से ज़्यादा विरोध कर पाती। फिर सोचती हूँ क्या विरोध करने के लिए ही मैंने उससे शादी की थी? अब मेरे देवर हरदम जो जी में आता, बोलते रहते थे। लेकिन मेरी ग़ैरहाज़िरी में। मेरा घर से बाहर निकलना बन्द था। घर के सभी सदस्य मुझ पर निगाह रखते थे। सिर्फ़ गुलगुटी को छोड़कर। मेरे मन में एक ही फ़िक्र थी। यदि भेजना है तो मुझे अच्छी तरह भेज दो, वर्ना मैं दुबारा भागूँगी। मुझे तुम लोग पकड़कर नहीं रख सकते। मुझे पकड़कर रखने की सामर्थ्य तुम लोगों में नहीं है। ज़बरदस्ती मुझसे कुछ भी नहीं करवा पाओगे। वैसी शक्ति या बुद्धि अल्लाह ने तुम लोगों को नहीं दी है। तुम लोगों में यदि वैसी बुद्धि होती तो तालिबान क्यों तुम्हारे देश में प्रवेश करते? एक विदेशी दल तुम्हारे अभ्यन्तर में प्रवेश कर तुम्हें अन्यायपूर्वक शोषण के दायरे में बाँध रहा है और तुम लोग उसे स्वीकार कर रहे हो? तुम्हारी महिलाओं पर हाथ उठाते हैं, तुम लोग उसे भी सहन कर लेते हो? इच्छा न होते हुए भी तालिबान का अत्याचार सहते हो। दरअसल, तुम लोग, सभी अफ़ग़ानी दुर्बल हो। भले ही महिलाओं के प्रति इज़्ज़त, मान चाहे जितना भी दर्शाओ, प्रत्यक्षतः तुम्हारे देश में महिलाओं की कोई इज़्ज़त नहीं है। अपने देश के अलावा ऐसा कोई दूसरा देश दिखा सकते हो जहाँ विदेशी लोग आकर महिलाओं से मार-पीट करते हों? शोषण का दायरा बाँध देते हों? इस देश की जनता इसे चुपचाप सहन कर लेगी? ऐसे तुम लोग मुझे पकड़कर रखोगे? चाहे जितना मर्ज़ी पहरा दो, चाहे दरवाज़े पर जितना बड़ा ताला लगाओ, जब मुझे मालूम होगा कि अब भागना चाहिए तो तुम लोगों का

कोई भी बन्धन मुझे बाँधकर नहीं रख पाएगा। और वह मैं तुम सबको दिखा दूँगी। ये लोग चाहे जितना ताला लगाते रहे हों, मेरा द्रानाई चाचा के घर जाना नहीं रोक पाए। द्रानाई चाचा से ये लोग डरते हैं। द्रानाई चाचा बहुत दबंग आदमी हैं। इनके अत्याचार के बारे में सब जानते हैं। इसलिए इस घर में मेरा आना-जाना बन्द नहीं कर पाए। हमारे घर के पीछे ही चाचा का घर है। लेकिन काफ़ी घूमकर जाना पड़ता है क्योंकि दरवाज़ा आबू और असम चाचा के घर की ओर है। घर की चारदीवारी लाँघकर जाने के बाद ही द्रानाई चाचा का घर आता है। द्रानाई चाचा के घर के सभी लोग मुझे बहुत चाहते हैं। सौमद की बीवी झूमझूमा और रोशेन्दर की बीवी बाबान मेरे जाने पर बहुत ख़ुश होतीं। वे मेरे लिए अच्छा-अच्छा खाना बनातीं। मेरे साथ बैठकर घंटों बातें करतीं। मैं सिलाई-कढ़ाई अच्छी तरह जानती थी, इसलिए अपनी लड़कियों को सीखने के लिए मेरे पास बिठा देतीं। इस घर में मुझे काफ़ी सुकून मिलता है। परन्तु द्रानाई चाचा और सेरिना चाची की ज़िन्दगी में सुकून नहीं है। 1992 में उनकी ज़िन्दगी में एक दुर्घटना घट गई। कोई युद्ध नहीं, कोई शत्रुता नहीं। बिन बादल वज्रपात उनकी आँखों के तारे को उनसे बहुत दूर छीन ले गया। आज भी मुझे उस दिन की बात याद आती है। उस वक़्त मुझे द्रानाई चाचा पर बहुत ग़ुस्सा आया था, क्योंकि द्रानाई चाचा के साले की शादी में मैं जब गई थी तब वहाँ द्रानाई चाचा ऐसे पेश आए थे मानो मुझे पहचानते ही न हों। उसके अगले ही दिन सौमद की शादी थी। सभी ख़ुशी से झूम रहे थे। यहाँ ख़ुशी मनाने का और साधन नहीं है। इसलिए अपनों में किसी के घर शादी होने पर सभी शामिल होते हैं। नाचते हैं, गाते हैं। यहाँ ख़ुशी मनाने का एकमात्र यही ज़रिया है। उस दिन भी ऐसा ही ख़ुशी का दिन था।

रोशन की शादी के एक साल बाद सौमद की शादी हो रही थी। अदला-बदली की शादी थी। सौमद की छोटी बहन है सोफिया। जैसा नाम सुन्दर है, दिखने में भी वह वैसी ही ख़ूबसूरत है। उम्र है मात्र चौदह साल। सौमद की बीवी का नाम झूमझूमा है। झूमझूमा के बड़े भाई के साथ सोफिया की शादी हुई थी।

सुबह से घर में आयोजन चल रहा था। जहाँ भी जितने परिचित लोग हैं, सभी आकर आसमान में गोलियाँ दागते हैं। यह यहाँ का रिवाज है। लड़के की शादी तय होने पर या लड़का पैदा होने पर यदि कोई न आए और आसमान में गोली न दागे तो समझा जाता है कि वह दुश्मन है, इसलिए उसे ख़ुशी नहीं हुई। किसी की इच्छा न हो, फिर भी जाना ही पड़ता है। चाहे किसी भी हाल में हो उसे आना ही

पड़ेगा। दोपहर के भोजन के बाद शाम होने को थी। ऐसे में रोशन मेरे पास आया।

"साहब कमाल, आका ने मुझे तुम्हारे पास भेजा है। अभी चलो तुम। सभी आ गए हैं। नाच-गा रहे हैं। तुम क्यों नहीं आईं? चलो मेरे साथ, चलो।"

"नहीं, मैं नहीं जाऊँगी।"

"क्यों, क्यों नहीं जाओगी?"

"कल तुम लोग दावत पर मामा के घर गए थे। तुम्हारे अब्बू भी वहाँ थे। पर मुझसे ज़रा भी बात नहीं की। पोक्ताना भी नहीं किया।" पोक्ताना अर्थात् हाथ मिलाना।

"ठीक है, तो मैं आका से जाकर क्या कहूँ?"

"कहना, आप सबकी इज़्ज़त है, साहब कमाल की नहीं है?" रोशन से बातें करते हुए मैं हमारे 'पालिजे' की ओर चल पड़ी। पालिजे माने खेत। मेरे देवरों ने खीरे, तरबूज, और तीरा के पेड़ लगा रखे हैं। यहाँ खीरे को बदरंग कहते हैं। खेत में खीरों और तीरे की भरपूर फसल हुई थी। तरबूज भी थे पर अभी कच्चे थे। अभी पके नहीं थे। रोशन ने मुझसे कहा, "मुझे दो खीरे दोगी?"

"क्यों नहीं दूँगी? इस तरफ़ आओ। मैं तुम्हें खीरे देती हूँ।" उसे खेत के दाहिनी ओर खड़ा करके मैं खीरे तोड़ने लगी।

"साहब कमाल, अंगूर पकने पर मुझे दोगी न?"

"ज़रूर दूँगी, जब तुम्हारा खाने का मन हो, मेरे पास चले आना।"

"मूसा, शाह अली, काला ख़ान कुछ नहीं कहेंगे?"

"क्या कहेंगे? क्या अंगूरों पर मेरा हक नहीं है? अपने हिस्से से ही तुम्हें दूँगी। उनसे नहीं माँगूगी।"

"साहब कमाल, अब मैं जाता हूँ, नहीं तो अब्बू डाँटेंगे।"

रोशन के चले जाने के बाद मैं दो-चार खीरे लेकर घर आ गई। अगले दिन सुबह से ही एक के बाद एक सभी मुझे बुलाने आए। पर मैंने एक ही बात कही, नहीं जाऊँगी। मुँह से इनकार करने पर भी मन तो जाना चाह रहा था। सोचा चेम्बर बन्द करके जाऊँगी। आज मरीज़ भी ज़्यादा नहीं थे। सिर्फ़ दस-पन्द्रह लोग आए थे। दोपहर एक बजे तक मैंने सबको निपटा दिया। उसके बाद सादगी से खाना देने के लिए कहा। रोशन के घर में पूरब की तरफ़ एक मैदान जैसा है। वहाँ लड़के नाच रहे थे। और घर के भीतर आँगन में महिलाएँ नाच रही थीं।

दोपहर के दो बज रहे थे। मैं एक बढ़िया सलवार-क़मीज़ पहनकर सिर पर दुपट्टा लेकर निकलने ही जा रही थी कि उसी समय जानबाज का फुफेरा छोटा

भाई मेरा नाम लेकर भागते हुए आकर मेरे कमरे के सामने रुका।

"क्या हुआ? इतना चिल्ला क्यों रहे हो? मैं तो जा ही रही थी!"

"साहब कमाल, लिंक पुबा रायका, जार काओबा।" मतलब थोड़ी-सी रुई दो। जल्दी-जल्दी।

"रुई क्या करोगे?"

"रोशेन्दर, आकपल जान इस्तालाई।" अर्थात् रोशन ने अपने सिर में गोली मार ली है।

"कैसे? कैसे हुआ यह?"

"कारबाइन बन्दूक़ लेकर रोशन आकाश में गोली चला रहा था। सारी गोलियाँ ख़त्म हो गईं यह सोचकर वह दीवार पर जा बैठा था, तब बन्दूक़ ऐसे रखी हुई थी कि उसकी नाल उसके माथे की ओर थी। अचानक एक गोली रोशन के माथे को भेदकर सिर के पीछे से निकल गई।"

सर्वनाश! यह क्या हो गया? द्रानाई चाचा की पहली सन्तान। बच्ची जैसी लड़की बाबान का शौहर। मैं सैयद ख़ान के साथ भागी-भागी पहुँची। मैदे जैसी धूल में नंगे पाँव दौड़ रही थी। बर्फ़ गिरने के तीन महीने बाद, बर्फ़ गल जाने के दो महीने बाद और मई-जून में बारिश के मौसम को छोड़कर बाक़ी समय ये मैदे जैसी धूल यहाँ के लोगों के जीवन में घुली रहती है।

शाम के पाँच बज रहे थे। 1992 की 16 जुलाई। चारों तरफ़ धूप झिलमिला रही थी। सूर्य का ताप काफ़ी तेज़ था। कहीं भी ढोल बजने की आवाज़ नहीं सुनाई दे रही थी। नाचना-गाना भी थम गया था। घर की दीवारों से दिल को चीरनेवाली रुलाई फूट रही थी। रोशन की माँ ज़मीन पर लोट रही थी। छाती पीट-पीटकर कह रही थी, "अरे, रोशन, तू कहाँ चला गया? तेरी बीवी ने तो अब तक ठीक से तुझसे बात भी नहीं की। अरे बेटा, मेरी गोद में लौट आ। पिछले चार-पाँच दिनों से मैं तुझे ठीक से खिला भी नहीं सकी। मेरे चाँद, मेरी आँखों के नूर, एक बार आकर मेरी गोद में लेट जा। आ जा, लौट आ।"

इसी समय रोशेन्दर को एक चारपाई पर डालकर सभी घर के अन्दर आँगन में ले आए। सेरिना चाची, मरगलारा चाची, आबू और बाक़ी सभी रोशन से लिपटकर रो रही थीं। मैं भी जाकर रोशन के पास खड़ी हुई। मेरे मुँह से विलाप नहीं निकल रहा था। सिर्फ़ एक अस्फुट-सी पीड़ा हो रही थी। एक तूफ़ान-सा भीतर-ही-भीतर मुझे मथ रहा था। ऐसा तूफ़ान जो कभी नहीं थमेगा। रोशन लेटा हुआ था। कफ़न

से उसका पूरा शरीर ढका था। सिर्फ़ मुँह खुला था। ठीक माथे के बीचोबीच उसकी अपनी कारबाइन राइफल की गोली चीरकर निकल गई थी। रोशन दूसरी दुनिया में चला गया। छोड़ गया पार्थिव जगत में ख़ुशी और ग़म मिश्रित वेदना। मेरे और सबके लिए बहुत सी तड़पानेवाली बातें। माँ के लिए छोड़ गया असंख्य काँटों की चुभन। इतने दुख की घड़ी में भी मैंने ख़्याल किया कि रोशन की बीवी को कोई रोशन के पास नहीं लाया। मुहब्बत किसे कहते हैं, यह समझने से पहले ही वह अपने मीत को खो बैठी। अन्तिम बार के लिए देख भी नहीं पाई। असह्य पीड़ा और असंख्य यादों के टुकड़ों को लिये हुए वह कमरे के एक कोने में बैठी, सूनी नज़रों से कमरे में पता नहीं क्या तलाश रही थी। शायद रोशन को ही तलाश रही थी। सुख-सपनों से भरा घर आज उसके लिए अर्थहीन हो गया था। अब कभी वह उसके कमरे में नहीं आएगा। उससे बात नहीं करेगा। फिर भी मानो वह सबसे चुपचाप कह रही हो, 'उसकी बात सुनोगे, वह बिलकुल मेरा अपना था, मेरा अपना।' बाबान का दुख कम हुआ या नहीं, पता नहीं, उसका अपना प्रिय कब तक अपना रहा, पता नहीं। पर साल पूरा होते-होते रोशन की बीवी रोशन के भाई मीराऊजल की बीवी बन गई। मीराऊजल द्रानाई चाचा का मझला लड़का था। दूसरी शादी न करने के लिए बाबान ख़ूब रो रही थी। वह किसी और को शौहर नहीं स्वीकार कर पा रही थी। वह पछाड़ खाकर बरामदे में गिर पड़ी, रो-रो कर उसका बुरा हाल था। फिर भी उसे शादी के लिए रज़ामन्द होना ही पड़ा। यहाँ भी वही पराधीनता थी। बाबान यदि किसी और से शादी करना चाहे, तो नहीं कर सकती। बाबान का जीवन दूसरों पर निर्भर था। ससुराल, मायके सब जगह लड़कियाँ पराधीन हैं। पर क्यों? क्यों होती हैं लड़कियाँ पराधीन? क्यों नहीं वे स्वाधीनता का सुख ले सकतीं? सभी पराजय की ग्लानि सिर्फ़ औरतों के लिए ही क्यों? हमारे देश में भी थोड़ी-बहुत पराधीनता है। हिसाब किया जाए तो देखने में आएगा कि हर क्षेत्र में महिलाओं की शक्ति पुरुषों से ज़्यादा है। बल्कि पुरुष ही ज़्यादा निर्भरशील होते हैं। पिता के गुज़र जाने पर भी जैसे भी हो माँ बच्चों की परवरिश कर लेती है। सन्तान का मुँह देखकर माँ हज़ारों कष्ट ख़ामोशी से सह लेती है। अपने सुख, स्वच्छंदता, आनन्द को तिलांजलि देकर। क्या पिता, माँ की भाँति अपनी सन्तान की परवरिश कर पाता है? अपने सुख के लिए या तो दूसरी शादी कर लेता है या बाज़ारू औरतों के पास जाता है। कुछ अपवाद ज़रूर हैं। पर अपवाद, अपवाद ही होता है। एक पुरुष को यदि दैहिक सुख की ज़रूरत हो सकती है तो क्या एक स्त्री को नहीं? या फिर महिलाएँ

नपुंसक हैं? पुरुष यदि अपनी इच्छा से शादी कर सकता है तो महिलाएँ क्यों नहीं? ज़बर्दस्ती बाबान की फिर शादी होगी। यह सुनकर मेरे बदन के सारे ख़ून में मानो प्रतिशोध की ज्वाला-सी धधक उठी थी। पर अपनी सीमित क्षमता से मैं भला क्या कर सकती थी? फिर सोचती शादी के सिवा चारा भी क्या था। बाबान की उम्र ही क्या थी? पर इसका मतलब ज़बरदस्ती तो नहीं? इच्छा की कोई अहमियत नहीं?

बस, ट्राम, बाज़ार हर जगह पुरुष महिलाओं को प्राथमिकता देते हैं। सिनेमा की लाइन हो या राशन की लाइन हो, सभी कहते हैं छोड़ दो, औरत जात है। और महिलाएँ भी ख़ुश होती हैं, मुस्कराकर उनके प्रति कृतज्ञता व्यक्त करती हैं। परन्तु यह नहीं समझतीं कि उन्हें अबला समझकर मौक़ा दिया है। क्यों लें मौक़ा? जो मौक़ा हमें अबला और मेरुदंडविहीन बना देता है। क्यों विश्व की महिलाएँ सिर उठाकर इन अन्यायों का विरोध नहीं करतीं? सिर झुकाकर सब कुछ स्वीकार कर लेती हैं? भारत में ऐसे अत्याचार कुछ कम हो गए हैं। पर अफ़ग़ानिस्तान की महिलाएँ अब भी पराधीन हैं। तालिबान ने आकर महिलाओं को भी घरों के भीतर और ज़्यादा धकेल दिया है।

क्या पता बाबान का दूसरा शौहर कैसा होगा? या तो थोड़ा-बहुत प्यार करनेवाला मिलेगा या फिर आपस में काफ़ी ज़्यादा मतभेद होगा। फिर भी औरतों को अपने शौहर की गृहस्थी सँभालनी तो होगी ही। एक महिला का सही ठिकाना पति ही होता है। महिलाओं का अपना कोई ठिकाना नहीं होता। शादी से पहले पिता का ठिकाना, शादी के बाद पति का ठिकाना, वृद्धावस्था में बेटे का ठिकाना। परन्तु एक लड़के का ठिकाना, महिला के ठिकाने से क्यों नहीं जोड़ा जाता? क्यों लड़के शादी के बाद लड़की के घर नहीं आते? लड़कियों के घर आना उनके पौरुष का अपमान समझा जाता है। बहुत ख़ूब! मामूली आने-जाने में ही क्या पुरुषों के पौरुष का मान-अपमान सीमाबद्ध है? औरतों पर अत्याचार क्या अपमान नहीं है? एक नारी के प्रति वफ़ादार न रहना क्या अपमान नहीं है? एक नहीं, एकाधिक महिलाओं को शय्या-संगिनी बनाना क्या अपमान नहीं है? या अपमान का क्षेत्र का सिर्फ़ महिलाओं के लिए है?

एक महिला के द्वारा एक पुरुष को छोड़ दूसरे पुरुष को ग्रहण करने पर उसे वेश्या कहा जाता है। 'ख़राब' नाम का तमगा उसके नाम के जुड़ जाता है। एक पुरुष को क्यों इस कलंक से मुक्त रखा जाता है? मेरे छोटे चाचा की पत्नी एक नवजात बच्ची को जन्म देकर चल बसी। और एक साल गुज़रते-न-गुज़रते छोटे

चाचा फिर दूल्हा बनकर एक नई बीवी को घर पर ले आए। मेरी दादी, माँ, मझली चाची ने फिर से उलूध्वनि (मुँह से निकाली जानेवाली मंगलसूचक ध्वनि) से नई बहू का वरण किया। और वह नवजात बच्ची मेरी गोद में सो रही थी। छोटे चाचा के स्त्री वियोग के चलते हमारी दादी ही ज़्यादा फ़िक्रमन्द थी चाचा के पुनर्विवाह के लिए। पर मेरी छोटी बुआ! रूपवती कन्या मात्र ग्यारह साल की उम्र में नई बीवी बनकर एक तीस वर्षीय पति की पत्नी बनकर गई। अधेड़ पति के साथ-साथ सौतन भी उसके भाग्य में जुटी थी।

फिर? दो साल बाद एक के बाद एक तीन लड़कियों और एक लड़के का जन्म हुआ। सबसे छोटा लड़का जब पैदा हुआ तब विश्व के पुरुषों के मन को उन्मुक्त कर देनेवाली रूपवती बुआ विधवा हो गईं। मैं उस वक़्त माँ के गर्भ में छह माह की भ्रूण थी। उस वक़्त मेरे दादा या दादी ने बुआ की दूसरी शादी की ज़रूरत भी नहीं महसूस की। इस दृष्टि से अफ़ग़ानी काफ़ी उदार होते हैं। छोटी बुआ चार बच्चों को लेकर हर भाई के दरवाज़े पर भीख की झोली फैलाकर खड़ी हो जातीं। मात्र पच्चीस वर्षीय उस असम्भव व्यक्तित्व की यौवना ने ज़िन्दगी से समझौता कर लिया था। वे भूल गई थीं कि उनकी अपनी ज़िन्दगी में भी कुछ आशाएँ-आकांक्षाएँ हैं। उनका एकमात्र लक्ष्य था बच्चों की परवरिश, बेटी की शादी। पति से उन्हें क्या सुख मिला था? एक दिन मैंने उनसे यह सवाल किया था।

बुआ ने कहा था, "सुख क्या मिला, पता नहीं। पर रात के अँधेरे में जब तुम्हारे फूफा मुझे अपनी वासना का शिकार बनाते, तब शायद बेटा जगकर रोने लगता, लेकिन तुम्हारे फूफा मुझे छोड़ते नहीं थे।"

बुआ की बात सुनकर मेरा मन हिंस्र हो उठा। जी चाहता था, फूफा यदि जिन्दा रहते, तो एक मुक्के से उनकी लम्बी नाक तोड़ डालती। महिलाएँ इतनी तुच्छ होती हैं कि उनकी इच्छा-अनिच्छा का कोई महत्त्व नहीं होता? लेकिन बुआ हारी नहीं। उन्होंने लड़के की अच्छी परवरिश की। एक पुरुष जो नहीं कर सकता, बुआ ने वही किया। अकेले, किसी की सहायता के बिना, पिता और भाइयों की दया का दान ग्रहण करके बड़े और मझले लड़के को रामकृष्ण मिशन में रखकर पढ़ाया। पी.डब्ल्यू.डी. कॉन्ट्रेक्टर से बेटी की शादी की। छोटे बेटे को देगंगा हाई स्कूल में पढ़ाया। आज बड़े बेटे ने लकड़ी की एक फैक्ट्री खोली है, मझला लड़का रामकृष्ण मिशन में ही पढ़ाता है। छोटा लड़का पश्चिम बंगाल पुलिस में नौकरी करता है। आज वह सुखी है! मगर कैसे कहूँ, वो सुखी है? इतनी तकलीफ़ें उठा कर, ज़िन्दगी

के स्वार्थ, कामना, वासना को त्याग कर जिनकी परवरिश की, आज वे सभी अलग रहते हैं। सबने अपनी-अपनी राह पकड़ ली। बुआ अकेली हैं, पूरी तरह अकेली। कार्तिकपुर के अपने पुराने पुश्तैनी घर में वे अकेली रहती हैं। चैत्र की दोपहरी या सर्दियों की ढलती शाम को घर के बरामदे के कोने में टेक लगाए बैठी रहती हैं, शायद ज़िन्दगी का गणित मिलाती रहती हैं। न जाने कितने दुखों की याद से उनका सीना छलनी होता होगा। सर्दी-गर्मी में अथक परिश्रम के कारण शायद उनकी देह से पसीना धार बनकर बहता होगा। या फिर सर्दियों की ठंडी हवा में उनकी हड्डियाँ थरथरा जाती होंगी। सामनेवाले नारियल के पेड़ की एक बड़ी डाल शायद जोर से ज़मीन पर आ गिरी होगी। शायद वे ख़ामोश होकर उसी डाल को निहार रही होंगी।

इस छोटी बुआ से मैं बहुत डरती थी। जितना डरती थी, उससे कई गुना ज़्यादा स्नेह और श्रद्धा भी करती थी। प्रतिवाद की बात सोचते-सोचते शायद रामायण की ही रचना कर डाली, जबकि अब मेरे पास बिलकुल समय नहीं है। मूसा ने मुझसे रुपए माँगे हैं, जिन रुपयों पर उसका कोई हक़ नहीं। रुपए मेरे हैं। हिन्दुस्तान जाने का ख़र्च। वे ही रुपए माँग रहा है। यानी इन्होंने फ़ैसला किया है कि वे मुझे नहीं जाने देंगे। यानी फोन की सारी बातें ही झूठी हैं। मेरी उपस्थिति में एक तरह की बात हुई है और मेरी ग़ैरहाज़िरी में कुछ और। अभिषेक से भी उन्होंने झूठ बोला होगा।

फिर सोचती हूँ, अभि जब देखेगा कि डेढ़ महीना गुज़र जाने पर भी मैं वहाँ नहीं पहुँची तो क्या वह जानबाज से कुछ नहीं कहेगा? नहीं भी कह सकता है। वह बहुत शान्त लड़का है। क्या वह किसी झमेले में पड़ेगा? उससे बेहतर है यहाँ से दुबारा भागना। पाकिस्तान जाने के बाद नए साहस का संचार हुआ है। बहुत सालों तक एक ही गाँव में सीमाबद्ध रहकर अपना साहस खो बैठी थी। अब फिर घर छोड़कर क़दम बढ़ाना होगा। परन्तु इस बार भागना इतना सहज नहीं होगा। अब सभी तिहाड़ जेल की तरह पहरा देने लगे हैं।

मैं सारी रात सो नहीं पाई। सोच रही थी क्या किया जाए? खिड़की के ठीक सामने तो शाह अली सोता है। उसे लाँघकर भागना कैसा रहेगा? फिर अंगूर के बाग में जाकर टूटी दीवार फाँदकर भागूँगी। सोचने के साथ-साथ उठ बैठी। खिड़की के पास गई। शाह अली के सोने का फ़ासला समझने की कोशिश की। नहीं, उसे नहीं लाँघ पाऊँगी। फिर दरवाज़े के पास जाकर काला ख़ान के सोने की स्थिति देखी! मेरा ख़ुशी से मन नाच उठा। काला इस तरह लेटा था कि मैं आसानी से लाँघ सकूँगी। सिर्फ़ उसकी गहरी नींद का इन्तज़ार था। मुझे अभी से तैयार होना पड़ेगा।

अचानक काला की बीवी सादगी बाहर आकर उसके पास लेटती हुई बोली, "जै. एओ सातकी ईलिए सामालाम।" अर्थात् मैं ज़रा यहाँ लेटूँगी। "खोनेके डेर गरमी दा।" अर्थात् कमरे में बड़ी गर्मी है।

हर बार अल्लाह मुझे क्यों इतना निराश कर रहा है? तथाकथित हिन्दू की बेटी होते हुए भी मैं भी बार-बार तुम्हें पुकार रही हूँ। मन-ही-मन तुम पर भरोसा करना शुरू कर दिया है फिर भी तुम मुझे इस पीड़ा से मुक्ति क्यों नहीं दिलाते? आज मैं तुमसे आख़िरी बार विनती करती हूँ कि मेरे भागने का रास्ता साफ़ कर दो। अल्लाह से विनती करने के बाद सोचा, मैं तैयार रहूँगी। सादगी के उठते ही भागूँगी। गुलगुटी निश्चिन्त होकर सो रही थी। मेरी आँखों में नींद नहीं थी। अँधेरे में ही टटोल-टटोल कर वी.आई.पी. सूटकेस के पास जा खड़ी हुई। अन्दाज़े से ताले में चाबी घुमाई। आवाज़ न हो इसलिए धीरे-धीरे खोला। फिर रुपए निकाले। पन्द्रह लाख रुपए। भारतीय तीस हज़ार रुपए। इतने रुपए कैसे ले जाऊँ ठीक से समझ नहीं पा रही थी। मेरे पास एक बड़ा बैग था, उसमें रुपए रखे। दो सूट भी रखे। चप्पल भी रख ली। पैरों में चप्पल होने पर उसकी आवाज़ से पकड़े जाने का डर था। फिर क़ुरान शरीफ़ को सीने से लगाकर सादगी के जाने का इन्तज़ार करने लगी। रात गुज़र गई। पक्षी पूरब में सूर्योदय की सूचना ले आए। सदगी नहीं उठी। उस रात मैं भी भाग नहीं पाई। सुबह जब शाह अली और काला ख़ान नमाज़ पढ़ने गए, तब दरवाज़ा खुला पाकर मैं दौड़कर द्रानाई चाचा के घर जाकर चाची से कहने लगी मुझे दिनभर छिपने के लिए जगह दो। उनसे सारी बात कहकर मैं बहुत रोने लगी।

मेरे साथ चाची भी रोने लगीं। घर के बच्चों को छोड़ सबको सारी बात बताई। चाचा घर पर नहीं थे। चाची मेरे छिपने की जगह सोचने लगीं। यदि सन्देह में देवर यहाँ ढूँढ़ने आए तो? ऐसी जगह छिपाना पड़ेगा जहाँ कोई ढूँढ़ने नहीं जाए।

पूरब का एक कमरा, भीतर से सीढ़ी की परछत्ती तक था। उसी सीढ़ी के अन्तिम छोर पर मेरे छिपने का बन्दोबस्त हुआ।

चाचा की बड़ी लड़की ज़रीना और भतीजी बद्री ने जाकर वहाँ एक गद्दा बिछा दिया। मैं जल्दी-जल्दी वहाँ चली गई। थोड़ी देर बाद ज़रीना मेरे लिए चाय और पराँठा ले आई। खाते-खाते मैं सोचने लगी यह भी एक विचित्र अनुभव है। कभी किसी ने सोचा है कि कोई घर से भागकर गद्दे पर बैठ आराम से चाय-पराँठे का नाश्ता करेगा? यही ज़िन्दगी है? जिस ज़िन्दगी में स्थायीपन है पर निश्चिन्तता नहीं। स्रोतहीन, गतिहीन, रुकी हुई एक ज़िन्दगी।

मैंने क्या कभी यह सब सोचा था कि एक दिन मुझे इसी अनिश्चितता से दोस्ती करनी पड़ेगी? अच्छा, दूसरे घरों की बहुओं की भी क्या कभी मेरे जैसी हालत हुई है? शायद हुई हो, शायद नहीं। बोझिल आँखों ने ज़्यादा सोचने का समय नहीं दिया। आँखों की पलकें मानो भारी होकर नीचे की सीमारेखा से मिलने को आतुर थीं। अचानक चौंककर आँखें खोलकर देखा तो ज़रीना डरी हुई निगाहों से मुझे देख रही थी। नींद के आग़ोश में मैं ठीक समझ नहीं पा रही थी कि ज़रीना मेरे बिस्तर के सामने क्या कर रही थी? फिर ज़रीना के झकझोरने पर नींद की खुमारी टूटी। मेरी चेतना लौट आई कि मैं तो यहाँ छिपी हुई थी।

"साहब कमाल! उठो-उठो। अब छिपने से फ़ायदा नहीं। सभी जान गए हैं। आका भी घर आ गए हैं।" यहाँ अब्बू को कोई-कोई आका कहता है।

सर्वनाश! सबको पता चल गया। इस बार तो देवर मुझे मार ही डालेंगे। अब निश्चिन्त नहीं रह सकी। मेरा गला सूखने लगा। हाथ-पैर ठंडे हो गए। घर में रखी ए.के. 47 की याद आई। सब जगह तलाश कर निश्चित रूप से वे लोग मारे ग़ुस्से के मुझे मारने को आतुर होंगे। ज़रीना ने कहा, आसाम चाचा के लँगड़े लड़के ने बता दिया है कि उसने मुझे द्रानाई चाचा के घर आते देखा था। तब चाची ने लाचारी में उनसे कह दिया कि सौमद की बीवी झूमझूमा जब कमरे में आटा लेने गई तो उसने वहाँ मुझे देखा है। मूसा और काला ख़ान बन्दूक़ लिये घूम रहे हैं। मुझे देखते ही गोली मार देंगे। हाय, ईश्वर! नियति का यह कैसा निष्ठुर खेल है? क्या अपने माता-पिता, दादी के साथ अन्तिम मुलाक़ात भी नहीं हो पाएगी? मौत आज मेरे सिहराने खड़ी था। पर मैं भी किसी को नहीं छोड़ूँगी?

वह विनाशहीन, मेरी अतृप्त आत्मा जानबाज के घर के चारों ओर घूमेगी। ज़िन्दा रहकर मैं जो नहीं कर सकती, मरकर वह बहुत आसान हो जाएगा। मार डालें। मुझे गोली से ही मार डालें। आज मौत ही मेरा सही रास्ता है। मेरे सोचते-सोचते ज़रीना कब वहाँ से उठकर चली गई, मुझे पता ही नहीं चला। उसे तो जाना ही था।

चले जाएँ आज सब। सभी मेरे सामने से चले जाएँ। मैं उठकर खड़ी हो गई। सीढ़ियों से नीचे उतर आई। अचानक देखा सामनेवाले दरवाज़े से सेरीना चाची और मरगलारा चाची भीतर आ रही थीं। मरगलारा द्रानाई चाचा की बड़ी भाभी हैं।

सेरीना चाची ने कहा, "अभागी, आज तुझे चाचा ने बचा लिया है।"

"बचा लिया है का मतलब?" मैं समझ नहीं पाई।

"काला ख़ान और मूसा को बुलाकर उन्हें समझा दिया है कि जानबाज भी बदला लेने के लिए तुम सबकी बीवियों को मार डालेगा। क्योंकि जानबाज ने तुम लोगों से साहब कमाल को भेजने के लिए कहा था। पर तुम लोगों ने आसाम ख़ान की बात मानकर जानबाज की उपेक्षा करके उसकी बीवी को यहाँ ज़बरदस्ती रोक रखा है। तुम लोग उससे क्या कहोगे? आख़िर साहब कमाल को क्यों मार डाला? क्या कहोगे कि भाग गई थी?

"तब जानबाज नहीं पूछेगा कि क्यों भागी थी? तुम लोगों ने उसे भेजा क्यों नहीं? अपनी सुखी गृहस्थी को इस तरह बर्बाद मत कर।"

मेरे सामने एक बात स्पष्ट हो गई कि जानबाज ने मुझे यहाँ रोक रखने के लिए नहीं कहा। भेजने के लिए कहा था। परन्तु आसाम चाचा चालें चल रहा था। फ़साद की जड़ वही था। अगर कभी मैं हिन्दुस्तान जा सकी तो आसाम ख़ान को देख लूँगी। उसका पर्दाफ़ाश कर दूँगी कि जाली पासपोर्ट बनवाकर दो महीने के लिए कहकर पाकिस्तान के रास्ते हिन्दुस्तान गया था। पर आज ढाई साल गुज़र जाने के बाद भी वह हिन्दुस्तान में ही था। फिर इन्कम टैक्स के दफ़्तर में ख़बर करूँगी कि हर महीने या तीन महीनों के बाद दो या तीन लाख रुपए चोरी के रास्ते वह घर भेजता है। चाची के बुलाने पर मेरी सोच में विराम लगा।

"साहब कमाल, चाचा अभी तुम्हारे पास आएँगे। तुम बाबान के कमरे में बैठो।" चाचियाँ चली गईं। मैं दाहिनी तरफ़ के कमरे में जाकर बैठ गई। भीषण डर और चिन्ताओं से फ़िलहाल मुक्ति मिल गई थी। मैंने सोच लिया कि चाची के ज़रिए चाचा से कहकर मुझे यहाँ से भिजवाने की व्यवस्था करवानी होगी।

मैं कब तक इस तरह बैठी रही, मालूम नहीं। अचानक सामने की खिड़की से देखा कि चाचा, काला और छोटा देवर शाह अली इस कमरे में मेरे पास आ रहे थे। मैं उठकर खड़ी हो गई। इस मुसीबत की घड़ी में भी मैं अपनी शालीनता नहीं भूली। चाचा बड़े हैं, अत: वे सम्मान के हक़दार थे।

"साहब कमाल।"

भीतर आकर चाचा मेरे सामने बैठ गए। काला और शाह अली खड़े रहे। चाची और ज़रीना भी आई। मरगलारा चाची, बाबान, झूमझूमा दरवाज़े के बाहर खड़ी रहीं। चाचा ने कहा, "इस तरह फिर क्यों भागने जा रही थीं?"

"जानबाज ने मुझे एक महीने के भीतर भेजने के लिए कहा था, परन्तु वे लोग नहीं भेज रहे हैं। इसलिए भागने के सिवा मैं और क्या कर सकती थी?"

"भेजेंगे कैसे? आसाम ने तो भेजने से मना किया है।"

"आसाम कौन है? अब उसका घर अलग है। मेरा शौहर या गार्जियन जानबाज है।" मैं बहुत उत्तेजित होकर बोली, "ये लोग भूल गए हैं, थोड़ी-सी चीनी या गुड़ के लिए कभी आसाम की बीवियों के सामने भिखारियों की तरह हाथ फैलाया करते थे। आज उसकी बात सुनकर ये मुझ पर अत्याचार कर रहे हैं। मेरी बदौलत ही तो ये अपना अस्तित्व समझ पाए हैं।"

"मैं कल ही मूसा को पाकिस्तान भेजूँगा। मूसा जानबाज से फोन पर बात करके सब पता करके आएगा।"

"ठीक है, इतने दिन जहाँ इन्तज़ार किया, वहाँ दस दिन और सही।" सारी बातें तय हो गईं। कल मूसा पाकिस्तान जाएगा। मैंने चाचा से वादा किया, मूसा के लौटने तक मैं भागने की कोशिश नहीं करूँगी। मगर मैं घर नहीं गई। चाचा के घर पर ही रह गई। चाचा बहुत अच्छे आदमी हैं। सभी उन्हें बहुत चाहते हैं। चाचियाँ भी मेरा ख़ूब ख़्याल रखती थीं। चाचा मेरे लिए रोज़ खाने की अच्छी-अच्छी चीज़ें ले आते। पूछते, मेरा कुछ और खाने का मन है या नहीं। मुझे कुछ और चाहिए कि नहीं।

वे गजनी बाज़ार से खीरे, ज़रदालू, हरी मिर्च, बैगन ख़रीद कर लाते। मेरा खाने को जी नहीं करता था, परन्तु चाचा इतनी दूर से मेरे लिए लाते थे, इसलिए न खाने का अर्थ होता कि मैं चाचा का अपमान कर रही हूँ। इसलिए इच्छा न होते हुए भी मुझे खाना पड़ता।

13

जुलाई महीने की पाँच तारीख़। मूसा और काला ने झूठ बोला था कि चाचा के साथ पाकिस्तान जाएँगे। न वे लोग गए और न मेरे जाने का बन्दोबस्त किया। चाचा से मैंने कहा था, चाचा वे लोग तो कुछ भी बन्दोबस्त नहीं कर रहे हैं। इस बार यदि मैं भाग गई तो आप मुझे दोष मत दीजिएगा।

"नहीं, मैं अब तुम्हें दोषी नहीं ठहराऊँगा।" ईश्वर में अब मेरा विश्वास नहीं रहा था। जो भी सामने मिलता मैं उसी से कहती मेरे लिए एक जीप का इन्तज़ाम

करवा दो। यहाँ तक कि मैंने एक बेहद दुखी महिला से भी कहा, "तुम्हें दो लाख रुपए दूँगी,। मुझे एक गाड़ी की व्यवस्था करवा दो।" महिला ने इनकार कर दिया।

इधर अपने घर में और ज़्यादा दिन रखने में चाचा की हिम्मत नहीं हो रही थी। क्योंकि यदि मैं चाचा के घर से भाग गई तो मेरे देवर चाचा को नहीं छोड़ेंगे। क्या करूँ? कुछ समझ में नहीं आ रहा था। घर से निकलने का रास्ता भी बन्द था। देवरों से मैंने साफ़-साफ़ कह दिया था कि मैं भाग तो जाऊँगी ही। सीधे रास्ते से मुझे नहीं भेजा तो टेढ़े रास्ते के सिवा मेरे पास कोई चारा नहीं रहेगा। काला, मूसा, शाह अली कोई उत्सुकता नहीं दिखाते थे। उन्हें अपनी बदनामी की भी परवाह नहीं थी। आराम से खाते, पीते और घूमते-फिरते थे। उनका ये घमंड मुझसे अब और सहन नहीं हो रहा था। गुलगुटी मेरा सारा काम करती थी। उसे सारा दिन हमारे घर का काम करना पड़ता था। फिर भी किसी का मन नहीं जीत पाती थी। बीमार होने पर कोई दवा-दारू नहीं थी। उसकी दो लड़कियाँ थीं। असहाय की भाँति समय गुज़रता था। कौन देखेगा उसे? शौहर तो देखता नहीं। वह दूसरी शादी करके सुख भोग रहा था। मेरे देवरों को शायद जानवर कहना भी कम ही होगा। मेरे देवर मूसा की वजह से ही गुलगुटी का ये हाल हुआ था। मामूली-सी दैहिक ज़रूरत की पूर्ति के लिए गुलगुटी ने ज़िन्दगी भर के लिए अपने शौहर को खो दिया। पर मूसा तो मज़े में था। शादी करके बीवी के साथ सुखी गृहस्थी बिता रहा था। शारीरिक ज़रूरत क्या सिर्फ़ गुलगुटी की थी? मूसा की नहीं थी? तो क्यों एक ने घर-द्वार, शौहर को खो दिया और दूसरे को मिला असीम सुख, आनन्द? दुनिया में सर्वत्र औरतों को विषपान करना पड़ता है और अमृत पुरुष ले जाते हैं। मुझसे ये सहन नहीं होता। महिला होने के नाते नहीं बल्कि इनसान होने के नाते।

और कब तक? कब तक औरतें यूँ ही वंचित होती रहेंगी? पर मैं काबुल के सीने पर उदाहरण रखकर जाऊँगी। जो यहाँ के लोग सपने में भी नहीं देखते, मैं वास्तव में दिखाऊँगी। मैंने एक सौदागर से तीस मीटर काफ़ी मोटा इलास्टिक ख़रीद लिया। मेरे पास पहले से बीस मीटर था। हमारी बाहरी दीवार पन्द्रह मीटर लम्बी होगी। इलास्टिक को दोहरा कर रस्सी की तरह बँट लिया। योजना थी, अँधेरे में इलास्टिक की सहायता से दीवार से उतरकर भागूँगी। जिस रास्ते पर उनके द्वारा मुझे तलाशने की सम्भावना थी, मैं उसके उल्टे रास्ते से भागूँगी। मेरी योजना के बारे में चाचियाँ और गुलटी जानती थी।

दिन बीत रहे थे मगर ऑपरेशन को सफलता नहीं मिल रही थी। मौक़ा ही नहीं

मिल रहा था। अवसाद में दिन गुज़र रहे थे, पर कुछ भी नहीं हो पा रहा था। इसी बीच एक दिन द्रानाई चाचा के घर मेहमान आने वाले थे। दोपहर को भोजन का कार्यक्रम था। चाची ने मुझे बुला भेजा। पहले भी बता चुकी हूँ कि वहाँ की औरतें सिर्फ़ रोटी ही अच्छी तरह बनाना जानती हैं; और कुछ नहीं जानतीं कुछ ऐसा ही कहा जा सकता है। इसलिए चाची ने मुझे खाना पकाने को कहा। मैंने मीट, कोरमा, आलू बुखारे की चटनी, चावल पीसकर फिरनी, चिकेन और मटन बिरयानी बना दी। बाबान और झूमझूमा ने मेरी सहायता की। ज़रीना ने भी हाथ बँटाया। ये सभी मुझे बहुत चाहती थीं। मेरे कपड़े तक बाबान और झूमा धो देती थीं। मेरे ससुरालवाले सभी बुरे नहीं थे। आबू बहुत अच्छी थी। वह दबंग महिला थी। किसी की परवाह नहीं करती। मेरी ननद गुन्चा भी बहुत अच्छी थी। वो अपने भाइयों के बारे में अच्छी तरह जानती थी, इसलिए अपने शौहर के हाथों मेरे लिए साबुन, शैम्पू, मसूर दाल और पैसे भिजवा देती थी। दरअसल गुन्चा मेरे प्रति शुक्रगुज़ार भी थी। गुन्चा के छोटे देवर ने एक बार गुन्चा को बाल्टी से मारा था। उसकी कमर की हड्डी पर चोट आई थी। दो साल बाद दर्द होने पर डॉक्टर को दिखाया उसके शौहर रमज़ान ने। सारे परीक्षणों के बाद डॉक्टर को पता चला कि टी. बी. हुई है। माईकोनेस्स 800 मि.ग्रा. ईथोम्बुटल, विटामिन बी कॉम्पलेक्स तथा दो और दवाएँ थीं। रमज़ान की जितनी आमदनी थी उससे ये दवाएँ ख़रीद पाना उसके बूते की बात नहीं थी। जानबाज को ख़बर की गई। जानबाज ने बहन को देखने जाने का विचार किया और कुछ रुपए देना भी तय किया। मैं भी जानबाज के साथ जाने को तैयार हो गई। फ़ैसला किया कि गुन्चा को हम अपने घर ले आएँगे। आसाम चाचा की बीवी पाबलू ने बाधा डाली। वह अपने सिवा किसी का भला सहन नहीं कर सकती थी। बिना बाप की बेटी गुन्चा को पचास हज़ार रुपए दहेज लेकर एक पोशाक में विदा कर दिया गया था। विरोध करनेवाला कोई नहीं था। आज इतने शुभचिन्तक कहाँ से आ गए? पाबलू सोच भी नहीं सकती थी। इसलिए बाधा डालने के सिवा वह और क्या कर सकती थी। पर पाबलू मुझे और मेरी दृढ़ता को नहीं जानती थी। जानबाज ने रात को आकर कहा, "पगली! चाची कह रही है गुन्चा को ससुराल में ही रहने दो, उसका शौहर ही उसका इलाज करवाएगा। गुन्चा को यहाँ से गए अभी तो साल भर भी नहीं हुआ।"

"यह क्या बात हुई? सब कुछ तय हो चुका है, कल हम लोग जा रहे हैं और आज तुम ऐसा कह रहे हो?"

"पाबलू आकिई (सब लोग पाबलू को आकिई कहते थे) ने ही कहा है कि गुन्चा की अब शादी हो गई है। अब जो करना है, उसका शौहर ही करेगा। और हम लोगों का अभी नया बिजनेस है, वहाँ ये रुपए मँगाने पर क्या मूसा दे पाएगा?"

"आज डेढ़ साल हो गया, क्या मूसा ने एक पैसा भी घर पर भेजा है?"

"हाँ, नहीं भेजा। तुम्हारी दवा की दुकान और विज़िट के रुपयों से गुज़ारा चल जाता है, इसलिए मैंने मूसा से रुपए नहीं मँगाए।"

"तो? आज जो मैं गुन्चा के पास जा रही हूँ, या उसे यहाँ लाऊँगी, वह ख़र्च भी तो मेरा ही होगा।"

"पर सोचकर देखो, रुपए बचे रहेंगे तो हमारे काम आएँगे। नाहक ख़र्च करने से क्या फ़ायदा?"

"जानबाज, आज यदि तुम्हारी लड़की के साथ ऐसा ही हो तब भी क्या तुम यही बात कहोगे? और यदि ऐसा ही कहोगे तो दुआ करूँगी कि मैं कभी माँ नहीं बनूँ और न तुम बाप। आज तुम जिस बिजनेस की दुहाई दे रहे हो, उस पर उसका हक नहीं? क्या वह तुम्हारी माँ की अवैध सन्तान है? क्या वह तुम्हारे बाप की औलाद नहीं?" मेरी बातों में कौन-सी तड़प थी, पता नहीं, जानबाज ने और विरोध नहीं किया। मैं और जानबाज जाकर गुन्चा को ले आए। दवा-दारू, सेवा सुश्रूषा से मैंने उसे भली-चंगी कर दिया। अब वह पूर्णतः स्वस्थ है।

ननद की बात रहने दूँ। अपनी बात पर लौट आऊँ। मैंने चाचा के घर जो खाना पकाया था उसे खाकर सबने तारीफ़ की। उन्होंने ऐसा खाना पहले कभी नहीं खाया था। खा-पीकर सभी मेहमान चले गए। मैं बाबान के कमरे में आराम कर रही थी। ऐसे में छोटा देवर शाह अली आया। बोला दस घर छोड़कर जायेर शाह के घर जाना होगा। उसकी बीवी को सलाइन लगानी होगी। यहाँ बात-बात में सलाइन लगाते हैं। सोचते हैं इससे शारीरिक शक्ति बढ़ेगी। मैंने कहा, "मैं कल सलाइन लगाऊँगी। कम-से-कम एक घंटा तो लगेगा ही। उस एक घंटे के दौरान मुझे वहाँ बैठे रहना होगा। अभी पाँच बज रहे हैं। यह करते हुए छह या साढ़े छह बज जाएँगे। तब तक रात हो जाएगी। मैं अकेली कैसे आऊँगी? तुम यदि मेरे साथ वहाँ चल सको तो मैं जाऊँगी, वर्ना नहीं।"

"मैं क्या तुम्हारा नौकर हूँ जो वहाँ बैठा रहूँगा?"

"तो मैं नहीं जाऊँगी।"

"जायेर शाह तुम्हें घर पहुँचा देगा।"

"क्या कह रहे हो शाह अली? लोग क्या कहेंगे? एक पराए पुरुष के साथ, रात के अँधेरे में साहब कमाल आएगी?"

"जब पाकिस्तान भागी थी तब?"

सेरिना चाची ने अब कहा, "तब तो अकेली गई थी, किसी के साथ तो नहीं भागी थी!"

तर्क-वितर्क ज़्यादा होने पर अचानक शाह अली ने मेरे मुँह पर ज़ोर से घूँसा मार दिया। मुझे चेहरा घुमाने का मौक़ा भी नहीं मिला। मुक्का मेरी नाक पर लगा। नाक से ख़ून बहना शुरू हो गया। चाचियों ने दौड़कर मेरा सिर गोद में लिया और नीचे बैठ गईं। बाबान दौड़कर पानी लाई। मेरी नाक और मुँह पर पानी डाला।

सेरिना चाची ने अब शाह अली से कहा, "निकल जा, चला जा मेरे घर से। एक बेक़सूर मुसाफ़िर पर इतना जुल्म अल्लाह सहन नहीं करेगा। सर्वनाश होगा तुम लोगों का।" नादिर चाचा द्रानाई से बड़ा है। उसके छोटे बेटे ने मिट्टी का एक बड़ा-सा ढेला शाह अली की ओर फेंका। चार बरस का वह लड़का भी समझ गया था कि क़सूर शाह अली का है। ज़रीना मेरे लिए गर्म चाय बना लाई। झूमझूमा मेरे बदन से ख़ून के दाग पोंछने लगी। सभी बच्चे चुपचाप मेरे चारों ओर बैठे थे। इतने शरारती बच्चे पल भर में शान्त हो गए थे। इतनी तकलीफ़ में भी बच्चों को देखकर मुझे हँसी आ रही थी।

"देखा तो चाची, ऐसा अत्याचार करते हैं मुझ पर। आज मैं तुम सबसे स्पष्ट कह दे रही हूँ कि, अब मैं जाऊँगी ही। देखूँ उनकी पहरेदारी किस तरह मुझे रोकती है।"

"जाओ। भाग जाओ। अगर चाचा के पास आए, तो चाचा कहेगा, तुम लोगों ने मेरी बात नहीं मानी। उस पर अत्याचार किया है। अब मेरे पास आकर कोई फ़ायदा नहीं। मैं तुम लोगों की कोई मदद नहीं कर सकता।"

"चाची, चाचा अगर मुझे ढूँढ़ने न जाएँ तो वे लोग भी नहीं जाएँगे। मैं भागकर सीधे गजनी का रास्ता पकड़ूँगी। तुम चाचा से कहना, चाचा उन्हें गढ़देश वाले रास्ते में ढूँढ़ने भेजें।"

रात को चाचा के आने पर, चाची ने पूरा माजरा सुनाया। सुनकर चाचा को शाह अली पर बेहद ग़ुस्सा आया। उन्होंने उसी वक़्त उसके पास जाना चाहा था। पर हम लोगों ने मना किया। मैंने चाचा को अपनी बात बताई।

चाचा ने कहा, "अब तुम जो चाहे करो, मैं बाधा नहीं डालूँगा।"

मूसा पाकिस्तान गया था। मुझे हिन्दुस्तान भेजने की ख़बर पर चर्चा करने नहीं, बल्कि जानबाज से रुपए मँगाने। हिन्दुस्तान से चाहे कितने भी रुपए क्यों न आएँ वे घर पर नहीं रहते थे। रहेंगे कैसे, अगर कोई बीवी को छिपाकर मेवा और सेब खिलाए? आज घड़ी, कल कपड़े, परसों चप्पल, कुछ-न-कुछ ख़रीदा ही जाता। मायके में भी काफ़ी चीज़ें भेजी जाती थीं। इधर घर के सभी लोग रोटी और आलू की सब्ज़ी खाकर दिन गुज़ार रहे थे।

मूसा सोचता था, सब मूर्ख हैं, कोई कुछ नहीं समझता। अंगूर पकने पर बोरे में भरकर ससुराल भिजवा देता। आसाम चाचा के बच्चों को एक दाना तक नहीं मिलता था। आसाम चाचा के हिस्से में अंगूर का बाग नहीं आया। आसाम चाचा से चाहे कितनी भी शत्रुता क्यों न हो, उनके बच्चों का क्या कसूर? तो क्या उनके बारे में न सोचूँ?

गुलगुटी की माँ जानबाज की सगी बुआ थी। वो आज इस दुनिया में नहीं पर उसके बच्चे तो थे। मूसा और काला ख़ान के ससुरालवालों को अंगूर खाने का हक़ था पर उनके फुफेरे भाई-बहनों को नहीं? मुझसे ये सब अत्याचार सहन नहीं होते। असहनशीलता बढ़ जाती है। विरोध नहीं कर पाती। क्षमताहीन स्थिति में दिन गुज़र रहे थे। फिर रुपए आएँगे, फिर दूसरे के घर चले जाएँगे। खैर, ख़त्म हो जाए। ध्वंस हो जाए। इस बार जैसे भी हो मुझे भागना पड़ेगा।

मूसा घर पर नहीं था। मूसा के रहते ही शाह अली और काला ख़ान की हिम्मत बढ़ती थी। आबू ने कहा, मूसा पाकिस्तान गया है। इस बार आकर तुम्हें ज़रूर भेज देगा। मैं अब और यक़ीन नहीं कर पा रही थी। इससे तो भाग जाना ही मुझे ठीक लगा। ऐसा भी हो सकता है कोई ढूँढ़ने ही न जाए। इसलिए इस मौक़े का फ़ायदा उठाना चाहिए। इस वक़्त नहीं भाग पाने पर और सात महीने इन्तज़ार करना पड़ेगा। ठंड शुरू हो रही थी। इसके बाद बर्फ़ गिरेगी। और वह जल्दी पिघलेगी नहीं। मैं जब ये सोच रही थी तभी देखा घर के आँगन में सेब, पिस्ता, जायफल के पेड़ों में पानी देने के लिए शाह अली बेलचा लिये जा रहा था। अति उत्तम। यह भागने की उत्कृष्ट जगह थी। जहाँ से शाह अली घर के भीतर पानी का प्रवेश करवाता है, उस जगह से एक आदमी आराम से निकल सकता था। पानी डाल देने के बाद उस जगह को फिर मिट्टी और सूखी झाड़ियों से बन्द कर दिया जाता था। वह आज पानी देगा। फिर मिट्टी लगाएगा। दो-तीन दिनों तक मिट्टी कच्ची रहेगी। कच्ची मिट्टी को हाथों से खुरचा जा सकता था। मन के किसी कोने में आशा की एक

किरण फूटी। वहीं से मुझे निकलना होगा। इलास्टिक की ज़रूरत नहीं पड़ेगी। मेरा शरीर उत्तेजना से भर उठा। दोपहर का खाना भी अच्छा नहीं लगा। साँस तेज़ होती गई। गुलगुटी को मैंने अपनी सारी योजना बता दी थी। वह मेरे साथ मेरे कमरे में सोती थी। इसलिए मैंने उसे सिखा दिया था कि तड़के जब वह नमाज़ के लिए उठे तो सबको जगाकर बता दे कि साहब कमाल घर पर नहीं है। उससे पहले किसी को न बताए। तब तक मैं बहुत दूर निकल जाऊँगी।

"इतनी रात को तुम अकेली जाओगी? तुम्हें डर नहीं लगेगा?"

"इनसान जब निर्भीक हो जाता है तब उसे भय, चिन्ता कुछ नहीं सताती।" पूरे आत्मविश्वास से मैंने जवाब दिया।

"साहब कमाल! सोचकर देखो, आधी रात को तुम जा सकोगी? रास्ता पहचानोगी तो?" गुलगुटी को सन्देह था। मैं समझ रही थी। बोली, "तुम्हारे घर का रास्ता पकड़कर जाऊँगी। सीधे शालो बाज़ार पार कर, मदखेल के बाद बाँध के ऊपर से होते हुए गजनी जाऊँगी। वे लोग सीधे रास्ते मुझे ढूँढ़ने जाएँगे, इसलिए घुमावदार रास्तों से जाऊँगी।"

"पर इन रास्तों के किनारे तो क़ब्रें बनी हैं, यदि कुछ हो गया तो?"

"होता रहे। सात सालों से तो मेरी ज़िन्दगी में अप्रत्याशित घटनाएँ ही घट रही हैं। नहीं तो मूसा, काला, शाह अली मुझ पर हाथ उठाते? कभी मैंने सोचा था कि इन जैसे लोग मेरी पहरेदारी करेंगे? इनके डर से मैं सिकुड़ जाऊँगी? दरअसल डर नहीं, शर्म से मैं उनसे दूर रहती थी। वे लोग अत्याचार करते थे, उन्हें शर्म नहीं आती। पर मुझ पर अत्याचार करते हैं इसलिए मुझे शर्म आती है। शाम के चार बज रहे थे। कितनी व्याकुलता से समय गुज़र रहा था। ऐसे में ख़बर आई मुहल्ले में किसी के घर लड़का हुआ है। इसलिए काला और शाह अली रात को वहीं खाएँगे, पिएँगे, झूमेंगे-नाचेंगे। ख़बर मिलने के बाद से मेरा मन ख़ुशी से नाच उठा।

मिलेगी, मुझे फिर मुक्ति मिलेगी। फिर से घड़ी की टिक-टिक सुन पाऊँगी। यहाँ मुट्ठी-भर लोग थे। जनस्रोत नहीं था। निष्प्राण पत्थरों के पर्वतों में निर्जनता थी, पर समुद्र की उत्ताल तरंगों का बहाव नहीं था। आज मैं फिर से जनस्रोत से मिल जाऊँगी। उत्ताल तरंगों में बह जाऊँगी। यहाँ दिन है पर दिन की उज्ज्वलता नहीं, रात की गहनता नहीं है। मैं बहुत-बहुत उज्ज्वलता चाहती हूँ। गहनता से अपने जीवन को परिपूर्ण करना चाहती हूँ।

14

रात के दस बज रहे थे। मैं तैयार थी। मेरे सारे रुपए मूसा ने ले लिये थे। सिर्फ़ तीन लाख अफ़ग़ानियाँ मेरे पास थीं। मैंने अपने एक बड़े हैंड बैग में रुपए रखे। एक सलवार-क़मीज़ ले ली। जो पहने हुए हूँ वह तो दीवार तोड़कर निकलते समय मिट्टी से ख़राब हो जाएगा। उसे तो उतार देना पड़ेगा। बी. पी. का यंत्र, स्टेथेस्कोप और एक पेन लिया। और हिन्दुस्तान के अपने सारे काग़ज़ात और सर्टीफिकेट समेट लिये। यहाँ सिर्फ़ लेडी डॉक्टर ही मरीज़ देखने जाने के लिए अकेली आ-जा सकती है। सब वही नीम हकीम यानी दाइयाँ ही हैं। अब गुलगुटी को देखने के लिए भेजा कि मूसा की बीवी और सादगी सो गई थी या नहीं? गुलगुटी ने आकर बताया कि सुल्ताना बीबी सो गई थी और सादगी जाग रही थी। वह अपनी बेटी को सुला रही थी।

मैंने उसे कहा, "तू जाकर सादगी से गप्पें मार, इसी बीच मैं भाग जाऊँगी।" यहाँ रात को लेट जाने के बाद कोई किसी के कमरे में नहीं आता-जाता। फिर भी गुलगुटी मेरे कहे अनुसार सादगी के कमरे में गई। मैं बाथरूम जाने के बहाने दीवार के पास उस जगह अपना बैग रख आई, जहाँ से मुझे निकलना था। बरामदे से एक बार सादगी के कमरे में गई ताकि सादगी निश्चिन्त होकर गुलगुटी से बातें करती रहे। कहा, "क्यों री, तुम लोग अभी भी बैठी गप्पें हाँक रही हो? सोओगी कब?"

"थोड़ी देर में सो जाएँगे। सारा दिन तो काम-काज में व्यस्त रहती हूँ, अभी ज़रा बातें कर रही हूँ।"

."गुलगुटी मैं सोने जा रही हूँ, कमरे में आकर दरवाज़ा धीरे से बन्द करना ताकि मेरी नींद में खलल न पड़े।"

मैंने अँधेरे में गुलगुटी से हाथ मिलाया। अब कमरे में आकर तकियों पर रजाई ओढ़ा दी। यहाँ रात को हरदम रजाई ओढ़नी पड़ती है। अब बरामदे से नीचे उतरी। सीढ़ियों से नहीं, मेरे कमरे के सामने बरामदे के कॉरनिश से। बरामदे के अन्तिम छोर पर मेरा कमरा था। उसके बाद दीवार। मेरे कमरे के बाद काला का कमरा, उसके बाद शाह अली का। उससे भी आगे मूसा का कमरा था। यानी मुख्य दरवाज़े से प्रवेश करते ही पहले बैठक पड़ती थी। उसे लाँघने के बाद सीढ़ी, वहाँ से बरामदे में चढ़ते ही पहले मूसा का कमरा था। और उस छोर की सीढ़ी से चढ़कर पहले काला का कमरा, फिर मेरा। और हमारे कमरे के ठीक दक्षिण में कम-से-कम बीस

मीटर दूर जाने पर दालान पड़ता था। यहाँ रसोईघर को चेसखाना या दालान कहते हैं। और दालान से दस हाथ आगे, दालान के दाहिने कोने के बराबर कुआँ था और कुएँ से दस हाथ के फ़ासले पर दीवार में वह मुहाना था। रसोई से उकड़ूँ हो-हो कर दीवार की ओर बढ़ने लगी। वर्ना खिड़की से सादगी की निगाह मुझ पर पड़ सकती थी। मैं बैठक तक इसी तरह गई। फिर बैठकखाना पार करके पश्चिम की तरफ़। बैठकखाने की सीध में पश्चिम की तरफ़ सदर दरवाज़ा था। उसमें ताला लगा था।

अब मैं पश्चिम की दीवार से घिसटकर दक्षिण की ओर जाने लगी। यद्यपि अँधेरे कुछ दिखाई नहीं दे रहा था, फिर भी मुसीबत को टालना अच्छा होता है। इतनी देर बाद अब उस छेद के पास पहुँची। अब मैं पागलों की तरह दोनों हाथों से मिट्टी खुरचने लगी। मुझ पर मानो पागलपन सवार था। मिट्टी हटाए जा रही थी। चाहे जैसे हो, दीवार के उस पार मुझे जाना ही था। रुकने से बात नहीं बनेगी। पूरे शरीर में काँटे बिंध गए थे। चाहे जितने मर्ज़ी काँटे बिंधें, मेरे दोनों हाथ भले ही छिलकर लहूलुहान हो जाएँ। साँस मानो बन्द होती जा रही थी। और आधा मीटर खुरचने से ही इस पार से मुक्ति मिल जाएगी। पूरी डेढ़ मीटर चौड़ी दीवार थी। अचानक मुँह पर हवा लगी। हाँ, मेरी मेहनत सफल रही। मैं ख़ुद को आज़ाद कर सकी थी। और थोड़ा-सा खुरचने से ही बाहर निकल जाऊँगी। मैं रेंग-रेंग कर आगे बढ़ रही थी।

रोशनी-ही-रोशनी। कितनी रोशनी! अँधेरी गुफा से मैं रोशनी में आ गई थी। मैंने जल्दी-जल्दी लिबास बदला। जो कपड़े उतारे थे उनसे हाथ, पैर, मुँह, सिर पोंछ लिया। अब बैग लेकर सीधे पश्चिम का रास्ता पकड़कर पचास हाथ दूर जाकर उत्तर का रास्ता पकड़ा। अँधेरा रास्ता। सामने का आदमी तक दिखाई नहीं देता। मैं आगे बढ़ रही थी। आज मुझे बिलकुल डर नहीं लग रहा था। गेहूँ के खेत एक के बाद एक लाँघती जा रही थी। दुनिया के सब लोग इस वक़्त निश्चिन्त होकर सो रहे थे। यह चलना कहाँ ख़त्म होगा, पता नहीं। निर्जन रात के काले अँधेरे में अशरीरी भी शायद एक बार के लिए रुक जाते हैं। पर मेरे रुकने से नहीं चलेगा। दूर कहीं सियार रो रहे थे, उनके साथ ताल मिलाकर कुत्ते भी भौंक रहे थे। सिर्फ़ तारों के सिवाय आज कोई मेरा हमसफ़र नहीं था। अचानक सामने युद्ध में ध्वस्त हुआ एक गाँव नज़र आया। एक बार जानबाज के साथ शालो बाज़ार जाते समय इस गाँव को दिखाकर जानबाज ने मुझसे कहा था, "इस गाँव के सारे लोग एक ही दिन बम विस्फोट में मारे गए थे। अभी भी इस गाँव में उन लोगों की आत्माएँ घूमती रहती हैं। यह बात याद आते ही मेरे सीने में कुछ-कुछ होने लगा। फिर सोचा—डर

किस बात का? आत्मा कभी किसी का अनिष्ट नहीं करती। फिर सोचा—यदि ऐसा हो? जैसे भूतों के राजा ने गुपी और बाघा को वर दिया था, उसी तरह यदि मुझे भी दे तो? तो मैं अभी ही जानबाज के आँगन में जा खड़ी होऊँगी। चीख़-चीख़ कर कहूँगी, काला, शाह अली, सादगी, सुल्तान बीबी देखो मैं चली जा रही हूँ। तुम्हारी क्षमता हो तो मुझे रोक लो। फिर जैसे ही वे मुझे पकड़ने के लिए दौड़ेंगे, मैं झट से उड़ जाऊँगी।

परन्तु सोच और यथार्थ एक नहीं होते। एक टूटे मकान से एक उल्लू उड़कर मेरे सामने से होते हुए कहीं और चला गया। डर से मेरे मुँह से 'उई माँ' निकल गया। हाथ-पैर मानो काँपने लगे। चलने की शक्ति मानो ख़त्म हो गई। सिर से पाँव तक मैं सिहर उठी। अनजाने ही मुँह से निकल गया, "बिस्मिल्लाह रहमाने रहीम। लाइलाही इल्लल्लाह, मुहम्मदुर रसूल अल्लाह।" इससे भी मन को चैन नहीं मिला। सोचा, भूत यदि इतने से न माने तो? इसलिए फिर ज़ोर-ज़ोर से कहा—"अल्लाह मसअली, अल्लाह मुहम्मदीन, ओला अल्लाह मुहम्मदीन, कामा सोयालायता, अल्लाह इब्राहिम, अला अल्लाह इब्राहिम, इन्नाकामेदू मछि, आतैना फ़िद दुनिया हसनतौं व फ़िल आख़िर ते हसनतौं व क़िना अज़ाबन्नार।"

यह सूरा सही है कि ग़लत, मुझे नहीं मालूम। अपनी सास से मैंने सीखा था। भाषा की तारतम्यता के कारण ग़लती हो सकती है। यह सूरा बोलते-बोलते मैं आगे बढ़ने लगी। कितने खेत, जंगल, गाँव लाँघ आई पता नहीं। रात के अँधेरे में एक बच्चे का रुदन सुनाई दिया। रास्ते के बाईं तरफ़ के एक मकान से रोने की आवाज़ सुनाई दे रही थी। पल भर के लिए मैं रुक गई। समझने की कोशिश की कि ये जला हुआ घर है या अच्छा घर। नहीं, जला हुआ घर नहीं है। फिर चलना शुरू किया। चलते-चलते बाईं तरफ़ एक क़ब्रिस्तान दिखा। फिर वही कलमा पढ़ना शुरू किया। फिर भी बार-बार लग रहा था जैसे पीछे कोई आ रहा हो। पर चलना जारी रहा। रुकना ही मानो अन्त था।

अब एक गाँव में प्रवेश किया। गाँव पार भी कर लिया। अब दोनों तरफ़ जंगल था। उसके बीचोबीच पतला रास्ता चला जा रहा था। ये पतला रास्ता पकड़ मैं सामने की तरफ़ बढ़ने लगी। दूर, बहुत दूर, एक गाँव नज़र आ रहा था। लगभग आधा घंटा चलने के बाद गाँव के ठीक सामने पहुँच गई। अब घर स्पष्ट दिखाई दे रहे थे। अचानक एक कुत्ता भौंकने लगा। अब मैं मुसीबत में पड़ गई। आगे बढ़ने की हिम्मत नहीं हो रही थी। यहाँ के कुत्ते बड़े हिंसक होते हैं। डोवरमैन या

ऐलसेशियन जैसे। मुझसे मात्र सात मीटर दूर खड़े होकर कुत्ता बुरी तरह भौंक रहा था। वह भी मेरी ओर नहीं बढ़ रहा था। मैं भी उसकी तरफ़ नहीं बढ़ पा रही थी। मैं हताश होकर रास्ते के बीचोबीच बैठ गई। मेरा मुँह उत्तर की तरफ़ था और कुत्ते का दक्षिण की तरफ़। दोनों परस्पर एक-दूसरे से डरकर थम गए थे। मेरी दाईं ओर गेहूँ का खेत था। बाईं तरफ़ भी। बाईं तरफ़ के खेतों से लगभग तीस मीटर की दूरी पर कोई खड़ा था। अचानक फिर गला सूखने लगा। ऐसा भी हो सकता है कि कोई खेतों में पानी दे रहा है? यदि क़रीब आ जाए तो? पूछ बैठे कि मैं कौन हूँ? कहाँ से आ रही हूँ? कहाँ जाऊँगी? अकेली औरत देखकर यदि कुछ ग़लत करे तो? मैं मन-ही-मन तैयार हो गई। ऐसी किसी अप्रत्याशित घटना का आभास होते ही चीख़ पड़ूँगी। रात को आवाज़ काफ़ी दूर-दूर तक जाती है। चीख़ सुनकर सामनेवाले घर से कोई-न-कोई तो निकलेगा ही। इस मामले में कलमा काम आएगा या नहीं। इतने दिनों से यहाँ रहते-रहते कलमा मेरे अवचेतन मन में इस तरह घर कर गया था, इसे पहले कभी नहीं समझ पाई। और समझ भी नहीं पाती यदि ऐसी ख़ामोश और गतिहीन रात को घर से बाहर पाँव न रखती। लगातार झींगुरों की आवाज़ सुनाई दे रही थी, पर जुगनुओं की रोशनी नहीं थी। सिर्फ़ अँधेरा, घना, काला गहराता अँधेरा।

अचानक मुझे लगा इस देश के झींगुरों की आवाज़ के साथ हमारे देश के झींगुरों की आवाज़ का ज़रा भी मेल नहीं। मेल होगा भी कैसे? यहाँ की भाषा और हमारी भाषा तो सम्पूर्णतः अलग है। धीरे-धीरे अँधेरा सुबह की स्वच्छ रोशनी में बदलने लगा। चारों तरफ़ अभी भी थोड़ा-सा अँधेरा था। अचानक दूर किसी की पदचाप सुनाई दी। पीछे मुड़कर देखा, एक लम्बा-सा आदमी इसी तरफ़ बढ़ा आ रहा था। तुरन्त सोच लिया, ख़ुद को बचाने के लिए झूठ का सहारा लेना होगा। इसलिए दूर से ही मैंने पूछा, "मुसलमान? या काफ़िर?" यहाँ कोई यदि ऐसा कहे तो समझ लेना चाहिए कि वह भला आदमी है और मदद माँग रहा है।

"मुसलमान। तुम कौन हो? अकेली यहाँ क्या कर रही हो?"

"मुझे गजनी जाना है। काबुल से आई हूँ। काबुल से रास्ता पकड़ा।" ये सारी बातें पश्तो में हो रही थीं।

"तो यहाँ कैसे पहुँच गईं? गढ़देश से सीधा रास्ता पताना होकर तो गाड़ी गजनी जाएगी। यह तो एकदम उल्टा रास्ता है।" मुझे तो पता ही था यह उल्टा रास्ता है।

पर उस आदमी से कहा, "क्या मालूम कैसे आई। जीप में कुछ लोग मेरे सारे जेवरात, रुपए-पैसे छीनकर एक जगह उतारकर चले गए। फिर मैं पैदल चलते-चलते

यहाँ पहुँची हूँ। अँधेरे में तो रास्ता पहचानने में मुश्किल होती है।

"मुझे इधर के रास्ते मालूम भी नहीं हैं। मैं डॉक्टर हूँ। गजनी के एक अस्पताल में जाना है, वहाँ एक ऑपरेशन का केस है। आप मेहरबानी करके एक गाड़ी की व्यवस्था कर दें। मुझे अभी गजनी पहुँचना है।"

"मेरे साथ आओ। एक मौलाना को तुम्हारे साथ भेज देता हूँ। वह तुम्हें गाड़ी में बिठा देगा। मैं गेहूँ काटने जा रहा हूँ। मेरा ट्रैक्टर गेहूँ लेकर अब घर जाएगा नहीं तो मैं ही पहुँचा देता।" मैं उसके पीछे-पीछे चलने लगी। बहुत दूर एक बाज़ार नज़र आया। थोड़ी देर बाद हम बाज़ार के पास पहुँच गए। पर यह क्या? यह मैं क्या देख रही हूँ?

सर्वनाश! विशाल आकार के कम-से-कम बीस कुत्ते हमारी और दौड़ते हुए आ रहे थे। साथवाले आदमी ने एक रोटी के टुकड़े कर उनके सामने फेंक दिये। एक-दूसरे पर गिरते हुए वे धमाचौकड़ी मचाते हुए रोटी पर टूट पड़े। मुझे डरते देख उस आदमी ने कहा, "डरो मत। रोटी पाकर वे समझ गए हैं कि ये हमारे शत्रु नहीं हैं, वर्ना इतनी देर में हमें फाड़ डालते।" कलमा। क्या उस कलमे ने ही आज मेरी रक्षा की थी? पर कुत्ता अगर मुझे वहाँ न रोकता? यहाँ तो मौत ही थी, जो मशीनगन की गोली से भी भयंकर थी। गाँव का वह कुत्ता निश्चित रूप से भगवान का भेजा हुआ दूत था।

शाम के पाँच बज रहे थे। आज मेरा गजनी जाना नहीं हो पाया। मौलाना एक घर में जीप की ख़बर लेने गया तो आकर बोला कि आज यहाँ से कोई भी गाड़ी गजनी नहीं जाएगी। कल जाएगी। गाड़ी का मालिक मौलाना का परिचित था। मुझे आज की रात यहीं रुक जाने को कहा। कल सुबह गाड़ी जाएगी। मैंने भी सोचा देवर यदि ढूँढ़ेंगे तो आज ही ढूँढ़ेंगे। अतः आज की रात यहीं गुज़ार ली जाए तो कल कोई चिन्ता नहीं रहेगी। निश्चिन्त होकर जाया जाएगा। इस घर में मेरी ख़ूब आवभगत हुई। मैं वहाँ मेहमान थी। मुर्ग़ी काटकर मेरे लिए कोरमा बनाया गया। एक तो सारी रात पैदल चलती रही, तिस पर देवरों, तालिबान का आतंक और फिर भूतों का डर। बाघ, कुत्तों, सियारों का डर। कुल मिलाकर मेरी तो हालत ख़राब थी। दोपहर को स्नान के बाद मुझे बेहद नींद आ रही थी। पर सो नहीं पाई। और मुहल्ले में सब जान गए थे कि इस घर में काबुल की एक डॉक्टर आई हुई है। सारा दिन लोग आते रहे। कुछ न होते हुए भी महिलाओं ने सोचा डॉक्टर जब घर पर ही है तो क्यों न दिखा लिया जाए। रात को खाना खाने के बाद, गृहस्वामी ने बताया

कि "सुबह आप नहीं जा सकेंगी क्योंकि साथ वाले घर के आदमी ने तालिबान को सूचित कर किया है कि यहाँ एक अकेली महिला आई हुई है। तालिबान ने कहा है—महिला को रोक रखने के लिए। कल दस बजे आकर आपसे बात करेंगे।" वज्रपात की भाँति आकाश मेरे सिर पर टूट पड़ता, तो मुझे ज़रा भी आघात न लगता या दुख न पहुँचता। अब मैं क्या करूँ? इस बार फिर मुझे घर लौटना पड़ेगा? तो क्या सचमुच मुझे मुक्ति नहीं मिलेगी? मैं निराश होकर टूट गई थी। पर नहीं, टूट जाने से बात नहीं बनेगी; चालाकी से विजय हासिल करनी होगी। हार जाने पर तो सब ख़त्म हो जाएगा। विजय, विजय चाहिए मुझे। छल-बल, कौशल से मुझे जीतना ही होगा। मैंने गृहस्वामी से कहा, "सुनिए—मैंने सुबह ही यहाँ से चले जाना चाहा था, दूसरी गाड़ी की तलाश में। आपने ही मुझे जाने नहीं दिया। अत: कल तड़के अँधेरे ही मुझे यहाँ से भेज दीजिए गजनी। वर्ना तालिबान से मैं ये कहूँगी कि आपने ही मुझे ज़बरदस्ती यहाँ रोक रखा और मुझ पर शारीरिक अत्याचार भी किया। यह सुनने के बाद तालिबान आपकी क्या हालत बनाएँगे, ये तो आप जानते ही हैं। "गृहस्वामी ने कुछ सोचा फिर बोला, "ठीक है, मैं कल तड़के आपको अपने भाई के मोटरसाइकिल पर गजनी छोड़ आऊँगा। आप एक काम करें। गजनी में इस वक़्त मदाली है। उससे एक ख़त लेकर मेरे भाई के पास भिजवा दें कि आप गजनी पहुँच गई हैं। मैं वह तालिबान को दे दूँगा और मेरा काम ख़त्म हो जाएगा। फिर वे मुझे कुछ नहीं कह पाएँगे।"

15

सुबह के दस बज रहे थे। मैं गजनी चौकी के सामने खड़ी हूँ। मदाली की चिट्ठी मिल गई थी। अब मैं काबुल की बस में चढूँगी। गजनी बाजार में एक बैग की दुकान देखकर एक बड़ा बैग ख़रीदने के लिए मैं वहाँ गई। एक बैग ख़रीदा। फिर काबुल जानेवाली बस की गुमटी के पास जाकर एक आदमी से पूछा, "कौन सी बस काबुल जाएगी?" अचानक एक लम्बे-से आदमी ने आकर मुझसे कहा, "आप जानबाज की बीवी हैं न! रुकिये, बस में मत चढ़िएगा। आइए, मेरे साथ आइए।" इस बार भी मुझे लौट आना पड़ा। लेकिन अपने घर नहीं, रफ़ीक खुरिए के घर

जाना पड़ा। मुझे देखकर उनके घर में किसी को समझते देर न लगी। इससे पहले मैं पाकिस्तान चली गई थी, इस बात का भी उन्हें पता था। घर के सभी सदस्य मुझे बिठाकर मेरे सिर पर हाथ फेरने लगे। उनके चार लड़कों की चारों बीवियाँ मेरे लिए खाना लाने गईं। रफ़ीक की बीवी का स्नेहिल स्पर्श पाकर मैं ख़ुद को रोक नहीं सकी। बीबी साहब की गोद में मुँह छुपाकर फफक-फफक कर रो पड़ी। मुझे रोते देख वहाँ सभी रोने लगे। मुझे पकड़ लेने के अपराध में, पकड़नेवाले को बुरा-भला कहने लगे। बीबीजी चाहे जितना बुरा-भला कहें इससे किसी को कुछ नहीं होनेवाला। रफ़ीक का बड़ा लड़का सिद्दीक की बीवी का नाम अमिदा था। अमिदा फारसीभाषी थी। मुझे बड़ी अच्छी लगी।

मैं दूसरी मंज़िल पर अमिदा के कमरे में बैठी थी। रफ़ीक खुरिए का घर बहुत सुन्दर था। अफ़ग़ानिस्तान के घरों जैसा नहीं था। मिट्टी का ही घर था। पर दो मंज़िला। नीचे बैठकखाने में मेरी ससुराल पक्षवाले मेरा फ़ैसला कर रहे थे। मेरा क्या किया जाए, यही सोच रहे थे। गोली मारकर मार डालें? या फिर हिन्दुस्तान भेज दें? दो-चार तालिबानी भी आए थे। इन लोगों में सिर्फ़ एक आदमी पर मैं विश्वास कर सकती थी। वे थे द्रानाई चाचा। मेरे भागने की बात सारी नहीं, थोड़ी-बहुत तो वे जानते थे। सेरिना चाची ने कहा, "डरियेजा मी" यानी डरना मत। "जे चाचाता वी याम" यानी मैं चाचा को कह दूँगी। "चाचा इससी ना आई" अर्थात् चाचा कुछ नहीं कहेंगे।

वही द्रानाई चाचा भी आए हैं। तालिबानी कह रहे हैं ऐसे जघन्य चरित्र की महिला को मार डालेंगे। किसी तरह भी नहीं छोड़ेंगे। मैं बैठकखाने के दरवाज़े के पास खड़ी होकर उनकी बातें सुन रही थी। तालिबान की बातें सुनकर मेरे दिमाग़ का कीड़ा फिर कुलबुलाने लगा। एक जघन्य शरीयत की हिंसात्मक वृत्ति वाले लोग मुझे जघन्य चरित्र की महिला कह रहे हैं? और मैं? सरोजिनी नायडू, रानी लक्ष्मीबाई, देवी चौधरानी, इन्दिरा गांधी के देश की महिला होकर कुछ बुरे लोगों के बुरे मंतव्य को ख़ामोश रहकर सुन रही थी। मैंने तुरन्त फ़ैसला कर लिया। मरूँगी, मैं मरूँगी, लेकिन इनके हाथों नहीं। और मरने से पहले इन तालिबान से पूछूँगी, मेरे चरित्र की किस जघन्यता का सबूत मिला है तुम सबको? इसका जवाब मुझे चाहिए। मैं सीधे ऊपर गई। कमरे में कोई नहीं था। सभी नीचे थे। कमरे की दीवार पर कलाश्निकोव लटक रही थी। मैंने जानबाज से चलानी सीखी थी। काला ख़ान की शादी के समय आसमान में ढेर सारी गोलियाँ दागी थीं। मशीनगन हाथ में लेकर

देखा, गोलियाँ भरी थीं या नहीं? देखा, भरी हुई थीं। मशीनगन लेकर मैं नीचे आ गई। मेरे माथे के दोनों तरफ़ की नसें यंत्रणा से फूल गई थीं। मैं ख़ुद ही समझ पा रही थी, मेरे चेहरे पर एक आक्रोश, घृणा और हिंसा उभर आई थी। क्रोध, अपमान और होश-हवास खोकर मैं सीधे बैठकखाने में घुस गई। मेरे सिर से उस वक़्त दुपट्टा भी सरक गया था।

मुझे इस तरह देखकर कमरे में उपस्थित सभी की मुझ पर नज़र पड़ी। मैंने मशीनगन का रुख़ तालिबान की ओर किया। संख्या में कुल पाँच तालिबान थे। वे कैसे मूर्खतापूर्ण, मूक दृष्टि से अस्फुट स्वर में एक-दूसरे से बोले—"दा सी आई?" यानी ये क्या कह रही है?

"क्या कह रही हूँ, समझ नहीं पा रहे हो? तुम लोग समझते क्या हो? मनमर्ज़ी से सबके नाम पर झूठा कलंक लगाकर उनकी हत्या करोगे? मैं तुम लोगों को मौक़ा नहीं दूँगी। मैं तुम्हारे हाथों नहीं मरूँगी। पहले तुम लोगों को मारूँगी, फिर ख़ुद को ख़ुद गोली मारूँगी।" मेरी बातों से वे सब समझ गए कि मैं यूँ ही नहीं कह रही थी। द्रानाई चाचा ने मुझसे कहा, "साहब कमाल, तुम शान्त होओ। मैं तो हूँ। तुम्हें चिन्ता करने की ज़रूरत नहीं।"

बात ठीक थी। द्रानाई चाचा को सभी ख़ूब मानते थे। श्रद्धा करते थे। उनकी बात मानने से कोई इनकार नहीं करता। फिर भी मैं रुकी नहीं, कहा, "रुक जाऊँ? चाचा क्या कह रहे हैं आप? ये तालिबान क्या कह रहे हैं मैंने सब सुना है। मैं जघन्य चरित्र की हूँ न? बोलो? ऐ तालिब, बोलो मेरे चरित्र में कौन सी जघन्यता देखी है तुमने?"

तब तालिबान में से एक उठ खड़ा हुआ। वह शक्ल से ही हिंस्र पशु लगता था। उसकी ठुड्डी गले की कंठी से सटी हुई थी, सिर दाईं तरफ़ झुका हुआ था। आँखें ऊपर की ओर उठी हुई थीं। कपाल सिकुड़ा हुआ था। मेरे मुँह की तरफ़ देख रहा था। हाथ कमर पर थे। लग रहा था मानो मुझे अभी ख़त्म कर देगा। उसकी ये नज़रें देखकर कोई भी आदमी मूर्छित हो सकता था। पर आज मुझे किसी तरह का डर नहीं लग रहा, चिन्ता नहीं सता रही। मैं आज दृढ़ निश्चयी थी, मारकर मरूँगी। हारूँगी नहीं। कोई अपमान नहीं सहूँगी। अफ़ग़ानिस्तान के सीने पर एक उदाहरण पेश कर जाऊँगी। इतिहास के पृष्ठों पर जब तक तालिबान रहेंगे, तब तक मैं भी रहूँगी।

"ऐ लड़की! तुम्हारी हिम्मत तो कम नहीं है। तुम हमसे जवाब-तलब कर रही

हो? तुम दो बार घर से भाग चुकी हो। तुम्हारा चरित्र ख़राब नहीं है, तो तुम घर से भागी क्यों?"

"अच्छा किया भाग कर। ज़रूरत पड़ने पर दो बार नहीं, दस बार भागूँगी। और हिम्मत की बात करते हो? आज मैं तुम्हें दिखाऊँगी हिम्मत किसे कहते हैं? तुम्हें क्या पता कि मुझे घर पर देवरों का कैसा अकथनीय अत्याचार सहना पड़ता है। तुम आँख नीची करके बात करो। मैं तुम लोगों की दया पर जिन्दा नहीं हूँ। मैं हिन्दुस्तानी महिला हूँ। अकारण किसी का आँखें दिखाना मैं सहन नहीं कर सकती। "

एक दूसरे तालिबान ने कुर्ता खींचकर उसे बिठा दिया। जो भी यहाँ बैठे थे सभी निरस्त्र थे। मैं दीवार की ओर पीठ किये मशीनगन उनकी तरफ़ उठाए ऐसे खड़ी थी कि अगर कोई मेरी ओर बढ़ा तो फायर कर देती। मशीनगन का एक प्वांइट बीच में था, उसे नीचा करके ऊपर कर दिया। अब ट्रिगर दबाने से एक के बाद एक साठ गोलियाँ चल जातीं। अत: डर के मारे कोई खड़ा नहीं रहा। सब अपनी-अपनी जगह बैठे हुए थे। फिर द्रानाई चाचा ने कहा, "तुम शान्त हो जाओ, बोलो क्या चाहती हो? हम वही करेंगे।"

"ऐ तालिबान, तुम लोग ध्यान से सुनो। मैं जब पाकिस्तान गई थी, उस वक़्त मैंने अपने देश की हुकूमत के पास पैगाम भेजा था कि यहाँ मुझे ज़बरदस्ती बन्दी बनाकर मुझ पर अत्याचार किया जा रहा है। यदि मुझे कुछ हो गया तो जान लो कि हिन्दुस्तान में जितने ख़ान हैं सभी मारे जाएँगे। इसलिए कह रही हूँ मुझे अभी भेजने का बन्दोबस्त करो। वर्ना वहाँ के ख़ानों की हत्याओं के ज़िम्मेदार तुम होगे।"

सिद्दीक भाई ने तब तालिबान से कहा—

"यह ठीक है, एक महिला की ख़ातिर इतने लोगों के प्राण क्यों जाएँ? इसे इसके देश भेज दो।" मुझे वे जाने दें इसलिए ऐसी बात कही।

"पर इसका इतना दुस्साहस कि हम पर मशीनगन तानकर खड़ी है? इसका बदला लिये बिना हम इसे नहीं छोड़ेंगे। कम-से-कम पच्चीस चाबुक तो मारेंगे ही।" रक्त मेरे पाँवों से सिर तक चढ़ गया। मेरा जी नहीं चाहा कि मैं अब उन्हें तुम या आप कहूँ। इसलिए मैंने उन्हें तू कहकर सम्बोधन किया।

"ऐ, मैं क्या तेरे बाप की सम्पत्ति हूँ कि तू मुझे चाबुक मारेगा? आ मेरे पास आ, कौन मुझे चाबुक मारेगा? पाकिस्तान के उर्दू भाषा के दो शब्द बोल लिये तो ख़ुद को क्या समझ लिया? पहले अपने घर जाकर अपनी माँ-बहन को सँभाल फिर मुझे चाबुक मारने आना। इतने दिन कहाँ था? जब तेरे देश का एक लड़का झूठ

बोलकर घुमाने के बहाने मुझे यहाँ लाया था और इस गन्दे, नेटिव देश में पिछले आठ सालों से बन्दी बनाकर रखा है? तब उस घर का फ़ैसला क्यों नहीं किया? मैं तो मुसाफ़िर। कौन-सी मानवता कहती है कि एक अन्य देश के नागरिक को उसकी इच्छा के विरुद्ध बन्दी बनाया जाए? मुझमें इतना दुस्साहस क्यों है, अब इसका फ़ैसला करने आए हो? मेरे काम का फ़ैसला करनेवाले तुम लोग होते कौन हो? और मुझे दुश्चरित्र कहते हो? अब तुम इस फैसलों में व्यस्त हो? महिलाओं को बुर्क़ा पहनाने के लिए व्यस्त हो? पर तब कहाँ थे? 1993 के अगस्त महीने में? जब एक नवजात शिशु को कोई एक नाले में फेंका गया था? पर किसी ने लिया नहीं तो एक अरदक जाति के व्यक्ति ने उसे ले लिया था। यही तेरी सती नारियों का सती देश है?"

मेरी बात ख़त्म होने के बाद तालिबान कुछ कहने ही जा रहा था कि अचानक बाहर से बीबीजी और उसकी चार बहुएँ बोल पड़ीं, "सच ही तो है। यह जुल्म है। साहब कमाल में हिम्मत है तभी तो विरोध कर पाई। वर्ना ये तालिबान उसे आज गोलियों से भून देते। देश की सभी महिलाएँ यदि इस तरह विरोध करना सीख लें तो किसकी हिम्मत है जो हम पर अत्याचार करे?"

क्या पता, तालिबान को क्या हुआ। बोले, "ठीक है तुम हिन्दुस्तान चली जाओ। पर तुम अकेली तो नहीं जा सकोगी।"

"क्यों नहीं जा सकूँगी? हम पराधीन नहीं, स्वाधीन हैं। दूसरों पर निर्भर नहीं हैं। मैं अकेली ही चली जाऊँगी।" मन-ही-मन सोचा, 'छोड़ दे बाबा, पिंड छूटे।' द्रानाई चाचा ने अब मुझसे कहा, "क्यों? ख़ुश हो न? अब बन्दूक़ रखकर बैठो।"

मैं पास ही बन्दूक़ रखकर बैठ गई। फिर भी मेरे मन में शान्ति नहीं थी। यदि यह उनकी चाल हुई तो? यदि मुझे निहत्था करके फिर मुझ पर हमला कर दें तो? ग़फ़्फ़ार चाचा के भाई सत्तार चाचा ने पूछा, "कमाल साहब, तुम्हारे पास हिन्दुस्तान जाने के लिए पैसे हैं?"

"नहीं। मात्र एक लाख अफ़ग़ानी है।"

"तो जाओगी कैसे? यदि मूसा ने रुपए न दिये तो?"

"मुझे नहीं चाहिए मूसा के रुपए। मैं अपने बदन के गहने बेचकर चली जाऊँगी।" द्रानाई चाचा ने कहा, "गहने नहीं बेचने होंगे। मैं कल सुबह आकर रुपए दे जाऊँगा। आज की रात तुम यहाँ रुक जाओ।"

"ठीक हैं मैं कोलकाता जाकर आपके रुपए भेज दूँगी।"

इसके बाद सभी चाय-नाश्ता करके चले गए। वे लोग जब गाड़ी में बैठने जा रहे थे तो अचानक मुझे ख़्याल आया कि यदि रात को बहुत-से तालिबान आ पहुँचे, तो मैं क्या करूँगी?

तालिबान का कोई भरोसा नहीं। उससे बेहतर है अभी यहाँ से निकल जाना। सुबह के दस बज रहे थे। चाचा लोग अलस्सुबह ही आ गए थे।

लपू चाचा के लड़के अब्दुल हक ने बताया कि वे लोग रात को ही यहाँ आना चाहते थे। अम्माजान गाड़ी लेकर ससुराल गया था इसलिए नहीं आ सके। सभी लोग तड़के चार बजे रवाना हुए थे। सुबह सात बजे यहाँ पहुँच गए थे। फिर तीन घंटे कैसे गुज़र गए पता ही नहीं चला। मैं दौड़कर बाहर आई। द्रानाई चाचा को पुकारा। द्रानाई चाचा क़रीब आए। मैंने बहुत धीमे-धीमे कहा, "चाचा, मेरा मन कह रहा है रात को तालिबान हमला करेंगे। देखा नहीं, एक तालिबान ने रात को रुक जाने की बात पर ख़ुद ही रज़ामन्दी दे दी?"

"सच कह रही हो। यह तो मैंने सोचा ही नहीं। तो तुम अभी चली जाओ। रुपयों का बन्दोबस्त मैं कर देता हूँ। गाड़ी का बन्दोबस्त भी करता हूँ।"

द्रानाई चाचा ने सिद्दीक भाई को बुलाया। सन्देह की बात भी बताई। सुनकर सिद्दीक भाई ने भी कहा—"हाँ ऐसा हो सकता है।" तब चाचा ने सिद्दीक से आठ लाख अफ़ग़ानी माँगे और कहा कि कल आकर वापिस कर देंगे।

तालिबान ने कहा, "क्या ज़रूरत है, कल चली जाएगी।"

द्रानाई चाचा ने स्पष्ट कहा, "नहीं, अभी ही जाएगी।" सिद्दीक से कहा, "देखो, काबुल तक के लिए गाड़ी मिलती है या नहीं?"

सिद्दीक बोला, "मेरा साला ही तो है, बारीत ख़ान। वह लेकर गया तो हम भी निश्चिन्त रहेंगे। काबुल में मैकरान टू में एक हाज़ी साहब हैं। पासपोर्ट बनाने का काम करते हैं। बीवी भी है। बारीत सीधे हाज़ी के घर तक छोड़ आएगा।"

"वाह! यह तो बहुत अच्छी बात है। बुलाओ अपने साले को।"

सभी फिर कमरे में लौट आए। तालिबान बोले, "हम अब और बैठकर क्या करेंगे, चलते हैं।" द्रानाई चाचा ने कहा, "बैठिए, बैठिए, एक ही साथ चलेंगे।"

समझ गई चाचा ने ऐसा क्यों कहा। सोचा अगर वे लोग रास्ते में घात लगाकर बैठ गए तो हमारी गाड़ी देखते ही पकड़ सकते थे।

सिद्दीक अपने साले को ले आया था। मोटरसाइकिल पर गया था सिद्दीक। तभी जल्दी जा सका था। टाटा सूमो जैसी एक गाड़ी दरवाज़े के सामने आ खड़ी।

चाचा ने गिनकर हज़ार-हज़ार रुपए के नोटों के आठ बंडल दिये। बोले, "एक बंडल में एक लाख रुपए हैं। सोच-विचार कर ख़र्च करना। रास्ते में ज़रूरत पड़ने पर रुपए देनेवाला कोई नहीं मिलेगा। वहाँ जाकर मुझे कैसेट बनाकर भेजना।

"और सुनो। दूसरों की शह पर जानबाज ने तुमसे अच्छा सुलूक नहीं किया। उसके साथ अन्याय मत करना। मेरे हाथ में हाथ रखकर वादा करो कि जानबाज को कोई तकलीफ़ नहीं पहुँचाओगी। अगर कभी तकलीफ़ पहुँचाने की बात मन में आए भी तो आज का दिन याद करना। तुम्हारे प्रति मेरे स्नेह के एवज़ में जानबाज को माफ़ कर देना।"

मुक्ति मिल गई। आज सचमुच ही विदा ली सबसे। जब सबने खोदापामानी दिया तब मेरी दोनों आँखें भर आई थीं। यहाँ विदा देने को खोदापामानी कहते हैं। बीबीजी ने प्लास्टिक के एक पैकेट में कुछ मेवे दिये। घर के सभी सदस्यों ने जब मुझे गाड़ी में चढ़ा दिया तो रोते-रोते कहा, "साहब कमाल। मूग मा ईरियेजा। फिता राविलेगा।" अर्थात् हमें भूलना नहीं, कैसेट भेजना। "तू मूग डेर आकपाल" अर्थात् तुम हमारी बहुत अपनी हो।

मैंने उन्हें आश्वस्त किया। ठीक इसी तरह आज से आठ साल पहले मेरे घरवालों ने मुझे विदा किया था। उस दिन सुबह से ही मैं काफ़ी उत्तेजित थी। सबके मना करने बावजूद मैं जा रही थी। अचानक ऐसी शादी करने के लिए पिता स्वीकार नहीं कर पाए। शुरू-शुरू में पिता ने काफ़ी मारा-पीटा। पिता से इस तरह ख़ूब मार खाने के बाद मेरी ज़िद और बढ़ जाती है। पिता ने मेरे बाल पकड़े। एक बत्तीस साल की लड़की को डाँटा तो जा सकता है, पर क्या पीटा भी जा सकता है? बाहर वाले सभी मुझे बुरी नज़र से देखने लगे। फिर भी मैंने जानबाज से शादी की। शादी के बाद से पिता मुझसे ज़्यादा बात नहीं करते थे। जितना हो सके ख़ुद को घर में क़ैद करके रखते। भाई मेरी बात काटने की हिम्मत नहीं कर पाते। उस दिन सुबह सोकर उठते ही मैं सूटकेस तैयार करने लगी थी। माँ ने बड़ी-सी टेंगरा मछली आलू और बड़ी डालकर बनाई थी। एक बजे द्रानाई चाचा मुझे लेने आने वाले थे। उस समय द्रानाई चाचा कोलकाता में ही थे। मैंने जल्दी-जल्दी खाना खाया। अभिषेक मेरे साथ दिल्ली तक जाएगा। मैं तैयार होकर पिता को प्रणाम करने गई। उस समय पिता सिर झुकाकर टाँगें लटकाए पलंग पर बैठे थे। पिता को प्रणाम कर, मैंने माँ को भी प्रणाम किया। फिर निकल पड़ी। हावड़ा स्टेशन पर बहुत-से लोग आए थे। उस दिन मुझे विदा करते समय सबकी आँखें छलक आई थीं। और रूमा? रूमा

भी रोई थी। रूमा यदि जानबाज से मेरा परिचय न करवाती तो क्या आज इस तरह विदेश में पड़ी रहती?

मेरे पूरे सर्वनाश की जड़ रूमा थी। बड़ी झिझक से उसने अपने बारे में मुझे बताया था। उसका नील। उसका प्यार, दीपंकर। अपने प्यार को भी नहीं सहेज पाई। नील ने उसकी ज़िन्दगी से विदा ले ली थी। दीपंकर को उसने ख़ुद छोड़ दिया था। फिर रूमा की दोस्ती रहीम ख़ान से हुई। उन दिनों रूमा से मेरी रोज़ मुलाक़ात होती थी। एक दिन रूमा ने मुझे निमंत्रण दिया। ग्रैंड होटल के रेस्तराँ में चार सीटों वाले टेबल पर हम बैठी थीं। उसी दिन रूमा ने जानबाज से परिचय करवाया। फिर बातचीत। कुछ दिनों बाद प्यार। और बाद में आज यह संशय, अनिश्चितता। रूमा की बात आज रहने दें।

पहली बार जिस रास्ते से आई थी, गाड़ी उसी रास्ते से जा रही थी। उस दिन सब कुछ अपरिचित-सा था, पर आज सब कुछ जाना-पहचाना था। मैं चली जा रही थी। सदा के लिए इस देश से विदा ले रही थी। अब कभी शायद इस भूमि पर क़दम नहीं रखूँगी। पर तिन्नी? वह आज मेरे साथ नहीं थी। तिन्नी को काला ख़ान ने छीन लिया था। पाकिस्तान से लौटने के बाद उन्होंने तिन्नी को आसाम ख़ान के घर में रख दिया था। सिर्फ़ चार साल की बच्ची। जो तब तक ख़ुद खाना भी नहीं जानती थी। कैसे तकिया सिर के नीचे रखकर सोते हैं, वह भी उसे माँ बताती थी। माँ के सीने पर हाथ न रखने पर उसे नींद नहीं आती थी। माँ खिला दे तो खाए। माँ कपड़े पहना दे तभी पहनती। एक वक़्त माँ को न देखने पर होंठ फुलाकर रोने लगती। माँ यदि बाथरूम में नहाने जाती, वह दरवाज़े के पास बैठी रहती। आज उसी माँ को वह नहीं देख पा रही। मेरे पास उसे कोई आने नहीं देता था। ओह! कितनी असह्य पीड़ा थी। कितनी बड़ी तकलीफ़ थी। रात को मैं तिन्नी के बिस्तर पर हाथ फेरती थी। सोचती थी हाथ बढ़ाते ही तिन्नी को स्पर्श कर पाऊँगी। जब वह नहीं दिखती, तो मेरी आँखों से आँसू बह निकलते। आधी रात को उठ बैठती। सोचती ज़रूर उसे कोई तकलीफ़ हो रही होगी। पेट में दर्द हो रहा होगा। शायद पॉटी करेगी। कौन उसे पॉटी करवाने बाहर ले जाएगा? वह अब मेरे लिए रो रही होगी। सभी तो सो रहे हैं। बदन से चादर उतर गई होगी। कौन उसके बदन की चादर को ठीक करेगा? इस देश की माँएँ बच्चों का उतना ख़्याल नहीं रखतीं। समय कहाँ है? गोद में और एक जो है। वे दूसरा होते ही पहले वाले को भूल जाती हैं। पहले वाला तब कूड़े की भाँति अवांछित हो जाता है। परन्तु मैंने तिन्नी की उस

तरह परवरिश नहीं की थी। काला ख़ान और सादगी के तो बहुत-से बच्चे हैं। तिन्नी को मुझसे छीने बिना क्या उनका काम नहीं चल सकता था? उद्विग्न नज़रों से मैं बरामदे में बैठ सदर दरवाज़े की तरफ़ देखती रहती थी। यदि कम-से-कम उसकी एक झलक देखने को मिल जाए! इतना दुख क्या मेरा ही इन्तज़ार कर रहा था? यदि छीनना ही था, तो दिया क्यों था? मेरे बग़ैर तिन्नी की दुनिया अँधेरी थी। कल ही तो गुलगुटी बता रही थी, सब समय तिन्नी रोती रहती है। माँ के पास जाना चाहती है। खाना नहीं चाहती। सिर्फ़ कहती है, माँ कहाँ है? माँ के न आने तक मैं नहीं खाऊँगी। काला ख़ान ने जैसे ही कहा, तेरी माँ हिन्दुस्तान चली गई है, वैसे ही वह लड़की पछाड़ खाकर ज़ोर-ज़ोर से रोने लगी। सहन न कर पाने के कारण मैंने एक दिन काला ख़ान और सादगी के पास जाकर उनसे रो-रो कर तिन्नी को लौटा देने की विनती की, पर वे नहीं माने। उन्होंने तिन्नी को नहीं लौटाया। निर्ममता से मेरी विनती ठुकरा दी।

दोपहर के दो बज रहे थे। अचानक मैंने सुना, तिन्नी ज़ोर-ज़ोर से रो रही थी मुझसे और रहा नहीं गया। सारी मनाहियों को नकारते हुए मैं भागी गई। गली से दौड़ती हुई सीधे आसाम चाचा के दरवाज़े के सामने जा खड़ी हुई। तिन्नी कहकर पुकारा। तिन्नी कहाँ थी, पता नहीं। वह माँ कहकर दौड़ी आई। मैं भी आगे बढ़ी। तिन्नी मेरी गोद में लपककर आ गई। मैं वही रास्ते के बीचोबीच ज़मीन पर बैठ गई। तिन्नी मेरे गले से लिपटकर रोती हुई कहने लगी—"माँ तुम मुझे छोड़ कहाँ चली गई थीं? मैंने खाया नहीं, सोई नहीं, सिर्फ़ तुम्हारे लिए रोती रही। तुम कहो, मुझे छोड़कर कहीं नहीं जाओगी।" मैंने तिन्नी की गालों पर चुम्बनों की बौछार कर दी। इतने दिनों की सोई हुई ममता को एक ही दिन में पूरा करने लगी। अचानक बाज की तरह आकर सादगी तिन्नी को खींचने लगी। मैं पत्थर की प्रतिमा की भाँति खड़ी सब देखती रही। मेरी सारी शक्ति मानो चुक गई थी। तिन्नी चीख़-चीख़ कर कहने लगी—"माँ मुझे ले चलो। मुझे छोड़कर मत जाना। मुझे सादगी क्यों खींचकर ले जा रही है? मैंने क्या किया है?" मैं ज़रा भी हिल-डुल नहीं सकी। बुरे दिल वाले कृतघ्न लोगों को और क्या कहा जा सकता है? वैसे भी सादगी में कोई शर्म, आत्मसम्मान, कृतज्ञता कुछ भी नहीं थी। सादगी ने बहुत बार जानबाज का अपमान किया था। जानबाज ने जो करने के लिए मना किया, सादगी ने वही किया। मायके में भी उसकी कोई कद्र नहीं थी। छह-छह, नौ-नौ महीने तक कोई उसका हाल-चाल पूछने नहीं आता था। भाभियाँ सोचती थीं बला टली, हमारी जान

छूटी। क़िस्मत भी वैसी ही है। एक निठल्ला, मूर्ख, पागल शौहर है उसका। काला ख़ान को पहले सभी पागल कहते थे। एक अड़तीस साल का आदमी हिसाब नहीं जानता। घड़ी देखनी नहीं आती। पाँच रोटियाँ एक ही साथ मुँह में डाल लेता था। खाना-सोना और बच्चे पैदा करने के सिवा कुछ नहीं जानता। बीवी के सिवाय हर मामले में वह पागल था।

एक बार मैंने काला ख़ान से कहा, "काला ख़ान तुम कुएँ का ठंडा पानी पीते हो?" मैं उससे मज़ाक़ कर रही थी, वह समझ नहीं पाया।

"हाँ पीता हूँ। क्यों?" बड़ी दृढ़ता से उसने जवाब दिया।

"नहीं, तुम्हारे अभी लड़की हुई है न इसलिए?"

"इसलिए क्या?"

"तुम्हारे ठंडा पानी पीने से तुम्हारी बेटी की तबीयत ख़राब हो जाएगी।"

"मेरे ठंडा पानी पीने से मेरी बेटी की तबीयत ख़राब हो जाएगी?"

"होगी नहीं? तुम तो लड़की के बाप हो। देखते नहीं सादगी ठंडा पानी नहीं पीती। नया-नया बच्चा जन्मे तो माता-पिता को ऐसा कुछ नहीं खाना-पीना चाहिए जिससे बेटी की तबीयत ख़राब हो।"

"देखा, गुलगुटी कितनी पाजी है। उसके सामने मैं सेगिई से निकालकर पानी पीता हूँ, वह मुझे नहीं मना करती। अच्छा है तुमने बता दिया।" यहाँ कुएँ को सेगिई कहते हैं। शादी को सगाई या वादा कहते हैं। स्त्री को खाजा और शौहर को मेरो कहते हैं। लड़के को जोय और लड़की को लोर कहते हैं। मिट्टी को खाबड़ा कहते हैं। पेड़ को वेना कहते हैं। प्रिय और प्रिया को सनाज और ग्राना कहते हैं। तो ऐसा है सादगी का शौहर। हर चीज़ के लिए उसे मेरे शौहर के सामने हाथ फैलाना पड़ता था। सादगी जैसी औरत से अपमानित होकर मैं घर लौट आई। मेरी दादी की कही एक बात मन में घूमने लगी, "परेर सोना दियी ना काले। प्रानटा जाबे हेचका टाने" अर्थात् दूसरे का सोना मत पहनो, प्राणों से हाथ धोना पड़ेगा। लड़की छिन गई। तिन्नी के बग़ैर ही आज मेरा नया सफ़र शुरू हुआ। तिन्नी सदा के लिए मेरी ज़िन्दगी से छिन गई। ज़िन्दा होते हुए भी तस्वीर बन गई। आज उसकी तस्वीर ही मेरे लिए आगामी दिनों की संगिनी है।

शाम होने को थी। काबुल में मैकरान टू में हम पहुँच गए थे। यहाँ क्वार्टरों जैसे घरों की क़तारें हैं। सामने दाहिनी तरफ़ का एक घर छोड़कर बाईं ओर की सीढ़ी से दूसरी मंज़िल के एक बन्द दरवाज़े पर दस्तक दी गई। थोड़ी देर बाद एक महिला

ने दरवाज़ा खोला। साले साहब को देखकर कहा, "अरे इस्लाम? तुम? आओ, आओ।" फिर मेरी ओर इशारा करके फारसी में पता नहीं क्या कहा। साले साहब ने भी फारसी में ही कुछ कहा। तब महिला ने हाथ पकड़कर मुझे भीतर ले जाकर बिठाया। क्वार्टर अच्छा ही था। महिला ज़रा-सी मोटी, नाटी और साँवली थी। उसकी नाक भी मोटी थी। उसके बाल ब्वाय कट थे और उसने सलवार-क़मीज़ पहन रखा था। रास्ते में आते-आते साले साहब ने मुझे उस महिला के बारे में बता दिया था। वो जलालाबाद की रहनेवाली थी। हाजी साहब ने इससे पहले दो शादियाँ की थीं, पर टिकी नहीं। ये है तालिबान की सती-सावित्री नारियों का देश। यही लोग बुर्क़ा न पहनें तो तालिबान की बदनामी होती है और जितना क़सूर है, हमारा है। हम चरित्रहीन हैं। हाजी के साथ उस महिला की शादी नहीं हुई। साथ-साथ रहते हैं यानी लिव टुगेदर। महिला के दो पतियों से तीन बच्चे हैं। बड़े बच्चे अपने पिता के पास ही रहते थे। छोटा वाला महिला के साथ रहता था। हाजी की तीन शादियाँ हुई थीं। एक गजनी में। एक हमारे घर के पास। तीसरी तो लिव टुगेदर है। पर उस महिला का व्यवहार अच्छा था। रात को जल्दी-जल्दी मीट का कोरमा बनाया। रोटी शालो से आएगी। काबुल शहर में किसी के घर रोटी नहीं बनती। शालो नामक एक जगह है। वहाँ रोटी बनाने की मशीन है। रोटी वहीं बनती है। आज सब कुछ अच्छा लग रहा था। मैंने एक साबुत रोटी खा ली है। काबुल शहर की रोटियाँ नान जैसी होती हैं। तिकोनी लम्बी। काबुल में भी बिजली की रोशनी नहीं है। युद्ध में सब कुछ नष्ट हो गया है। साले साहब मुझे यहाँ पहुँचाकर ही चले गए। अब मुझे कोई चिन्ता नहीं थी। फ़िक्र नहीं थी। सब कुछ सुन्दर था। सुन्दर और निश्चयता। सिर्फ़ मन के किसी एक कोने में मानो रुलाई घुमड़ रही थी। इस अपराजित रुलाई के हाथ से सम्पूर्ण मुक्ति नहीं मिली। रुलाई के सामने हार जाती हूँ। व्यक्तित्व हार मान लेता है। ऊँचा सिर नीचा हो जाता है। मेरी कठोरता को तोड़-फोड़कर तहस-नहस कर देती है रुलाई। रुलाई के सामने हार जाती हूँ। नन्हे शिशु की भाँति मैं इसके सामने समर्पण करती हूँ। इसी रुलाई ने मेरी ख़ुशी को मिट्टी में मिला दिया। सारा दिन, सारा समय मेरे साथ घूमती रही। मेरी तिन्नी बिटिया नहीं थी। आज वह कहीं नहीं थी। अब वह मुझे तंग नहीं करेगी। अब नहीं कहेगी, "माँ दर्द होता है, माँ रो ना?" अब किसी से तुतलाकर नहीं कहेगी, "मेरी माँ के कपड़े, मेरी माँ की चप्पल दो।" वह और माँ थी उसकी दुनिया। कितनी बार उसको मारा है मैंने। दोनों गाल लाल थे। एक बार गुलगुटी की लड़की के हाथ से रोटी छीनकर खाई थी तो मैंने एक

तमाचा मारा था। बाद में उसने कई बार कहा, "माँ, यहाँ दलद होता है।" कहते हुए उसने गाल दिखाया था। ओफ्फ! कितनी निष्ठुर हूँ मैं! एक दिन मैं कुएँ के पास बैठकर सिर में मेहँदी लगा रही थी। ऐसे में वह हाँफती हुई दौड़ी आई। पीछे-पीछे गुलगुटी भी दौड़ी आ रही थी।

"क्या हुआ?"

गुलगुटी उससे कह रही है, "ठहर जा तुझे मज़ा चखाती हूँ। माँ के पीछे छुपने से क्या होगा?" इसके बाद गुलगुटी ने जो बताया सुनकर मैं अपनी हँसी नहीं रोक पाई।

गुलगुटी की छोटी लड़की सवेरा तिन्नी से एक साल छोटी थी। उसे कमरे में अकेली पाकर तिन्नी ने घेर लिया। फिर जिरह कर रही है, "ऐ शवेला, तू मेली माँ को माँ क्यों बोलती है? फिल कल मेली माँ ती गोद में क्यों चली थी?" जब सवेरा से कोई जवाब नहीं मिला, तो पकड़कर पीट डाला। गुलगुटी खिड़की में खड़ी चुपचाप देख रही थी। कोई देख तो नहीं रहा, तिन्नी ने इधर-उधर देखा। फिर गुलगुटी को देखकर सुरक्षित जगह की तलाश में दौड़ पड़ी। हालांकि ये सारी बातें पश्तो में होती थीं। उसका अपनी भाषा में रूपान्तर करने पर यही होगा। आज उसे सुरक्षित स्थान कहाँ मिलेगा? किसे माँ कहकर गोद में बैठकर अपनी जगह को घेर लेगी? यद्यपि उसकी अपनी माँ सादगी है। पर वह तो जन्म से ही मुझे अपनी माँ के तौर पर जानती है। पाँच साल बाद वह किसी और को अपनी माँ के रूप में स्वीकार कर पाएगी? डर के मारे मुँह से कुछ न कहने पर भी, पर अन्तर्मन से? यहाँ क्या पीड़ा नहीं होती? तिन्नी आज असहाय थी, अकेली थी। उसके छोटे-से सीने के भीतर माँ के लिए हाहाकार मचा होगा जिसकी ख़बर कोई नहीं रखता। तिन्नी अपने अन्तर्मन में सर्वहारा है। सर्वग्रासी काला ख़ान और सादगी ने उसका सब कुछ ग्रस लिया था। मैं उसकी निकम्मी माँ हूँ। इस सर्वग्रासी भयंकर व्यक्ति के हाथों से मैं उसकी रक्षा नहीं कर पाई। तिन्नी, अपनी असहाय माँ को माफ़ करना बेटी! तिन्नी, मैं सिर्फ़ तेरी ही माँ हूँ। तेरे अधिकार से तुझे कभी वंचित नहीं करूँगी। मैं सिर्फ़ तेरी माँ ही रहूँगी। मन-ही-मन ये बातें कहकर मैंने काफ़ी राहत महसूस की।

माफ़ करूँ? कैसे माफ़ करूँ? मेरी समस्त पीड़ाओं की जड़ ही तो जानबाज था। सुख, ख़ुशियाँ सिर्फ़ उसकी हैं, दुख सिर्फ़ मेरे? जबकि इसी व्यक्ति से समझौता करना पड़ेगा। दुख मैं सह लूँगी पर बदनामी? नहीं, वह किसी क़ीमत पर नहीं। सभी उँगली दिखाकर कहेंगे, "देखो, एक मुसलमान से शादी करके कुछ दिन गुज़ारकर, फिर उसे छोड़कर अब रूमा की भाँति बाप के घर लौट आई है।" यह

अपमान मैं किसी भी तरह सहन नहीं कर पाऊँगी। इसके अतिरिक्त द्रानाई चाचा से वादा किया है। जो अपनी बात पर टिके नहीं, वह इनसान नहीं। कृतज्ञता के हाथों रुकावट पड़ी। कृतज्ञता की स्वीकारोक्ति स्वरूप जानबाज को ही क्षमादान क्यों? अपना जीवन भी उत्सर्ग कर सकती हूँ। इतनी शान्ति में भी नींद नहीं आ रही थी। क्यों? सुबह होते ही पासपोर्ट के लिए कोशिश करनी पड़ेगी। हाजी साहब ने बताया है रुपए देने पर एक ही दिन में पासपोर्ट मिल जाता है। यद्यपि अब जाने में कोई रुकावट नहीं डालेगा, फिर भी जल्दी-जल्दी इस देश से निकल जाना ही बेहतर था। कहा नहीं जा सकता है। छद्म वेश में आकर कोई तालिबान गोली मार सकता है। अब मैं यहाँ किसी पर भी भरोसा नहीं कर सकती। तो क्या अच्छे लोग नहीं हैं? न ही अगर हों तो, द्रानाई चाचा ने इतना सब क्यों किया? सभी तो गार्डन ऑफ वीनस के शाईलक नहीं हैं? कोई-कोई रवीन्द्रनाथ का काबुलीवाला यानी रहमत ख़ान भी है। एक बात माननी ही पड़ेगी, गाँववाले मुझे कितना स्नेह करते थे, नहीं मालूम, पर मुझे मानते बहुत थे। यहाँ काफ़ी बंगाली लड़कियाँ आई हैं। उन्हें कोई पूछता तक नहीं। सम्मान भी नहीं करता। मेरी बात अलग थी। मुझे रास्ते में देखते ही लोग हालचाल पूछते। किसी के घर पर कोई आयोजन हो तो बुला ले जाते। मुहल्ले की लड़कियाँ मुझसे दोस्ती करना चाहतीं। मगर हाँ, मैं स्वतंत्र थी।

हाजी को मैंने एक लाख अफ़ग़ानी दिये थे। उसने कहा है कि इतने रुपयों में पासपोर्ट मिल जाएगा। मेरे पास अब कोई काम नहीं था। पासपोर्ट मिलते ही वीसा दफ़्तर में जाऊँगी। हाजी की बीवी से मैंने पूछा, "यहाँ ब्यूटी पार्लर है?" उसने कहा, "हाँ, है, जाओगी?"

"चलो देखते हैं कैसा ब्यूटी पार्लर है।" फिर कपड़े बदलकर निकल पड़ी। मैकरोबियन से एक टैक्सी पकड़ी। टैक्सी हमें ले चली। हाजी की बीबी टैक्सी ड्राइवर से फ़ारसी में पता नहीं क्या बातें कर रही थी। ड्राइवर बोला—"फारसी पमे?" अर्थात् फ़ारसी जानती है? शायद मेरे बारे में पूछा होगा। हाजी की बीवी का नाम मामो था।

ड्राइवर से मामी ने कहा, "ऐ, खारिजी।" बाद में पता चला खारिजी का अर्थ बाहरी देश होता है।

हम साड़ानाओ नामक एक जगह पर उतरे। यह काबुल का सबसे पॉश इलाका था। जैसे कलकत्ता का न्यू मार्केट। साड़ानाओ में भी बड़ी-बड़ी दुकानें थीं। मुझे लेकर मामी ने एक बड़े-से ब्यूटी पार्लर में प्रवेश किया। बोली, "तुम क्या करवाओगी?"

"फेशियल करवाऊँगी।'

हाजी की बीवी ने मुझे एक कुर्सी पर बिठाकर ख़ुद एक विचित्र-सी लड़की के पास जा बैठी। उसने सिगरेट लेकर पीनी शुरू कर दी। मुझसे भी पूछा। मैंने इनकार कर दिया। मुझे वहाँ का वातावरण बिलकुल अच्छा नहीं लग रहा था। फेशियल हो जाए तो जान छूटे। फेशियल हो जाने के बाद मामो से पूछा, "कितना देना पड़ेगा?" मामो बोली, "तीस हज़ार अफ़ग़ानी।" सुनकर मानो सिर चकरा गया। फिर भी चेहरे से कुछ जाहिर नहीं होने दिया। रुपए देकर निकल आई। मामो से कहा, "चलो, किसी अच्छे-से होटल में खाना खाते हैं।" इस तरफ़ युद्ध का रॉकेट या मिसाइल नहीं गिरा। इसलिए इधर का हिस्सा अभी भी ठीक-ठाक था। टैक्सी में जब इधर आ रहे थे तभी देखा शहर के प्राय: आधे मकान टूटकर गिरे हुए। और बहुत-से क्वार्टरों की दीवारों में गोलियों से छेद हो गए थे। इतना सुन्दर शहर विध्वंस हो गया था। देखकर ही पता चलता है कि इस काबुल शहर के ऊपर से कैसा तूफ़ान गुज़रा था। मामो ने मुझसे कहा, "चलो वो पर्दों वाला होटल देख रही हो न, वहाँ चलते हैं।"

यही किया। नाम तो नहीं जानती। हमारे देश में पाव-भाजी वाले जिस तरह आवाज़ें दे-दे कर ग्राहकों को बुलाते हैं उसी तरह होटल के कर्मचारी लोगों को बुला रहे थे। होटल के सामने काफ़ी लोगों ने शीशे के बक्सों के स्टॉल लगा रखे थे। उसमें छिले हुए गाजर, मूली वगैरह रखकर बेच रहे थे।

होटल के भीतर जाकर बैठे। हमारे सामनेवाले टेबुल पर एक लड़का और लड़की प्रेम कर रहे थे। इस देश में भी कोई इस तरह बैठकर प्रेम कर सकता है वह मेरे सपने का अतीत है। मुझे देखकर या मेरी बात सुनकर सब मेरी तरफ़ देखने लगे। काबुल में फारसी भाषा चलती है, जो मुझे नहीं आती। नान और कोरमा का ऑर्डर दिया। साथ में सलाद भी। खाना समाप्त कर वहाँ से निकलकर एक कपड़े की दुकान पर गए। दरअसल एक काबुली पोशाक बनाने का शौक जगा। मेरी हालत उस वक़्त खुली गाय जैसी थी। पीछे मुड़कर देखने का समय नहीं था। इसलिए ख़र्च के मामले में भी मैं शिथिल थी। जो होना होगा, होगा। जब होगा, तब देखा जाएगा।

हम बाज़ार से मीट, आलू, टमाटर ख़रीद कर घर लौट आए। घर जाकर देखा हाजी साहब घर में बैठे थे। हमें देखकर बोले, "सुबह की निकली हो तुम लोग अब लौट रही हो?"

मामो बोली, "क्या करूँ। साहब कमाल का घूमना ख़त्म नहीं हो रहा था।"

हाजी ने मुझसे कहा, "तुम्हारा पासपोर्ट ले आया हूँ, कल तुम वीसा के दफ़्तर जाकर वीसा के लिए कोशिश कर सकती हो।"

मन इन्द्रधनुष की तरह रंगीन हो उठा। मोर की भाँति नाच उठा। पर ये ख़ुशी ज़्यादा देर तक नहीं रही। क्योंकि हाजी अपनी बीवी से बोला, "शर्म नहीं आती? बेहया की तरह बाज़ार में घूमते हुए?" तब मैंने हाजी से कहा, "शर्म की क्या बात है? मैं भी तो साथ थी। इन्हें डाँटने का मतलब है आप मेरा भी अपमान कर रहे हैं।"

"नहीं भाभी! हमारे घर की महिलाएँ रास्ते में नहीं निकलतीं। आप लोग तो निकलने की अभ्यस्त हैं।"

सुनकर मेरा दिमाग़ गर्म हो गया। इतने दिनों के बाद साहस मिला था पलटकर आघात करने का। बहुत अत्याचार, अपमान सहा है; और नहीं। और कितना सहूँ? ये ही सिर्फ़ कहते जाएँगे? मैंने हाजी साहब से कहा—

"क्यों? आपकी जाति की महिलाओं की ऐसी क्या ख़ासियत है, जो हममें नहीं? क्यों धर्म की दुहाई देकर नारीत्व की अवमानना कर रहे हैं? आप लोग अपने बारे में सबके सामने जो बताते हैं, सचमुच क्या आप लोग वैसे ही हैं? मुस्लिम लोग ख़ुद ही अपनी जाति के नाम पर कलंक नहीं हैं? सारे मुस्लिमों के बारे में मैं नहीं जानती। पर काबुल के मुस्लिमों में जो भ्रष्टता मैं देखकर जा रही हूँ, उससे मुस्लिमों के प्रति मेरी वह धारणा नहीं रही। मुस्लिम का अर्थ है—एक आतंक, डर, त्रास। जबकि एक समय मुस्लिम का अर्थ था—एकता। कम-से-कम मैंने तो यही सुना है।"

"आप लोगों के हिन्दू धर्म में क्या सभी कुछ अच्छा है? कुछ भी ख़राब नहीं है क्या? आप सोच रही हैं कि क्या आपके सनातन धर्म की भ्रष्टता के बारे में मैं कुछ भी नहीं जानता? जाति-पाति की जो लीला राजनीतिज्ञ लोग करते हैं, वह सब मैं जानता हूँ। हिन्दुओं ने ही मुसलमानों की घेरेबन्दी कर रखी है। हिन्दू अपनी शिक्षा के लिए जो गर्व करते हैं वह सही शिक्षा नहीं है। शिक्षा का अपभ्रंश है। और इसके अलावा आपके हिन्दुस्तान में लोग बस ज़बानी ही कहते हैं कि हिन्दू-मुस्लिम भाई-भाई। क्या वास्तव में ऐसा मानते हैं?"

मन-ही-मन सोचा हाजी साहब की बात ठीक है। क्योंकि मैंने भी वास्तव में यही देखा है, सबूत भी मिले हैं। मैंने जानबाज से शादी करके घर छोड़ दिया था। तब किराए पर घर लेते समय सबके द्वारा उपेक्षित हुई हूँ। दलालों ने तो मुँह पर ही कह दिया, "अच्छे परिवेश में घर नहीं मिलेगा। क्योंकि मुस्लिम होने के कारण कोई घर भाड़े पर देना नहीं चाहता।" जादवपुर में एक फ्लैट भाड़े पर लिया था, वहाँ मुहल्ले में मुझे लेकर आलोचना शुरू हो गई। कोई हमसे बात न करता। हमारे घर के सामने खड़ा न होता। मुहल्ले के क्लब में मीटिंग हुई। मीटिंग का मुद्दा

था—ब्राह्मण का परिचय देकर फ्लैट लिया है पर है मुस्लिम। उन्हें पीट-पीट कर मार डाला जाए। मुस्लिम से शादी करने के कारण क्या मेरा पितृ परिचय भी झूठा पड़ गया? फिर वहाँ का मकान हम छोड़ने को बाध्य हुए। फिर जादवपुर में दीपक घोष का घर किराए पर लिया। बेहद कष्टदायक परिवार था। फिर भी उन्होंने हमें मकान किराए पर दिया था, इसलिए आस-पड़ोस के घरों से आपत्तियाँ होने लगीं। कोई हमसे बात नहीं करता था, उल्टे ये कहते कि मुस्लिम की छाया से मुहल्ले का पानी अपवित्र हो गया है। उसे भी छोड़कर हमने दूसरी जगह भाड़े पर घर लिया—वह भी जादवपुर में ही। मैं भी ज़िद पर अड़ी थी। और कहीं नहीं जाएँगे। यहीं रहेंगे। देखूँगी इनसान कितने घृणित हो सकते हैं? मैं काफ़ी देर से ख़ामोश थी, ये देखकर हाजी ने कहा—

"इतना क्या सोच रही हैं भाभी? मेरी बातों ने क्या आपको चोट पहुँचाई है?"

"नहीं, नहीं, मैं कुछ और ही सोच रही थी।" जो भी हो एक बाहरी व्यक्ति से और विशेष रूप से एक मुस्लिम से अपने जाति-धर्म के बारे में कोई आलोचना करने में मुझे दुविधा हुई। फिर वही जाति-धर्म का सवाल? क्या मैं भी इस सवाल से बाहर नहीं जा सकती? अपने मन से ही सवाल किया। वास्तव में यह नहीं है। जन्म से ही घर या परिवेश ने लोगों ने मन में जो घुसा दिया है उससे किसी को मुक्ति नहीं है। जाति या धर्म के एक दायरे में ही चलना-फिरना होगा।

सुधार अगर लाना ही हो तो सभी के सिर को तोड़कर चूर कर देना होगा, जिन्होंने इनसानों के बीच सृष्टि के सौन्दर्य पर बार-बार आघात किया है। माँ के हाथ-पैरों को ज़ंजीरों से बाँधकर एक दल इधर खींच रहा है ये कहते हुए कि उधर मत जाना वे मुस्लिम हैं, विधर्मी हैं; और दूसरा दल दूसरी तरफ़ खींच रहा है कि उधर मत जाना, वो हिन्दू हैं, काफ़िर हैं। मझधार में खड़ी होकर माँ अपना सिर पीट रही है। यह उसने किसे जन्म दिया है? इस शर्म के हाथों से क्या उसे मुक्ति नहीं मिलेगी?

"वॉट इज द मीनिंग ऑफ विधर्मी और काफ़िर? जिसका धर्म नहीं है, वह विधर्मी है। जो हिंस्र और नास्तिक है वही तो काफ़िर है? अर्थ समझने पर लगता है कि जो लोग इन दो शब्दों का इस्तेमाल करते हैं, वे मूर्ख हैं, महामूर्ख।"

हाजी बोला, "भाभी एक बात का सही जवाब तुम मुझे दे पाओगी? तुम्हें निरपेक्ष होकर विचार करना होगा। किसी के भी पक्ष में नहीं बोलोगी।"

हाजी से वादा किया, निरपेक्ष रूप से ही जवाब दूँगी। तब हाजी ने कहा—

"अच्छा भाभी, हिन्दू लोग मिट्टी की मूर्ति बनाकर पूजा क्यों करते हैं?"

"ईश्वर के प्रति भक्ति और श्रद्धा के लिए ही न?"

"ठीक है। तो जिसकी भक्ति करते हैं, जिसकी श्रद्धा करते हैं, उसे पानी में क्यों फेंका जाता है? पेड़ के नीचे क्यों खड़ा कर देते हैं? पूजा से पहले कितने ही पैसे ख़र्च कर उस मूर्ति को बनाया जाता है। फिर कितनी श्रद्धापूर्वक घर ले जाकर, उसके सामने बहुत-से फल और मिठाइयाँ सजाकर, ढेर सारे लोग भक्तिभाव से उसे प्रणाम करते हैं। फिर सब समाप्त। उसे पेड़ के नीचे रखकर चले जाते हैं। अब तूफ़ान, बारिश जो भी हो, वह भीगे। उसके सिर पर कौवे और चीलों का ठिकाना होगा। जिस मूर्ति के भाग्य में एक दिन फल, मिठाइयाँ और प्रणाम बदे थे, उसके अगले दिन ही वह अवहेलना का पात्र बन जाती है। क्या इस प्रहसन की कोई ज़रूरत थी? इससे अच्छा तो ये था कि फल और मिठाइयाँ उन्हें दे दी जातीं, जिनकी सामर्थ्य इन्हें खाने की नहीं है।"

"देखिए, हाजी साहब, मैं मामूली नारी हूँ। मेरा ज्ञान बहुत तुच्छ है। इसलिए आपके सवाल का जवाब देने की क्षमता मुझमें नहीं है। इतनी आध्यात्मिक सोच-विचार की शक्ति मुझमें नहीं है। सिर्फ़ इतना कह सकती हूँ कि ईश्वर ने कभी नहीं कहा कि माटी की मूर्ति में मुझे पाओगे। उन्होंने कहा है, हर इनसान में मैं विराजमान हूँ। जो श्रेष्ठ जाति के हैं मैं सिर्फ़ उनका ही नहीं हूँ। जो अछूत हैं वे भी मेरे हैं। अछूत समझकर उनसे घृणा मत करो। विवेकानन्द और महात्मा गांधी ने भी कहा है अस्पृश्यता हमारे जीवन में अभिशाप है। अत: अस्पृश्यता को पराजित करना होगा। पर साधारण इनसान ज़्यादा ज्ञानी हैं। वे उनकी बातों को मानने की ज़रूरत महसूस नहीं करते। मगर इतना कह सकती हूँ कि चित्र की एकाग्रता को एक जगह बनाए रखने के लिए इस मूर्तिपूजा का प्रहसन किया जाता है। जो आप लोग भी करते हैं। जिस प्रकार कोई छड़ी सबको समय की परिधि में बाँध रखती है उसी तरह धर्म भी बाँधता है। घड़ी का कर्म और धर्म का कर्म एक ही है।"

"हम किसी मूर्ति पर नज़र रखकर नमाज़ नहीं पढ़ते।"

"मूर्ति पर नज़र न होते हुए भी एक निश्चित दिशा की ओर ही तो नमाज़ पढ़ी जाती है।"

"उसके लिए काफ़ी रुपए बर्बाद नहीं करते।"

"करते हैं, करते हैं हाजी साहब। आप लोग 'हज' के लिए मक्का जाते हैं। क्या इसमें धन बर्बाद नहीं होता? इस बर्बादी को न करके इनसान की श्रद्धा करें। जात, धर्म से ऊपर उठकर जीवनमुखी होकर सबसे हाथ मिलाइए। यही 'हज' हो

जाएगा। अल्लाह क्या सिर्फ़ मक्का में ही बैठे हैं? अल्लाह, भगवान हर इनसान के भीतर है। उसका अलग से कोई स्थान नहीं है।"

"ऐसी बात नहीं है। वहाँ मुहम्मद रसूल की क़ब्र है। कहते हैं कि मक्का का जब वह पत्थर लगाया जा रहा था, तब जितनी बार लगाया गया उतनी बार ध्वस्त होकर गिर पड़ता था। तब अल्लाह की वाणी सुनाई दी कि इब्राहिम अगर अपने लड़के की बलि दे, तभी मस्जिद वहाँ खड़ी रह सकेगी और मस्जिद बनाना सफल होगा। तब इब्राहिम ख़लीफ़ा ने अपने लड़के की बलि देते समय आँखें बन्द कर लीं। बाद में आँखें खोलकर देखा कि लड़के की जगह दुम्बों की बलि हुई है। उसका लड़का पास ही खड़ा था। इसके बाद मस्जिद टूटकर नहीं गिरी। मक्का का निर्माण हुआ। मक्का शरीफ़ हर मुसलमान के लिए पाक स्थान बन गया है।"

"हिन्दुओं में भी ऐसी अनेक कथाएँ प्रचलित हैं। इन तर्कों की कोई सीमा है? जैसे तर्क हैं, वैसे समाधान भी हैं। अतः तर्क बन्द करके चलिए रात का खाना खाया जाए।"

हम जब इस तर्क में मग्न थे, उसी दौरान हाजी की बीवी ने खाना तैयार कर लिया था। मामो बुरी महिला नहीं थी। फिर भी मुझे वह अच्छी नहीं लगी। फिर कहती हूँ जो बुरा होता है, वह सदा के लिए ही बुरा होता है। बुरे का कोई विकल्प नहीं होता। परिस्थितिवश बुरा बन जाना, बुरी बात नहीं होती। परन्तु ख़ुद को जो अच्छा लगता है उसे चरितार्थ करने के लिए जो ख़ुद को दूसरे के हाथों में सौंप देते हैं उन्हें क्या आप अच्छा कहेंगे? क्या जहाँआरा ने अच्छा काम किया था? उस दिन का वह पल आज भी मेरी आँखों के सामने उभर रहा है। उस दिन गफ़्फ़ार चाचा की शादी थी। बड़े-बड़े तीन लड़के छोड़ ग़फ़्फ़ार चाचा की बीवी गुज़र गई। गफ़्फ़ार चाचा की उम्र कम थी, इसलिए सभी उनकी शादी के लिए उनके पीछे पड़ गए। जब लड़कों को ब्याह कर घर में बहू लानी चाहिए थी, उस समय चाचा ख़ुद शादी करके बीवी लाने चले। हमारे घर से सभी शादी में गए थे। मैं तब नई-नई थी। सिर्फ़ चार महीने हुए थे इस घर में बहू बनकर आए। शादी में जाने का सवाल ही नहीं उठता था।

दोपहर का एक बज रहा था। जानबाज के ताऊ की बहू जहाँआरा मेरे साथ लेटी हुई थी। अचानक वह उठी और एक साबुन दिखा हाथ हिला-हिला कर पता नहीं उसने क्या कहा। मानो मैं बहुत कुछ समझ गई। कहा, 'हाँ-हाँ', फिर जहाँआरा घ़र से चली गई। मैं यही समझी कि वो कपड़े धोने जा रही थी। एक कॉपी में मैं रोज़

की बातें लिख रही थी। इस तरह काफ़ी समय गुज़र गया। घड़ी तब एक चालीस बजा रही थी। लिखते-लिखते अचानक जाने क्या ख़्याल आया मैंने कुएँ की तरफ़ देखा। परन्तु वहाँ कोई नहीं दिखा। सोचा, जहाँआरा ने तो कहा कि कपड़े धोने जा रही हूँ। साबुन, कपड़े और कुएँ की तरफ़ इशारे का यही अर्थ था। पर, जहाँआरा तो वहाँ नहीं थी। तो कहाँ गई? वो कहाँ गई देखने के लिए मैं उठकर खड़ी हुई। शायद सन्देह की कोई गुंजाइश ही नहीं रहती यदि मैंने कुछ दिन पहले न सुना होता कि जहाँआरा पिजलामिन को 'सनाज' कह रही थी। 'सनाज' का मतलब होता है—प्रिय, प्रिया, प्यारा। ये शब्द यहाँ सिर्फ़ मियाँ-बीवी के बीच ही इस्तेमाल होते हैं। जानबाज ने मुझे यही बताया था। इसीलिए मुझे एक बेवजह शक हुआ। मैंने जानबाज से पिजलामिन का परिचय पूछा था। जानबाज ने बताया था आसाम चाचा का दूर के रिश्ते में साला है। उसका कोई नहीं था इसलिए वह कभी-कभार हमारे घर आकर रहता है। बड़ा अच्छा लड़का है। तुम्हारा शक निराधार है। फिर भी सन्देह का बीज मेरे दिमाग़ से निकलने का नाम नहीं ले रहा था। एक बाहरी आदमी को घर की बहू सनाज कैसे कह सकती थी। ख़ास तौर से जो हो फिर रूढ़िवादी मानसिकता वालों में तो इसका सवाल ही नहीं उठता। इस कारण मेरा मन कुछ विचलित-सा हो गया। यद्यपि जहाँआरा कुछ भी करे मेरा कुछ आता-जाता नहीं। फिर भी सोचा, चलूँ देखें। एक ओर तो मन जाना नहीं चाह रहा था, दूसरी तरफ़ मन कह रहा था चलो देखते हैं, कहाँ है जहाँआरा। कमरे से निकलकर बरामदे में क़दम रखा। सारा घर ख़ामोश था। दोपहर की गर्मी में कोई भी बाहर नहीं रहता। जिसे हम गर्मी कहते हैं, वैसी गर्मी की कल्पना यहाँ कुछ लोगों के अलावा बाक़ी लोग सोच नहीं सकते। हमारे देश में दिसम्बर महीने की दोपहरी में जैसी गर्मी होती है, यहाँ उसी को गर्मी कहते हैं। जो भी हो, जहाँआरा कहाँ मिलेगी समझ नहीं पा रही थी। मेरे साथ वाला कमरा ही जहाँआरा का था। देखा दरवाज़ा बन्द था। बन्द दरवाज़े पर एक उँगली से धक्का दिया, देखा भीतर बन्द था। इस समय दरवाज़ा भीतर से बन्द होने की ज़रूरत नहीं थी। यद्यपि दरवाज़ा बन्द और खुला रखना किसी के कहे अनुसार नहीं होता फिर भी साधारणतः यहाँ के लोग इस समय भीतर से दरवाज़ा बन्द नहीं करते। रात को भी नहीं करते तो दिन की क्या बात? चारों तरफ़ विशाल चारदीवारी होती है, इसलिए कुंडी लगाने की ज़रूरत नहीं पड़ती। तो फिर बन्द क्यों था? कुंडी क्यों लगी थी? अचानक दिमाग़ में एक अशुभ बात आई। तो क्या...? धीरे-धीरे क़दम बढ़ाकर दरवाज़े से आगे बढ़ी। एक काफ़ी चौड़ी

और काफ़ी लम्बी खिड़की वहाँ थी। परन्तु मिट्टी से दीवार के साथ बन्द कर दी गई थी ताकि युद्ध के समय गोलियाँ कमरे में आकर किसी को न लगें। ऊपर की तरफ़ सिर्फ़ आधा मीटर खुली थी। देखा वहाँ पर्दा पड़ा था। पर्दा पड़ा रहना कतई स्वाभाविक नहीं था। अचानक मैंने पंजे उचकाकर पर्दा हटाकर भीतर देखा। पर यह क्या? यह मैंने क्या देखा? करंट लगने पर, करंट के स्पर्श से, भीतर से सारा शरीर जिस तरह हिल उठता है, मेरी वही हालत हुई। जहाँआरा और पिजलामिन। जहाँआरा पूरी तरह नग्न थी। और पिजलामिन के बदन पर सिर्फ़ एक बनियान थी। मुझमें बोलने की शक्ति नहीं थी। ख़ुद को कैसी असहाय महसूस कर रही थी। क्या करूँ ठीक समझ नहीं आ रहा था। खिड़की से मुँह हटाकर दोनों हाथों से चीत्कार कर सबको बुलाने लगी। मेरे गले से आवाज़ नहीं निकल रही थी। गोंगों की आवाज़ हो रही थी। मेरी इस अस्वाभाविक आवाज़ पर आबू, आद्रामान की बीवी बाहर निकल आई। मुझे इस तरह बैठकर गों-गों करते देख वह क़रीब आई। पूछने लगी क्या हुआ? तब तक जहाँआरा कपड़े पहन चुकी थी। पिजलामिन ने भी क़मीज़-पैंट पहन ली थी। मैं उन दोनों की तरफ़ इशारा करके हाथ हिलाकर कपड़े पकड़कर जो कहा, आबू समझ गई। आबू बड़ी बुद्धिमती है। माजरा समझते ही जहाँआरा को बालों से पकड़कर आँगन के बीचोबीच लाकर थप्पड़ मारने लगी। पिजलामिन मुझसे थोड़े फ़ासले पर आकर खड़ा हो गया। मेरी तरफ़ तीखी नज़रों से देख रहा था। अब आबू ने पिजलामिन पर हमला किया। क्या बीभत्स दृश्य था। मैं डर से काँप रही थी। हाँ, डर से नहीं; घृणा और क्रोध से सारा शरीर काँप रहा था। जहाँआरा ने अपनी कामना-लालसा मिटाई इसलिए घृणा नहीं हो रही थी। कामना सबमें हो सकती है और उसे पूरा करने का अधिकार सबको है। भूख लगने पर कोई यह नहीं सोचता कि खाद्य पदार्थ शुद्ध है या अशुद्ध, बासी है या ताज़ा। भूख के समय खाद्य असली चीज़ नहीं होता। खाना ही मुख्य उद्देश्य होता है। और उस भूख को मिटाने के लिए किसी में घृणा होने का सवाल ही नहीं उठता। सवाल यही है कि ये लोग सबके सामने क्यों ख़ुद को सती जाहिर करती हैं? क्यों कहती हैं हमारे शरीर को दूसरा पुरुष देख न सके इसलिए बुर्क़ा पहनती हैं? यही क्या मुस्लिम जाति का बुर्क़ा है? लज्जा निवारण? मेरी घृणा इस पाखंड से है। पतीले के सारे चावलों को दबाकर नहीं देखना पड़ता। एक ही काफ़ी होता है। पर मैंने एक नहीं ऐसा और भी देखा था।

जहाँआरा को कोई दुख या क्रोध नहीं हुआ। वह अपने कमरे में चली गई।

थोड़ी देर बाद सबने देखा कि हाथ-मुँह धोकर वह रोटी और लस्सी लेकर बैठ गई। मानो कुछ हुआ ही नहीं। उसके बाद रात को जब सब लौटे, तब जहाँआरा का शौहर भी लौटा। तब सबके सामने क़ुरान शरीफ़ पर हाथ रखकर जहाँआरा ने झूठी कसम खाई, कि उसने ऐसा कुछ नहीं किया था। साहब कमाल झूठ बोल रही है। बहुत ख़ूब! झूठ? साहब कमाल ने झूठ बोला? शौहर से सारे सुख पाने के बाद भी ऐसा घृणित कार्य यदि मैं करती, और कोई देख लेता तो निश्चित रूप से क़सम खाने की नौबत नहीं आती। तुरन्त गले में फाँसी लगा लेती। पर जहाँआरा? मज़े से घूमती-फिरती है। शौहर के साथ बैठकर बातें करती है, हँसती है, शौहर से प्यार जताती है। झगड़ा करती है। मेरे सामने बैठकर भी बातें करती है। मेरी नज़रों से नज़रें मिलाती है। निर्लज्जता की भी कोई सीमा-परिसीमा होती है! एक और ऐसी गन्दी महिला को देखा था। वह थी सौबाई चाचा की बीवी मैना। सौबाई चाचा तब हिन्दुस्तान में थे। अचानक मुहल्ले में बात फैल गई कि मैना गर्भवती है। कैसे सम्भव था? सौबाई तीन सालों से कोलकाता में थे। उनकी बीवी गर्भवती थी? बात चारों तरफ़ फैल गई। सौबाई के बड़े भाई ने मैना को पकड़कर मारना-पीटना शुरू कर दिया। पर मैना ने किसी का नाम नहीं बताया। कुन्ती का युग तो है नहीं कि सूर्य के वरदान से सन्तान होगी। कोई तो होना चाहिए सन्तान का जन्मदाता? कौन था वह आदमी? हर कोई जब इसी चिन्ता में पड़ा था तब मैना ने वज्रपात की तरह घोषणा की कि मेरी इस सन्तान का पिता इब्राहिम आका है। धरती काँप उठी। मानो आसमान टूट पड़ा हो। समुद्र में मानो ज्वार आ गया हो। एक तूफ़ान ने वेग से आकर मेरे हृदय को तोड़कर चूर-चूर कर दिया।

इब्राहिम आका? वह तो...? उच्चारण करने में भी कैसा लगता है। पेट से गले तक उल्टी जैसी महसूस होने लगी थी? इतनी गन्दगी ! इतना घृणित काम ! ये लोग रूढ़िवादी हैं? ये तो रूढ़िवादिता के चरम पर विचरण कर रहे थे। जो भी हो, मैना से नफ़रत होने लगी। ऐसे एक घृणित प्रस्ताव से मैना कैसे हाथ मिला पाई? शर्म नहीं आई? इब्राहिम के सिवा कोई और नहीं था क्या? अपने शौहर के बारे में एक बार भी नहीं सोचा? उसे वह क्या मुँह दिखाएगी। कैसे उसका सामना करेगी? शौहर के सिवा जो चीज़ किसी की नहीं होती, किसी को दी नहीं जाती, उस गोपनीयता को मैना ने कैसे किसी दूसरे को समर्पित कर दिया? मैना में चरित्र की इतनी सी दृढ़ता नहीं थी? उसकी उम्र भी तो कोई कम नहीं थी। और अन्त में इब्राहिम? मैना आत्महत्या नहीं कर पाई? धरती के दो टुकड़े नहीं हुए?

सौबाई इब्राहिम का मझला लड़का था। मैना का अपना ससुर। अन्ततः मैना ने ससुर के साथ मुँह काला किया? कलंक का यह भी एक पहलू था। ये मेरे लिए एकदम अपरिचित था। अनजाना। ऐसे निकृष्ट कलंक का नाम पहले कभी नहीं सुना था। यह सब देख-सुनकर मैं कैसी होने लगी। ये तो प्राप्ति नहीं है, विकृत प्राप्ति है। मुझे इसकी अभिलाषा नहीं है। मुझे ही क्यों, कोई भी स्वस्थ, भद्र, रुचि सम्पन्न व्यक्ति ऐसे रास्तों पर क़दम नहीं बढ़ाता। बाद में बहुत सोचने पर मैं इस निर्णय पर पहुँची कि यहाँ की लड़कियाँ जब शादी के बाद रक्त के उन्माद का स्वाद चखती हैं, जीवन को पहचानना सीखती हैं, शौहर की उष्णता में अपनी ख़ुशी को परिपूर्ण रूप से उपभोग करके पूरे मन और प्राण में उसे महसूस करती हैं, ठीक उसी समय शौहर उन्हें अकेला छोड़ विदेश रवाना हो जाता है। उसके बाद सालों तक उस बीवी को इन्तज़ार करना पड़ता है, कब उसका शौहर लौटकर उसे फिर परिपूर्ण सुख का एहसास कराएगा? पर शौहर तो पाँच-सात साल से पहले लौटते नहीं। कोई अपनी इच्छाओं का दमन कर लेती है, कोई नहीं कर पाती। नहीं कर सकनेवालों में मैना और जहाँआरा जैसी होती हैं। ऐसी और भी बहुत-सी होंगी जिनके बारे में मैं नहीं जानती। जानना भी नहीं चाहती। जानकर तकलीफ़ बढ़ती है। शर्म आती है।

सुबह के पाँच बज रहे थे। हाजी नमाज़ पढ़ रहा था। मामो नमाज़ नहीं पढ़ती। पढ़ती भी या नहीं पढ़ती मैं नहीं जानती। मैंने नहीं देखा। मैं उठकर बाथरूम की ओर गई। सोचा एक बार नहा ही लूँ। दूतावास जाना पड़ेगा। मामो ही मुझे ले जाएगी। अब भी मन में एक चिन्ता थी। यदि दूतावास का आदमी समझ जाए कि पासपोर्ट में जो लिखा है वह झूठ है? मैं अफ़ग़ानिस्तान की लड़की नहीं हूँ। क्या मुझे देखकर समझ पाएगा? पता नहीं। फिर भी मन मजबूत करके मामो को साथ लेकर दूतावास गई। भारतीय दूतावास। फिर मन में वही ख़ुशी। विदेश में अपने देश की चीज़ें देखकर किसे ख़ुशी नहीं होती?

वहाँ वह एक महिलाओं की और दूसरी पुरुषों की क़तार थी। महिलाओं की क़तार में मैं पहली थी। मेरे बाद मात्र दो महिलाएँ थीं। काफ़ी देर खड़े रहने के बाद एक दरवाज़ा खोलकर सबको पासपोर्ट देखकर अन्दर बुलाया गया। भीतर भी थोड़ी देर बैठना पड़ा। मन में चंचलता भी थी। अफ़सर के कमरे में एक-एक करके लोग जा रहे थे। अब मेरी बारी आई। शबनम खान। पल-भर के लिए मैं भूल ही गई थी कि मैं शबनम ख़ान थी। अचानक याद आते ही उठ खड़ी हुई। फिर मुझे भीतर

अफ़सर के कमरे में ले जाया गया। कोई पंजाबी अफ़सर थे। दरवाज़े पर नेमप्लेट लगी थी—अवतारसिंह। मेरे भीतर जाते ही अवतारसिंह ने कहा, "बैठिए मैडम! मैं आपकी क्या सेवा कर सकता हूँ?" उन्होंने अंग्रेजी में ही कहा। मैंने भी अंग्रेज़ी में ही जवाब दिया। मैं भूल गई थी कि मैंने अफ़ग़ानी महिला के तौर पर अपना परिचय दिया था। मैंने उसे हिन्दुस्तान जाने के लिए वीसा देने को कहा।

उन्होंने कहा, "अप-डाउन टिकट लेकर आएँ, तभी वीसा मिलेगा।"

"सर, उसमें तो बहुत-से पैसे लगेंगे। इतने रुपए तो मेरे पास नहीं हैं।"

"मैं क्या कर सकता हूँ? हमारा यही नियम है। और हाँ, क्या आप अफ़ग़ानी महिला हैं?"

"हाँ।"

"आपकी बातें सुनकर या आपको देखकर तो ऐसा नहीं लगता?"

"मैं जन्म से ही हिन्दुस्तान में थी, इसलिए आपको ऐसा लग रहा है।" कहकर ही विचलित-सी हो गई। ये क्या कह डाला? अफ़ग़ानिस्तान की लड़कियाँ तो हिन्दुस्तान में नहीं रहतीं। सर्वनाश! तुरन्त बात घुमाकर कहा, "मेरे पिता पठान हैं। माँ हिन्दुस्तानी बंगाली हैं। मेरी ननिहाल कोलकाता में है। इसलिए हिन्दुस्तान में रहने का मौक़ा मिला था।"

"इस देश में कब आईं?"

"बारह साल हो गए।"

"उस वक़्त का पासपोर्ट या वीसा दीजिए।"

मुझे अब नहीं मिलनेवाला वीसा। लगा अभी रो पड़ूँगी। फिर भी मन में आत्मविश्वास लाकर कहा, "सर, आज कितने सालों से यहाँ युद्ध हो रहा है, आप तो जानते ही हैं। घर-द्वार का ठौर-ठिकाना नहीं है और आप पासपोर्ट-वीसा माँग रहे हैं? सचमुच हैरानी हो रही है।" मेरी तरफ़ देखकर वे ज़रा-सा हँसे, फिर कहा—

"ये सब बातें रहने दें। मैं सब समझ रहा हूँ। समय बर्बाद न करते हुए आप टिकट ले आइए, वीसा ले जाइए।"

"पर सर!" मेरी बात बीच में ही काटकर उन्होंने कहा, "जाने का टिकट तो लाएँगी न या वह भी नहीं?" कहकर वे हँसने लगे।

अफ़सर के कमरे से निकलकर मामो को साथ लेकर टिकट लेने दौड़ी। पर यहाँ भी समस्या पेश आई। पासपोर्ट नहीं होने से टिकट नहीं मिलेगा। टैक्सी करके फिर वीसा दफ़्तर में गई। वहाँ के आदमी ने पासपोर्ट नहीं दिया। एक नम्बर लिख

दिया। वह नम्बर लेकर टिकट के दफ़्तर आई। वहाँ फिर कहा, पासपोर्ट चाहिए, नम्बर से बात नहीं बनेगी। मुझे बेहद ग़ुस्सा आया। पश्तो में एक आदमी से मैंने कहा, "एक बार आप पासपोर्ट लाने भेजते हैं। पासपोर्ट लाने पर ही टिकट देंगे। और दूतावास टिकट लाने भेजता है। टिकट लाने पर ही पासपोर्ट और वीसा मिलेगा। आप ही बताएँ, मैं क्या करूँ?"

अचानक उनमें से एक लम्बा-दुबला आदमी बोला, "क्या हुआ? आप इतनी ख़फ़ा क्यों हो रही हैं?"

उसे मैंने विस्तार से सारी बात बताई। सब सुनकर उसने मुझसे पूछा, "आप कहाँ से आ रही हैं?"

"मैं साराना से आई हूँ। वहाँ मेरा घर है।"

उस आदमी ने तब दूसरे से कहा, "अरे टिकट दे दो, ये मेरे गाँव की हैं।"

अब जाकर टिकट मिला। टिकट लेकर फिर वीसा लेने दौड़ी। दूतावास तब बन्द होने वाला था। एक कमरे में बैठकर सभी चाय पी रहे थे। दूसरे गेट की एक छोटी-सी खिड़की से एक आदमी को पुकारा। वह हिन्दुस्तानी था। उसे वीसा की बात कहने पर वह बोला, "दूतावास तो बन्द हो गया है।" तब मैंने उससे एक बार दरवाज़ा खोलने के लिए विनती की। क्या पता शायद उसे मुझ पर दया आई। दरवाज़ा खोलकर मुझे भीतर ले गया। मैंने उससे कहा, "प्लीज सर से कहिए मेरा वीसा आज ही दे दें। ये देखिए कल का टिकट लाई हूँ। वर्ना फिर टिकट लौटाना पड़ेगा। मैं बेहद थक गई हूँ इस दौड़-भाग से। अब मुझसे सम्भव नहीं हो पा रहा है।" उसने मुझे बैठने के लिए कहा और टिकट लेकर चला गया। प्राय: बीस मिनट बाद लौटकर आया। पासपोर्ट, वीसा, टिकट मेरे हाथ में देते हुए कहा, "मैडम, मैं जानता हूँ आप हिन्दुस्तानी हैं। आपका चेहरा-मोहरा, बातचीत सब कुछ बंगालियों जैसा है। इसलिए आपको तकलीफ़ न देकर खड़े-खड़े सर से कहकर बनवा लाया हूँ। सर भी सब कुछ समझ गए हैं। इसलिए दे दिया। कम-से-कम एक लड़की तो अपने देश लौट जाए।"

मैं उसके प्रति आभार व्यक्त करके चली आई।

आज आठ तारीख़ है। सुबह नौ बजे सब कुछ को तिलांजलि देकर, सब कुछ पीछे छोड़कर, सबकी उपेक्षा करके, तालिबान की क्रूरता, शरीयत, मुल्लावादियों के पाखंड और क़ुरान की दुहाई देकर साधारण जनता पर अत्याचार, सब कुछ को रौंदते हुए एयरपोर्ट पहुँच गई। चेकिंग ख़त्म होने के बाद मैदान। एक बार पीछे

मुड़कर देखा। काबुल। पश्चिम एशिया का काबुल। काबुल देश क्या सचमुच ख़राब था? आज अन्तिम विदा के समय यह सवाल बार-बार मेरे मन में सर उठा रहा था। इस देश में क्या सभी ख़राब हैं?

या लोगों की शैतानियों ने देश को ख़राब कर दिया? इतनी सुन्दर हवा, अच्छा पानी, अच्छा खाद्य, सब कुछ ही तो अच्छा है। तो फिर क्यों विकृत रुचि और अनुदार मानसिकता बनी? ऐसे लोगों को यहाँ रहने का अधिकार क्यों मिला जो देश की विशिष्टता को एक के बाद एक नष्ट करते चले जा रहे हैं। सेल्फिश जायेंट के राक्षस की भाँति हिंस्त्रता इनमें भी है, उदारता नहीं है, जबकि कोई कुछ नहीं कर पाता। करेंगे कैसे? किसने या किन्होंने इस तालिबान की परोक्ष रूप में सहायता की यह अभी भी राज़ की बात है। हाँ, सहायता किसी ने की है यह निश्चित है। किसी की मदद न मिली होती तो आधुनिक हथियार लेकर वे लोग युद्ध में नहीं उलझते। पर जिन्होंने तालिबान की मदद की है, उन्हें पता होना चाहिए कि बाघ यदि एक बार मांस का स्वाद चख ले तो वह मांस के सिवा कुछ नहीं खाता। वह मांस भले ही इनसान का हो या जानवर का। सभी प्लेन की तरफ़ बढ़ रहे थे। उनके साथ मैं भी बढ़ने लगी। प्लेन की सीढ़ियों के पास दो सुरक्षाकर्मी खड़े थे। सबका पासपोर्ट और वीसा देखकर तभी प्लेन में चढ़ने दे रहे थे। मैंने भी पासपोर्ट और वीसा दिखाया। फिर सीढ़ी से ऊपर चढ़ने लगी। अब और कोई दुर्घटना न हो तो मैं सही-सलामत हिन्दुस्तान पहुँच जाऊँगी। अब मुझे कोई शक्ति नहीं रोक सकती। तालिबान अभी भी यहाँ नहीं पहुँच पाए हैं। यहाँ रब्बानी सरकार का हुक्म चलता है। प्लेन के भीतर जाकर एक खिड़की के पास जा बैठी। 'एरिजाना अफ़ग़ान' प्लेन में सीट का नम्बर नहीं दिया जाता। जिसे जहाँ जगह मिलती है, बैठ जाता है।

प्लेन पहले जलालाबाद जाएगा। वहाँ एक घंटा रुकेगा फिर दिल्ली जाएगा। थोड़ी देर बाद ही प्लेन चल पड़ा। अगले तीन-चार घंटों में ही मैं अपने देश पहुँच जाऊँगी। ज़्यादा समय नहीं लगता। पर जलालाबाद होकर जाएगा इसलिए इतनी देर लगेगी। वैसे सिर्फ़ एक घंटा पैंतालीस मिनट लगते हैं। काबुल शहर में कुछ ख़ास नहीं देख पाई। समय ही नहीं मिला। उतने में ही मामो मुझे मसूद अहमद शाह के दफ़्तर ले गई थी। सारे कमांडो वहाँ हैं। वहाँ हेल्थ डिपार्टमेंट के हेड ऑफ द डिपार्टमेंट के साथ मैंने बात की थी। उन्हें जब पता चला कि मैं गाँव में डॉक्टरी करती थी तो उन्होंने कहा, "आप मत जाइए। काबुल शहर में रहिए। आप जैसों की हमें ज़रूरत है।"

"क्या आप जानते हैं कितनी मुसीबतें झेलकर तालिबानी सत्ता और उनकी शरीयती शासन का, ग़ुस्से का दमन करके यहाँ आ पाई हूँ। मैं यहाँ अब और नहीं रहना चाहती। अपने देश लौट जाना चाहती हूँ।"

उन्होंने मुझसे रुकने का और अनुरोध नहीं किया। उन्होंने अब जो कहा, उसे सुनकर मैं अवाक् रह गई। उन्होंने कहा, "जानती हैं यहाँ कोई स्पेशलिस्ट नहीं है। एक भी गाइनोक्लोजिस्ट नहीं है। दरअसल यहाँ अच्छे डॉक्टर ही नहीं हैं।"

एक हल्का-सा झटका लगा। प्लेन जलालाबाद में उतरा। हिन्दुस्तान जानेवाले प्लेन से नहीं उतर सकते। जो सिर्फ़ यहाँ के लिए आए हैं, वे उतरने लगे। काबुल छोड़ने के बाद मन हिन्दुस्तान चला गया। दिल्ली उतरकर मैं कहाँ रहूँगी? मेरी एक सहेली का घर सफदरजंग एन्क्लेव में है। वहीं जाना तय किया। जलालाबाद के यात्री उतर जाने के बाद एयरहोस्टेस यात्रियों को लंच देने लगीं। जैसे समय ही नहीं बीत रहा था। प्राय: दो घंटे के बाद फिर प्लेन तेज़ गति से आकाश की तरफ़ मुँह करके उड़ने लगा। विदा! अपने जीवन का काफ़ी समय जिस देश में गुज़ारा, जिनके सुख-दुख में भागीदार रही, उस पश्चिम एशिया के एक चरम कट्टरपंथी देश को मैंने अलविदा कहा।

अलविदा काबुल। अलविदा पश्चिम एशिया, अफ़ग़ानिस्तान! सलाम—तुम्हें सलाम!